放歌

A Song Everlasting

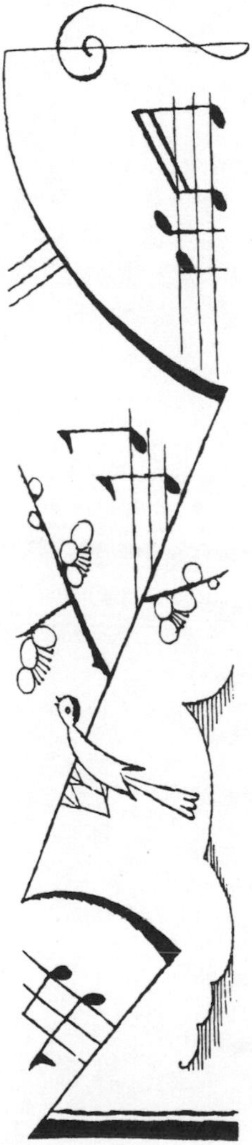

哈金 著

湯秋妍 譯

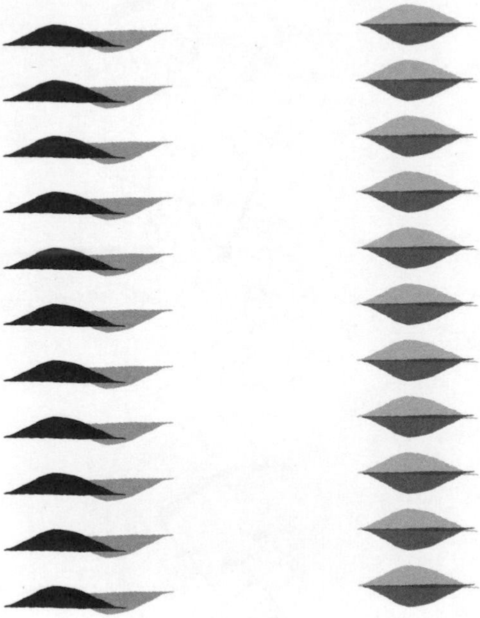

目　錄

序

從流亡到移民

哈金

經常有人問我是流亡者還是移民，我往往回答說兩者都是，但從未多談這種身分分裂所帶來的問題和困擾。總體來說，流亡者通常生活在過去，與眼前的世界格格不入，而移民更專注當下和將來，要在異地創建新的生活。據我個人觀察，許多人逃離中國，但並沒有立即要成爲移民，往往是中國政府不依不饒，繼續迫害他們，最終迫使他們選擇移民，放棄原來的國籍，好在異地重新開始。就是說，首先是國家背叛了個人，個人才選擇放棄國家。大多數中國人都被洗過腦，相信離開了國家，自己什麼都不是。中共的愛國主義教育正是基於這個戈培爾式的國家至上的理念；這種國家主義也構成了法西斯意識形態的核心。如果沒有宗教情懷來約束，愛國主義只能給人類帶來破壞和災害。其實，中國政府並不怕某個流亡者在海外參與反共活動，它怕的是脫離了國家和政府的個人仍能活得精彩，能以身戳破國家的神話，能證明愛國並非「沒有選擇」——國家並不是個人生存的基本條件。

總的來說，普通移民們一開始生活都很艱難，但經過十年左右的努力後，多數人能相對穩定下來，生活和事業多少會有著落。然而，藝術家們則不一樣。離開了原來的語境和文化氛圍，就像淡水魚落入鹹水中——很難繼續生存，更勿論蓬勃發展了。多年來，我注意到一些來自中國的藝術家們在北美的艱難處境，他們大多都才分過人，要努力在這裡以藝術家的身分來生存和發展，但阻力實在太大，找不到觀眾和聽眾，大部分人最終都回國了，選擇了相對安穩的生活。當然，也有個別人不給自己留退路，要一條道走到底，追求自己心靈的自由。《放歌》的主人翁姚天就屬於後者，視自由為自己生存的條件，所以他起於流亡，而終於移民。

《放歌》在美國出版後，一些華人讀者將姚天與他們所熟悉的華人歌唱家們對號入座。有一家媒體採訪我時追問這部小說是不是基於關貴敏的故事，言外之意，這個故事太真實。採訪中我強調，多年前我讀過曹長青寫的關於關貴敏的長篇報導，他的故事的確很感人，但姚天與關先生並不一樣，他有自己獨特的不幸，跟關貴敏先生的生命軌跡相異。我是從不同人的經歷中截取各個情節來融塑成姚天這個人物的。可以說，他的流亡和移民生涯更具有戲劇性。從廣義上講，他代表了來自他國的藝術家們在北美的失落、掙扎、以及他們的藝術追求和不屈的生命。我想許多生活在異鄉的藝術家會對姚天的故事感同身受。

可以說，這部小說中最具獨創性的部分是關於書中人物羅患肺癌和治療過程的描述。據我所知，這種經歷並沒有在以前的文學中細緻充分地描述過。由於我太太多年前得了肺癌，整個治療過程我一直參與，可以說有類似一手的經歷，而且治療過程也都有文字記錄，所以寫起這些片段和章節來我比較有信心。這段關於肺癌的病痛和治療過程的描述應該是此書中的一個小高潮，爲文學注入了一點新鮮經驗。

現在，經過時報出版社數年的努力，《放歌》就要與讀者見面了，但願湯秋妍女士精細的譯筆能給大家帶來愉悅和感動。

獻給麗莎

第一部

一

那晚的演出非常成功。終曲結束後，姚天和人民歌舞團的其他成員回到舞臺，一起向現場六百多名觀眾鞠躬致謝。當他從舞臺一側走下臺階時，看見前排盡頭站著一位高個兒男士，正對著他微笑。人群從邊門和後門漸漸散去，很快那位男士朝姚天走來。「姚老師，」他用英文說，語調溫暖。「在紐約看見你眞高興，你的歌聲跟十年前一樣優美動人！」

現在姚天認出了他。「韓亞斌，奇蹟呀！」他不假思索地用英文喊起來，他英語也說得挺溜。

姚天正準備擁抱老朋友，猶豫了一下，克制住了，感覺到同事們正驚奇地注視著他倆。或許有人會記下姚天和一個當地男人曾經熱情地問候，回國後彙報給單位領導。姚天於是伸出手。亞斌跟他握了手，湊過來小聲說，「就近喝一杯，可以嗎，姚老師？」

按規定，姚天是不能接受這類私人邀約的，得上級批准。於是他讓朋友等著。他走向孟主任，說：「我剛碰到一個老友，今晚可以和他出去待一會兒嗎？很快就回。」

孟主任抬起肥厚的眼皮瞧著姚天，目光中透著警惕。顯然，這時候團裡任何人脫離他的視野，都會讓他有點擔心。但他還是同意了。說：「行吧，別去太久。」

「十二點以前我一定會回來。」

法拉盛城區的大街小巷裡，空氣中仍能聞到雨水的味道。已經晚上九點了。姚天和亞斌一起走在羅斯福大道上，有行人步履匆匆地跟他們擦肩而過。也有人彷彿聽不見汽車的鳴笛，大咧咧在車流中橫穿馬路。一輛車身印著漢字「新鮮蔬果」的半掛卡車轟轟駛過，路面在震顫。

「天哪，這裡就像中國，」姚天說。「就像地方上某個小城。」

「法拉盛像個大縣城，是吧？」亞斌笑著抓住姚天的胳膊，領他穿過熙熙攘攘的大街。

這笑聲讓姚天想起他們年輕時在北京的情景。亞斌那時風度翩翩、精力充沛。他組織過私人音樂會、詩歌朗誦會、文學沙龍，還有藝術展覽。他常邀請姚天去他的文化活動唱歌，報酬豐厚、從不拖欠，可惜後來他的活動被警方禁止了。他是北京當時爲數不多、能與老外輕鬆打交道的年輕人之一。英俊的外表爲他敲開許多大門。他拿到教育部獎學金，去牛津留了兩年學，回國後說一口流利的英倫腔英語，看起來像是文質彬彬的香港青年。他的英美朋友們卻認爲他的口音有些做作，有人揶揄他，「你漂亮的英語讓我們都感到羞愧。」但亞斌不在乎他們的調侃，絲毫不改。姚天最後一次聽說亞斌，是校方干涉他和一名女外教談戀愛，後來他辭去大學的英文講師工作，出國了。但姚天不知道亞斌到了紐約。

亞斌看起來依舊優雅得體。他告訴姚天，他現在住在法拉盛，北京戶口被警方註銷了。

他帶姚天去了位於三十八大道和王子街的「夢境」酒吧。現在是週三晚上，酒吧裡仍然人頭攢動，到處鬧鬧哄哄，很多是一身西服套裝的青年男女上班族。亞斌認識這裡的經理，一個瘦瘦的、頭髮梳得溜光的男人，很快把他們領進最裡面比較安靜的位子，那裡的卡拉OK機還播放著粵語歌。一名身材高䠷的女服務員過來關掉音樂，從橙色圍裙的口袋裡掏出一臺iPad。亞斌點了金門高粱白酒，建議姚天也嘗嘗，說是臺灣特產，口感順滑醇厚，不上頭。亞斌喜愛金門更甚於茅臺。他還按照美式喝法，要求在酒裡加冰塊。姚天不喝酒，點了一瓶喜力。他得小心，烈酒會傷害聲帶。

女服務員很快端著一個托盤過來了，上面是他們點的酒水：一瓶啤酒和一隻無腳紅葡萄酒杯，裡面裝著四指白酒。她用臀部關上門，然後給他們上飲料。她把一盤各色堅果的小碟放在桌上時，手指上一枚細細的白金戒指折射著光線。

她離開後，亞斌說：「現在我們可以放鬆放鬆，享受一下了。」

姚天很想聽聽朋友在紐約的生活，但他挺累，也怕聊太長時間，回去晚了不好。他擔心主任會以為他和一個當地人見面是別有意圖。時不時的，一些文化代表團的成員，那些畫家、音樂家、演員、作家、學者等，在出訪外國時偷偷溜走，投靠當地的親友，不回中國了。現在他們來自北京人民歌舞團的一行二十名演員，正處於美國五城巡演的最後一站。到目前為止，一切正常，但孟主任看起來越發緊張，如果有一個人在最後一晚滯留未歸，此項出行便不能稱為圓滿結束。此刻，他可能正在為姚天的離席而擔憂，急得像熱鍋上的螞蟻。

亞斌遞給姚天一張名片，上面寫他是福坦莫大學的工商管理碩士，現在是一名保險經紀人，辦公室在法拉盛的主街上。姚天稱讚他眞了不起，是成功的典範。他說：「美國這片土地顯然充滿了機遇。」說完，也意識到這句話沒什麼新意。

亞斌搖搖頭：「姚老師，那些都只是傳說。這裡的機會主要是給有錢有勢的人，跟中國一樣。我和那些剛下飛機的新鮮外國人沒什麼不同。不管做什麼事，我們都得比別人加倍努力。」

「叫我姚天就行。」他說。他今年三十七，只比亞斌大一、兩歲，覺得還是按美國人直呼其名的習慣比較好。

「好的，姚天。我跟這裡大多數辛苦掙錢的人一樣，每天忙得像條狗。」

「不過，你自由，沒有一個主子對你呼來喚去的。」

亞斌笑起來，好像姚天說了什麼傻話。正當姚天想知道亞斌爲什麼找他時，亞斌自己說明了來意。他說：「十月十號有一個國慶慶典，是『大中華文化協會』組織的。你能爲他們唱幾首歌嗎？」

姚天驚訝得一時接不上話——那是臺灣的國慶日，不是中國十月一號的國慶日。中國知道臺灣國慶日也即「雙十節」的人不多。姚天問：「慶典誰出資？臺灣政府？」

「完全不是。是紐約和紐澤西州的華人社區贊助的，那裡的確有不少臺灣人。要是你能爲他們唱歌，我可以給你談下來四千美元的報酬。」

姚天知道亞斌一般說到做到。四千美元差不多是姚天當時國內年薪的四分之一。而他女兒婷婷正在申請北京的一所國際高中，頭一筆學費就要兩萬人民幣，將近三千美元。亞斌提出的薪資數額頗豐，値得冒險。他同意爲他們唱歌。

「太好了，他們聽說你來一定會很激動的，」亞斌說。「他們以前從沒請到過像你這樣水準的歌唱家。」

姚天知道他們肯定會用自己的名聲來宣傳這個活動，但他還得安排其他一些事情。他說：「亞斌，我可以給他們唱歌，但我明天回北京的機票已經訂好了，不知道能不能改簽。另外，週六活動以前，我也需要新地方住宿。」

「我會讓祕書給你重新訂一趟航班。放心，會解決的。你退房後可以和我住在一起。」

「太謝謝你了，亞斌。我不肯定我能得到上級批准，不過我會盡力。」

姚天從手機裡找到自己的航班信息，發給了亞斌。他們說好第二天一早，姚天會告知亞斌他的最後答覆。亞斌非常高興，說希望未來兩人能經常合作。他說：「這裡華人移民的生活太物質化了，應該有更多的文化生活。你的工作意義重大。」

姚天聽到亞斌這麼說也很高興。他答應了。

走出酒吧，兩人互道晚安。姚天依然步行回到他和同事們下榻的喜來登酒店。暗夜裡，酒店的霓虹燈在頂樓大放光明，把建築物映照得比白天更富麗堂皇。拱形屋頂之上，是璀璨的星空，其中有一顆星星的光芒特別閃亮。

姚天告訴孟主任，他同意了爲當地文化組織演唱，孟主任吃了一驚，說：「姚天！你不能這樣對我，我們明天得坐飛機回去。你要是留下來，我會倒霉的。上邊兒會認爲你違反了我們的旅行規定。」

「不過就晚兩、三天而已。」姚天有點急躁。

「你哪兒管得住別人的嘴。人家會說三道四，對不對？」孟說。

「我不管那麼多！這裡的華人社區需要我，我有義務爲他們唱歌，好提高移民的文化生活。請讓團領導知道我會回去的，只是搭乘下一班飛機。下週一我會跟大家一樣照常上班。我們團有兩百多人，沒人會注意到我晚兩天回去。我們別這麼大驚小怪好吧？又不是要叛變投敵什麼的。」

「姚天同志，你不懂政治。」主任用他短粗的食指指著姚天瘦削的臉。「你這麼任性，違反了團裡的規定。你讓領導以後怎麼相信你？再說，你要是在這裡被搶劫或綁架了怎麼辦？」

「我是成年人。我會對自己負責。」

「我才對你負責。」

「就讓我爲自己負幾天責吧。」

他們又爭論了幾分鐘。等孟意識到姚天已經不會回心轉意時，他讓步了。「好吧，你都讓人改變你的航班了，我阻止不了你了。你跟我保證，下週一你一定會像往常一樣來上班，否則我只能跟領導彙報了。」

「我保證。」

「姚天，說實話，如果我是你，我不會冒這個險。要是別人知道你留下來掙錢，他們會看不起你的。你這樣貪圖掙外快是不對的。」

「那麻煩別告訴別人。」

「我最多幫你瞞兩天。」

他倆握手言和，算是達成了協議。但主任還是苦著個臉，可能覺得自己除了答應姚天以外別無選擇，因爲姚天是他們團的首席獨唱。姚天看到他爲難的樣子，又說：「孟主任，放寬心。我妻女都在北京，家庭幸福、事業有成，我還能去哪兒？只不過我碰到一個老友，給我一個唱歌的機會而已。國家不是鼓勵我們多和臺灣同胞進行文化交流，爲國家統一做準備嗎？」姚天把這一套說辭告訴孟主任，說如果上級問起來，他可以這麼解釋。雖然姚天也知道別人沒那麼笨，他的本意很容易被看穿——滯留幾天就是爲了掙錢。

「好吧，我明白你的意思，」孟聽起來很疲憊。「別逾期逗留，下週一務必回來。你要明白，我並不同意你的做法。只是我勸服不了你。」

姚天點頭表示清楚了。如果出事，孟主任會希望姚天告訴別人，責任不在他這個領導。

平心而論，孟從沒表現得像個老闆一樣高高在上。他尊重劇團所有成員，說與大家一起工作感到幸運——團裡許多歌手、演奏家、舞蹈家在國內都是知名人士。從孟的角度看，他也不應該覺得姚天改變航班像什麼叛逃的信號。如果眞想溜掉，姚天大概不會還費事來請假。孟已經六十二歲了，三、四年後退休，沒理由得罪人，硬要阻止姚天。他也沒問姚天能掙多少錢，但姚天明白，他回國時欠孟主任一份厚禮。

睡覺前，他給妻子舒娜打電話，說會推遲回家。妻子聽說姚天有賺錢的機會也挺高興，但也囑咐他一定要小心謹愼，在公眾場合別胡亂發言。

二

第二天清晨，姚天從酒店退房，步行去了亞斌在法拉盛第四十五街的公寓。他沒料到亞斌的女朋友巴莉也住在那裡。巴莉是白人，在皇后區一家醫院當護士。當時巴莉不在家，但亞斌指著她的一張照片說這是他女友，兩人住在一起。姚天一直以為亞斌會是個永遠的單身漢。不過，他現在感到待在他們的一房一廳公寓裡很突兀。除了覺得會冒犯人家隱私以外，姚天自己也需要一個清淨空間，好集中精力準備表演。根據亞斌給的酬勞，姚天說可以為慶典唱兩首老歌：一是〈在那遙遠的地方〉，是一九三〇年代的一首情歌，還有一首〈高原之歌〉，是六〇年代電影《冰山上的來客》的主題曲。第二首歌的旋律有伊斯蘭風情，既活潑歡快又有異域色彩。一些歲數大的華僑可能聽過這兩首歌，會懷念這些優美的曲調。臺灣移民可能受不了中國的政治宣傳歌曲，姚天也想避開目前在港臺流行的熱門歌，怕大家太熟悉。亞斌把姚天的選擇告訴了活動組織者，如果他們認可的話，會及早給他安排樂隊伴奏。

姚天在亞斌的客廳剛坐下，就告訴朋友，他不想侵犯他和巴莉的隱私，問亞斌附近有沒有方便的旅館。亞斌笑了，說：「這一帶有很多家庭旅館，旁邊一個街區我就知道一個。」

他打了電話，然後告訴姚天，已經解決了——房間一晚上七十五美元，隨時入住。亞斌還說，這筆費用他來報銷。在基塞納大道的「紅筷子」餐館吃完午飯後，他倆去了旅店。姚天很喜歡這個住處。主人是一家朝鮮族華裔。房子是一棟兩層磚房，他的房間又乾淨又安靜，裡面擺著三張床。他似乎是這家旅店唯一的客人，鄰近房間都空著。低入住率讓這裡顯得十分寂靜。這裡甚至還提供家常早餐。

週六晚上，亞斌開車帶姚天去了曼哈頓下城的華埠，表演地點在埃爾德里奇街。姚天看到這裡是一個正式的禮堂而不是一家飯店，他很驚奇。華人移民一般喜歡把酒宴和娛樂活動結合起來，所以這樣的慶祝會通常在一個有幾十張餐桌的飯店舉行。姚天很高興這個活動與吃飯無關。禮堂看起來頗爲莊嚴，租金一定不便宜。

亞斌會意地笑道：「他們因爲你，把活動搬到了這個更大的場地。我告訴他們你同意來唱歌的時候，大家都一片歡騰。很多人看過你在春節聯歡晚會上唱歌，所以大家都特別期待。」

他們一起走到後臺的演員休息室，有些表演者已經等候在那裡了。休息室牆上有一對電視屏幕，後臺的演員也能即時看到表演。他的節目是壓軸曲，所以現在他可以放鬆一會兒。他跟房間裡的人打了招呼，大家正圍著一張桌子交談著，桌上擺了各種飲料、茶、咖啡、糕點、奶酪和水果。表演者中有一些舞蹈演員和演奏家。一位四十歲左右的女人獨自坐著。她穿一件粉色套頭長袖翻領衫和米色休閒褲，寬鬆隨意的打扮讓人看不出她的身材，但她站起來走到桌旁倒咖啡時，勻稱的身體曲線就顯露出來了。她長著一張鵝蛋臉，留著齊肩髮。亞斌把姚天介紹給她時，她的眼睛亮晶晶的。她說：「我叫譚麥，一個琵琶手。姚先生，很榮幸見到您本人。」她清脆的口音表明她大概是江南一帶的人。

姚天聽說過她，知道她在北美獲得了一些認可，但不確定她的成就有多大。寒暄幾句後，姚天坐進了一把扶手椅。他頭靠椅背，瞇起了眼睛。別人在聊天，他則養會兒神。但他時不時瞥一眼右邊的電視——演出已經開始了。

紐約臺北經濟文化辦事處的一位身材高瘦的官員上臺致辭。這個機構有點像臺灣在紐約的領事館，因爲美國和那個島嶼不再有正式的外交關係。官員用文謅謅的國語闡述了國慶日對海外華人的意義：不管支持臺灣獨立還是兩岸統一，大家都是擁有同樣語言和文化背景的中華子孫。有些觀眾來自世界各地，但大多數從臺灣和中國來，還有一些是美國出生的華裔二代。這位官員隨後宣讀了馬英九總統的一封信，信中褒揚了美國華人對和平的熱愛以及他們在生活和工作中取得的成就。

之後節目正式開始。一個兒童合唱團率先上臺，男孩們都穿著藏青色西服，繫條紋領帶，女孩們則穿著紅裙子配白襯衫。他們來自一家當地教堂，唱了兩首讚美詩。孩子們的歌聲深情而恬靜。姚天不太經常聽到這種旋律飽滿的基督教歌曲，他覺得非常享受。在這種世俗聚會上聽到宗教歌曲對他來說是耳目一新的。接下來的表演是中國傳統樂器二胡獨奏，類似於一種兩弦的小提琴。表演者很年輕，看起來還不到二十歲，但顯然經過了多年訓練，動作有力而富有激情。音樂是悲傷的，甚至讓人心痛。姚天的確不記得自己聽過什麼歡樂、振奮人心的二胡作品。

二胡節目之後是雜技表演。一對年輕男女各騎一輛高高的獨輪車上了舞臺，樂隊演奏著歡快的曲子配合他們。繞舞臺轉了幾圈後，他們定住，開始用腳把碗踢到頭上。他們一個接一個地踢起來，最後碗全部穩當當地落在頭上。雖然他們技藝高超，情緒飽滿，但這只是標準的中國雜技套路，姚天小時候看過不少。這個節目沒怎麼吸引他。

接下來譚麥出場了。她抱著琵琶坐在椅子上，那是一種類似魯特琴的四弦彈撥樂器。她給觀眾解釋說，即將演奏的曲子叫〈夜思〉，作曲是九世紀的一名僧人。她最近在杭州附近一所古廟裡偶然才發現的這首樂譜殘篇，現在還在努力完善，或者像她告訴觀眾的那樣「把它們整合起來」。姚天聽到她將演奏一個仍在製作中的東西，覺得挺意外。但她一旦開始彈奏，他就感到一股溫柔的力量把他帶到了一處遙遠寧靜的山水，那裡有森林、山谷和潺潺的溪流，一輪明月高懸於山脊之上。音樂柔緩、輕盈，但充滿了質感和各種小驚喜，完全不同於他以前聽過的琵琶曲，那些通常是快速而清脆的音符。他全神貫注地聽著，判定這是一首真正的古樂，深沉靜謐，富有情感與記憶。毫無疑問，這是一首傑作！他感動了，視線開始模糊，鼻腔也似乎堵住了。但譚麥演奏完後，觀眾沒什麼反應，掌聲零零落落的。

她對此似已有預料。她介紹說，下一首曲子比較活潑，是她自己寫的，叫〈秋葉飛舞〉。

她開始彈奏。這首曲子果然歡樂悅耳，熱情活潑，是典型的琵琶音樂，但也與傳統中的秋天落葉表現截然不同。通常秋天意味著生命力的衰退，是生命的黃昏。她右手五指撥弄琴弦時，身體與樂器似乎完全合爲一體。她的頭隨節奏晃動著，表情也更生動了，臉上的笑容時而燦爛、時而神祕。姚天意識到，這是一名眞正的演奏家、大藝術家，已形成了自己獨特的風格。他眞希望以前看過她的表演，這樣就可以和她多交流，瞭解她更多了。顯然，這種大師級的演奏水準必須經過長期的艱苦訓練。

這次她演完時，觀眾沸騰了。她站起來鞠躬。有人要求再來一首，但她說抱歉，不能久留。又鞠了一躬後，她抱著琵琶匆匆離開了舞臺。

接下來的表演姚天幾乎無法專心欣賞。一個當地藝術學校的團體表演了傳統傘舞，整個舞臺變成一個雨天，人們打著傘，走在霧蒙蒙的街道上。十幾名姿態優雅、四肢靈活的舞者，把每個造型都完成得精巧絕倫，編舞相當出色。但姚天的心思仍在剛才的琵琶演奏中。他聽說譚麥在美國生活多年，也許在一所大學當老師，也許簽約了一個樂團。

報幕員說到姚天時，他走上舞臺，站在麥克風前，開始唱歌。

他不太經常演唱〈在那遙遠的地方〉這種情歌，但他擅長民歌，所以還是很自然地演繹了這首歌曲。唱歌時，受到歌詞的啓發，他想像一名年輕小伙騎在馬上，在半山腰駐足，對遠處的愛人高聲吟唱。他能感到自己的聲音如流水般潺潺而出，俘獲了聽眾的心。下一首電影插曲他經常表演，所以演唱得更輕鬆了。兩首歌都像是他的固定曲目，跟他在中國的演出差不多，但這裡的觀眾還是報之以熱烈的掌聲。他正要離開舞臺，後排有一個中年人站起來喊道：「姚天，你那首〈綠野裡飛出歡樂的歌〉，給我們唱一個吧！」

姚天有點慌亂，他已經十年沒唱這首歌了。這是他的成名曲之一。那首歌是純粹的政治宣傳，歌詞是這樣的：「讓我們爲偉大祖國的現代化努力工作／遍地是英雄。」曾經有幾年，學校、工廠，甚至軍營裡，每天都在播放這首歌，所以姚天也一舉成名。他以前覺得這首歌是他的幸運神，給他帶來了名譽和機遇。上世紀九十年代末，這首歌才淡出公眾生活，大概人們的興趣和品味發生了變化。現在一想到這首歌跟自己有關，姚天只感到深深的害臊。對這種公眾接受的變遷，以及流行的變幻莫測，他的確思考了很多。藝術家目睹自己的代表作比自己更早地死去，不是很悲哀嗎？

姚天不知道後排的那人是認眞的還是在起鬨。他向他揮手、搖頭，表示自己不能唱那首歌，並懇求他的理解。他匆忙回到休息室，感到心跳急促，臉頰發燙。

但他不能在裡面待太久。亞斌走過來，對他招手，說：「姚天，贊助商、主辦方，還有其他一些演員，都想和你合影。滿足大家的願望吧。」

姚天再次回到舞臺跟大家合影。當地一些中文媒體的記者也在現場拍了些照片。看樣子一兩張會出現在中文媒體上。

亞斌開車載他一起回皇后區。東河上的曼哈頓橋在夜晚更壯觀了，往來車燈的洪流與橋上的燈光交相輝映。過了橋，他們身後的路燈看起來像包裹在一團團橙色的光暈裡，有些照著濕漉漉的秋天樹葉，有些反襯著微暗的星空。想起譚麥的表演，姚天對亞斌說：「那個琵琶手眞是大師，我竟從沒看過她的表演。你確定大家來看節目不是主要爲了她？」

「你以爲我說主辦方爲你換場地是騙人的嗎？」亞斌打趣地說。

「我覺得她一定很有名。」姚天說。內心感到一陣嫉妒。每次碰到眞正有成就的藝術家時，他常會有這種感覺，雖然他認爲自己也是一名藝術家。

「她的確挺有名，去過世界各地演出。但這裡的華人對她的音樂還不太熟悉，也不會欣賞，因爲她的風格與傳統琵琶演奏不一樣。今晚許多人主要還是來看你的。」

「她的表演眞讓我驚艷。」

「我也是。我覺得她絕對有獨創性。但她沒有你出名。」

「比起第二首，我更喜歡她的第一首。是眞正的古樂。震撼到我了。她演奏那首曲子，不考慮觀眾接受度的態度也讓我尊重。你知道她來美國多久了？」

「她簡歷上說大概十五年吧。」

「她這樣的民樂家在這裡能發展起來，眞了不起。我相信她能成爲明星。」

「她名氣確實越來越大了。她會成爲音樂界的一個重要人物。」

「應該多關注。」

亞斌考慮不付給姚天支票，怕他在這裡或北京的銀行不方便兌現。姚天其實有一個美國銀行帳戶，但也覺得現金更好。所以當亞斌告訴姚天，他家裡有四千美元，讓姚天跟他一起去取時，姚天非常樂意。

巴莉在家，剛從醫院值長班回來。她的天藍色工作服掛在短廊的壁櫥門上。一見到姚天，她說：「歡迎！很榮幸你來這兒。」

姚天用英語回答說：「見到你很高興。你家非常漂亮。」的確，公寓布置得典雅精緻，配備了全套的嶄新仿古家具，還擺了兩盆花，一盆茉莉，一盆條紋蘭花，蘭花開的花朵像蝴蝶一樣。

他們坐在鬆軟的沙發上聊天。巴莉也是移民，阿根廷人，金髮碧眼。她英語說得跟母語者一樣——姚天猜她大概在美國長大。她說聽過姚天一張專輯，很喜歡他的歌。他不知道她說的是哪一張。在美國，他的專輯大多是香港的盜版。巴莉腳上趿拉著人字拖，一雙大長腿交叉著。她的腳踝和手臂都骨骼勻稱，肌肉優美。姚天暗想她和亞斌相處得怎麼樣。巴莉看起來更像一個鄉村女孩，而亞斌是典型的都市雅痞。以前在北京，亞斌就以對女人眼光獨特、身邊女友經常更換而聞名。

巴莉告訴姚天：「知道你今晚能來演出，亞斌特別高興。大家都因爲你而激動呢。」

亞斌起開一瓶白葡萄酒，爲每人斟了一杯。他和巴莉一起舉杯說：「恭喜今晚演出成功！」姚天跟他們碰了杯。

姚天喝了一口酒以後就放下了。他畢竟不習慣喝酒。

航班是第二天一早，所以亞斌拿給他一個厚厚的裝滿現金的牛皮紙信封後，姚天又坐了幾分鐘，就告辭了。又落雨了，亞斌開車把他送回住處，也囑咐老闆娘早上五點給姚天打一個叫醒電話。

「當然，」老闆娘答應說，「不會讓他誤了飛機的。」

三

第二天早上，姚天在機場給孟主任買了一罐雅柯氏金帶皇冠即溶咖啡。孟最近幾年愛上喝咖啡，常去北京的星巴克，但和許多中國的咖啡愛好者一樣，他不太會在家煮咖啡。姚天花三十美元買了一罐，是免稅店裡最貴的一種。他打算一回國就去見孟主任，表示自己信守了承諾。

但週一上班時，他發現主任神色不對。孟的辦公室在一個排練廳的最裡面，孟抬起大腦門瞧見姚天進來時，一臉驚奇。他說：「好啊，眞是驚喜，驚喜！」他捋著眉毛半開玩笑地說：「我以爲你已經消失在美國大陸了。」

「全鬚全尾回來報到。」姚天說著，把咖啡放在孟的辦公桌上。「這是感謝您的。」他一邊活動了一下肩膀，長途飛行回來後仍全身痠痛僵硬。

「謝了，姚天。這一定很高級。」

「正宗德國貨——你會喜歡的。」

孟把禮物放進桌子最下面的抽屜，然後壓低聲音說：「我得告訴你，你可能有麻煩了。今天下午要在會議室裡開會，就爲了你，團裡所有領導都會出席。」

姚天呆住了。他們歌舞團屬於國家單位，在孟上面有十多名領導。有些並不熟悉業務，也沒什麼貢獻或能力，只是作為黨員在那些位置上領著工資。姚天問：「為什麼？我得參加嗎？看，我不是準時回來了嗎，沒什麼大驚小怪的。」

「他們還不知道你回來了。我馬上給牛書記打電話，讓她知道這是個誤會。不知怎麼搞的，有人以為你不回中國了。當然這會兒大部分人都將信將疑的。」

牛書記是他們黨委第一把手，姚天驚慌起來，懇求孟說：「麻煩你告訴他們，我就是想給女兒掙一些外快交學費。別把這個政治化。你知道——我不關心政治。我只是個唱歌的。」

「現在你害怕了？嚇尿了？我在紐約跟你說過什麼？我不是說過不要冒險嗎？」

「他們怎麼知道我回來晚了？你把我的計畫告訴別人了？」

「姚天，我沒那麼低級，也沒那麼笨。要是我告發你，我自己也逃不了干系。是我批准你的，如果你出了事，我得負直接責任。」

「那他們到底怎麼知道的呢？」

「這不是禿子頭上的蝨子，明擺的嘛。代表團每個人都看到你沒在回程的飛機上。你還是先鎮定一下。我現在就跟牛書記聯繫，讓她知道你回來了——沒有壞事發生。如果下午還要開會，你自己去會上說清楚。」

「我應該提到你給我批准了嗎？」

孟歪著頭，似乎在盤算。然後他睜開厚厚的眼皮說：「爲什麼不告訴他們眞實情況呢？你換了航班後，才來告訴我這件事。換句話說，整件事是你自己惹起的。」

「好吧，我會這麼說。」

姚天打電話給妻子，說自己有麻煩了。舒娜也有點緊張，但認爲姚天至少應該表現得若無其事。就算領導們批評他不守紀律，也應該不會太嚴厲地責罰他。人民歌舞團是北京表演界的大單位，而他是首席男高音。如果他被開除，在別的地方找工作也很容易。這些年來，別的城市的一些劇團多次找過他，要給他更好的待遇，但他不願離開北京。現在，高鐵和飛機班次頻繁，他完全可以在另一個城市工作，同時住在首都。舒娜是清華大學歷史系專治明史的教授。今天星期一，她一週中最忙的一天，她馬上得去給研究生上課。掛電話前，她對姚天說：「人會嫉妒。要是他們沒收你賺的錢，讓他們拿走。」

直覺告訴他，這件事可能沒那麼簡單。但舒娜是對的，他應該保持鎭定。於是他待在地下室的另一個排練廳裡，做一些聲樂練習，等待主任的消息。

中午剛過，孟就打來電話，說姚天應該參加三點的會議。他讓姚天耐心，把一切說清楚，就像他們那天晚上商量好的那樣。姚天鬆口氣，希望自己解釋完來龍去脈以後，領導們能寬大處理。既然人已經回來了，就不會太爲難他吧。本來自己動機也不複雜。只要能逃脫紀律處分，他什麼批評都認了。

下午在小會議室，二十來人圍著一張矩形圓邊的紅木桌坐著。姚天感受到一種不祥的氣氛。他看見幾個熟人，不過沒和任何人說話，只是衝一些人點了點頭，但有些人對他不理不睬。牛書記坐在桌子首座，示意他在離她三四個人遠的位置坐下，靠近一個高高的窗戶。然後，她把一疊複印件交給一個年輕的長笛手，單位的團支部書記，請他代為分發。姚天拿起那頁紙，驚奇地看到他和亞斌，以及其他一些表演者一起在曼哈頓的舞臺上拍攝的一張照片。這是什麼意思？他心裡暗想，但沒想明白。他覺察到牛書記臉上略過一絲蔑笑，頭一陣發暈，心裡也開始忐忑。牛書記快五十歲，當初被任命為劇團領導，主要是因為她丈夫從外地被提拔到國務院某部門做副部長，所以她的工作更像是對幹部配偶的安排，因為她連本科學位都沒有，也對表演藝術也不在行。平時她對姚天挺有禮貌，姚天也相對欣賞她坦率直白的性格。

與會者坐好後，牛書記手裡甩著那張照片，說：「文化部送來的。姚天同志需要解釋。」她說話的聲音尖利刺耳。然後她轉向姚天：「你到底為什麼要加入那些敵對陣營？你不知道你違反了國家政策嗎？」

姚天老實地回答說：「牛書記，我不懂。他們國慶邀請我唱兩首歌。我知道臺灣的國慶日和我們的不同，但他們是在慶祝作為一個國家的中國，我參加了。這有什麼錯呢？我不理解。我們政府不是一直鼓勵和臺灣同胞進行文化交流嗎？」

「活動的主要後臺是臺灣的泛綠聯盟。大多數贊助商和組織者屬於主張分裂的民進黨。按規定，我們不能和他們來往。你們去美國以前，我們警告過大家。」

姚天更迷惑了，他說：「我怎麼知道組織者屬於哪個黨呢？我問邀請我的那個人，活動的組織者是誰，他說是紐約和紐澤西的中國移民贊助的。這個人也是北京人，還說如果我能和他們一起慶祝中國作爲一個國家，他們感到榮幸。所以我同意了。馬英九也給他們寫了一封正式信強調了一個中國。」

孟主任加進來：「姚天，我剛看了部裡發過來的文件。組織者大多是泛綠聯盟的成員。」

「我都不知道那是什麼意思。」姚天坦白地說。

「就是臺獨。」牛書記再次告訴他。

「那他們爲什麼要慶祝國慶呢？」他還不明白。

牛繼續說：「因爲他們想在紐約華人社區擴大影響力。你幫了他們，你還得到了四千美元。」

他嚇了一跳。亞斌告發我嗎？不可能。那他們怎麼知道確切的數字呢？他聽說美國到處都有中國間諜，但沒想到有人會對他的一場小型演出的報酬感興趣。他無言以對，低下頭。

與會者開始討論他的違紀行爲，但大多數人聽起來都表示了同情，尤其是那些比較瞭解姚天的人。一個人認爲大家應該原諒姚天，畢竟這是他第一次犯錯。然而，有一位歲數較大的女士提到他賺的四千美元，應該上交給團裡，但沒有別人接這個話茬兒。

最後，牛書記訕笑著說：「我也不想管這事。看得出姚天同志大概是不小心蹚了這趟渾水。但我們也不能放任不管。畢竟上面要我們處理這事，所以姚天要給我們一個交代，正式寫一份檢討。」

與會者都點頭表示同意。於是牛書記宣布，給姚天一週時間寫檢查。這週他得停職，待在家裡，專門反省寫交代。交上來以後，牛書記會把檢查送到文化部，看上頭怎麼處理。姚天對這個安排頗有疑問，但他沒資格爭論，所以他只能回答說，會盡力完成領導的要求。

舒娜和姚天都沒把停薪停職一週看得多嚴重。舒娜甚至開玩笑說，現在他可以爲老婆和女兒做飯了，而這正是他樂意爲之的事。寫檢查也沒那麼難，所以他現在不著急。他們住在大學教師公寓，舒娜每天走路上班。婷婷就讀的清華附中也在附近，而且她已經十三歲了，可以自己去上學。

第二天，他睡到了快晌午，早午飯做一頓吃完後，他練了兩小時聲樂，練習了腹部呼吸、吹唇，以及慢節奏地唱一些長樂句。然後，他聽了幾首經典歌曲，又在一架小鋼琴上把那些樂符試著彈奏出來。做完這些工作後，他去家附近的超市買菜準備晚飯。他買了一條鯉魚、一顆粗壯的竹筍和一塊五花肉。回家路上，他在一個小吃攤停下，叫了一個韭菜盒子和一碗撒了碎香椿和辣油的豆腐花，吃得津津有味。平時只要舒娜和婷婷不在家，他就會去小吃攤或小飯店。他廚藝不錯，可一個人吃飯就不想花時間做。

姚天路過他家公寓樓外面的一個茶座時，幾個老人跟他打招呼，讓他過去一塊兒坐坐。他揮揮手，說今天不聊了。都是些退休老人，日常閒著沒事，喜歡聚在一起談天說地、議論家長裡短。回到家以後，姚天開始動筆寫檢查。他不是黨員，將來也不打算入黨，所以不必過多檢討自己的政治立場或思想覺悟。相反，他強調自己缺乏紀律觀念，還有疏忽大意。他寫道：「第一，我不該改了航班才去請示領導。第二，我本該對邀請我的人的背景更加謹慎，應該多瞭解一些問題。這樣，在孟主任的幫助下，我也許能搞清活動組織者的眞實身分。第三，我不該被高額的費用誘惑。我聽說他們會付給我四千美元時，我就貪婪起來，被這種想法左右了。金錢可以爲人所用，但人不能被金錢控制。這對我是一次慘痛的教訓。現在我要把全部款項上繳單位，或者捐給孤兒院、養老院。」

然後他寫不下去了，說不出別的實質性東西，就把紙筆收了起來。該做晚飯了。女兒最愛吃爸爸做的魚，所以他開始用他的獨門絕技來燒魚。他先洗乾淨魚，用米醋擦了魚身，好讓魚皮不那麼滑，然後把魚用醬油和料酒醃起來。同時，他把豬肉切小塊，竹筍批成菱形薄片，一把泡好的香菇切成薄片。接下來，他燒熱鍋，把魚用油煎一下拿出來。然後他用蔥薑蒜末煸炒豬肉筍片香菇，炒出香味後加水煮。這時再把魚放進湯裡，最後在魚身上滴兩滴米醋去腥。他蓋上玻璃鍋蓋，小火燉著。

除了魚，他還做了兩道素菜，蒸茄子和炒四季豆。再加苦瓜湯和米飯。

他喜歡看婷婷和舒娜狼吞虎嚥地吃飯。女兒不停說，眞希望老爸天天待在家裡，爲她做這樣的晚餐。「爸爸，魚太好吃了，」她說的時候兩眼放光。「只要是老爸掌勺，我就是過節。」她舔了舔下唇，唇上沾了魚湯。

「快吃，」舒娜說，「晚飯後你還得和陳老師一起學習呢。」

他們給女兒請了個數學家教，是北師大的一名女生，叫陳艾麗。每週兩個晚上來輔導婷婷數學。他們每小時付她八十人民幣，約十二美元，這樣婷婷在數學上不至於在班裡太落後。數學是她最薄弱的科目，她比較擅長英語和語文。她英語學得好，跟姚天是英文系畢業也有關係，他可以輔導女兒。和大多數有十幾歲孩子的父母一樣，姚天和舒娜也開始操心女兒的大學。他們討論過婷婷的教育，都認爲她應該出國念本科。婷婷喜歡這個計畫，她許多同學未來也打算到歐洲或北美去上大學，不想爲了中國的高考死背答案。在中國，頂尖大學的競爭算得上慘烈，普通大學一般也只餵給學生一些過時的知識和名詞，批量製造出一些思想和知識符合統治集團需要的人。

那天晚上，姚天和舒娜談起了他的這次事件和正在寫的檢查。兩人依偎在家裡的帆布沙發上。舒娜把頭靠在丈夫胸前，手放在他肚子上。她讓他和上級打交道時一定要控制情緒。就算讓他當眾檢討念檢查，他也老實服從。不管上頭想怎樣，他照辦就是。過不了幾星期，可能就沒人記得這事了。

「別擔心。」他說：「牛書記好像也不想整我。她可能只是得給上面一個交代，讓文化部的領導知道，她教訓下屬了。」

「那個女人，難說。但她想怎樣就怎樣吧。我們得罪不起。」

「相信我，我會沒事的。」

他把手伸進她的襯衫，輕撫她的腰，那裡又結實又光滑。但他試圖把手再往下走的時候，舒娜制止了。她拍開他的手，說：「今晚有一堆工作。有個研究生明天下午碩士論文答辯，我還沒看。」

那意味著他們今晚會分房睡。這並不罕見。每次姚天有表演時，頭天晚上他們也各睡各的。同樣，舒娜經常一個人熬夜看書寫作。她在自己的領域正節節進步，一定不能鬆懈，必須做出成績，才能晉升正教授、當博導。目前她只能帶碩士。不過，對一位三十八歲的年輕學者來說，這個成就已經算高了。

五年前，清華大學音樂中心給過姚天一個級別不太高的行政管理職位：主要負責一些校園活動和音樂教育，偶爾教課。妻子希望他接受這份工作，覺得一家人都在清華工作更合適。她說：「大學的工作又體面又有保障，一輩子不用擔心失業。」但他不喜歡管理工作。他喜歡在公眾面前唱歌，體驗那種振奮和激動。他說：「我屬於舞臺，不想被關在辦公室的籠子裡，每天朝九晚五地工作。」舒娜有點失落，說姚天太驕傲，但她還是尊重姚天，回絕了清華大學的提議。至今，她仍認爲他錯失了一個良機。

第二天早上，姚天剛吃完早飯就接到了佟冉的電話，這人原是一名空軍退伍兵，現在負責單位的保衛工作。他說接到指示要收走姚天的護照，請他下週上班時把護照帶來交給他。姚天大驚，問以後他是不是就沒有護照了？

佟冉說：「也不是。從現在起，文化部會直接控制高級官員的國際旅行，還有像您這樣的藝術家們。您知道有多少貪官捲款潛逃——我們國家領導人要加強出國管制。」

「但我是歌手，出國演出需要證件。團裡其他人也需要上交護照嗎？」姚天問。

「這個我不能說。我只是服從上級命令。請您下次來團裡的時候把護照帶給我。」

姚天聽說過，現在每個部裡都設立了護照管理人員，主要是爲了防止腐敗官員攜款逃跑。他沒聽說過同事中有人交出護照的。看樣子，現在他屬於那種需要嚴加管控的一類了。

舒娜還沒去上班，姚天告訴了她這件事。他們都看到了失去護照的直接後果——他不能再去境外演出了。這肯定會損害他的職業生涯，因爲他經常被外國的文化單位邀請去交流演出。對他來說，這也意味著個人基本自由權的喪失。更不妙的是，一旦他被限制在中國境內，政府會一點點消磨他，直到把他徹底扼殺。這種打壓已經發生在許多不肯妥協的藝術家身上。關於這種殘酷的方式，甚至有句俗語，叫「關門打狗」。

舒娜離開後，姚天再次細品保衛處領導的新指示。一時衝動之下，他給亞斌寫信，請他邀請自己再去紐約演唱一次。姚天簡要描述了自己的麻煩，說想在美國待一段時間，等待這個可笑的事情平息下來。他覺得可以信任亞斌，因爲亞斌已經被中國政府驅逐了，算是不受歡迎的異議者。姚天保證，因爲他常出國旅行，所以有一個美國銀行帳戶，不會在經濟上拖累他。發完郵件，他還是覺得如臨深淵，不確定是不是真的要採取逃到紐約這麼激烈的措施。整整一天，他都在焦急地等待亞斌的回音。到晚上也無心做飯，只出門買了一些肉包和一份炒菜。

晚飯後，姚天和舒娜又談起上繳護照的事。他告訴妻子他給亞斌寫了郵件要求一封邀請函。舒娜吃了一驚，但旋即恢復了理性。她濃密的眉毛向上挑著，稍稍凹進的眼睛瞇縫起來，腦筋似乎在飛快地運轉。她的下巴顯得更加稜角分明，柔滑的脖頸皮膚上隱約可見兩道細紋。然後她說她能明白他的道理，說如果他能去美國住一段時間或許對他眞有好處。考慮到如果他離開家，自己將不得不獨自撫養女兒，她想責怪他沒先和自己商量，但她忍住了。她知道，只要姚天還在領導們的手掌中，他們可能想怎麼折騰就怎麼折騰他。大不了他被人民歌舞團開除，但這沒什麼。以他的名聲，他在中國任何地方都能找到工作。重要的是，他不能被動地任他們欺辱。姚天很高興舒娜支持他。

他們不知道亞斌會不會給他發邀請，所能做的只有耐心等待，同時準備一個備用計畫。但第二天一早，姚天翻開電腦時，看到一封來自紐約大中華文化協會的消息，說他被選擇加入一個藝術家小組，邀請他到美國東西海岸做一個巡迴演出。這封信讀起來文筆極佳，因爲亞斌使用了極盡鼓吹的語言：「一個實力雄厚的藝術團」、「一次開土拓疆式的努力」、「技藝精湛的藝術大師們」。在給姚天的另一封私人郵件中，亞斌說他對姚天陷入困境感到難過，希望能幫到他。他說：「無論你需要什麼，我都會盡最大努力幫助你。」

姚天決定充分使用現在還在他手裡的護照，立即著手申請簽證。舒娜在一旁爲他打氣，說：「現在已經是二十一世紀了。你們團的領導應該知道，你不是他們的所有物，他們不能對你爲所欲爲。她還笑著說，亞斌聽起來就像「一個口才極佳的騙子」。

有了妻子的支持，姚天更果決了。早飯後，他給自己的朋友、福特基金會北京辦事處的史蒂夫·傑克遜主任打了電話。史蒂夫熟人很多，他聽姚天解釋了他的困境後，同意幫忙，說他會和美國大使館的一位朋友打招呼，讓姚天的簽證申請優先受理。史蒂夫需要亞斌的信，姚天馬上轉發給他。

四

奇蹟中的奇蹟：兩天後，姚天收到了簽證面談預約。他帶著護照和上次出國準備的全部簽證材料，去了美國大使館。年輕的美國女簽證官英姿颯爽，圓圓的下巴上有一處凹槽。她翻閱完文件，抬起眼皮，灰色的眼睛看著他的臉，英文中帶著清脆的中西部口音，問：「你是歌手姚天？」

「是的，我是。」他說。

她翻到他護照的後幾頁。「你剛從美國回來。怎麼又要走？」

「我收到了新邀請。這個文化協會邀請我參加一系列活動。他指著附在申請表上的亞斌的邀請信。」

「我明白了。既然如此，過兩天再來。」

「這是不是意味著你們會給我簽證？」

「我不能保證。我只能說旅途愉快。」她眨眨眼，咧嘴微笑了一下。

「你也是！」他脫口而出。然後他趕緊改口。「對不起，對不起。你還會在這裡工作。我太激動了，沒能恰當地表達我的感激之情。」

「我理解。再見。」她向他揮手，然後示意下一個人進來。

舒娜知道他在美國大使館做完了面談，很高興，說他從現在起必須低調。出門時，最好別多搭訕那些每天聚在社區小公園裡下棋、跳廣場舞的退休大爺大媽們。也別去他們大樓外的茶座那裡閒聊，閒言碎語都是從那裡傳出來的。現在連婷婷也還不知道這個計畫。他的停職反省期已經結束，明天必須去上班。但交護照的事怎麼辦呢？

第二天早上，舒娜給孟主任打電話，說姚天喉嚨痛、發冷，只能臥床休息。一定是壓力太大病倒了。孟在電話裡聽起來有點焦急——十一月初他們要去沿海各省做一個大型巡演，如果姚天去不了，劇團的男高音獨唱就空缺了，儘管有一個替補。舒娜說姚天一直在努力寫檢查。「孟主任，您知道他不是文人，寫不出什麼洋洋灑灑的東西。把他給折騰病了。他會把檢查發給你。現在他幾乎不能說話，嗓子都啞了。」

姚天隨後和孟主任簡短地通了電話，他戴著厚口罩掩蓋自己的聲音。主任在電話裡表達了關心——他讓姚天別太緊張，他的紀律問題很快會過去。現在他必須好好休息，盡快恢復，因爲前面還有重要的工作要做。姚天感謝了他，答應會把材料發到他的電子郵箱。當晚，他的確發送了郵件。

姚天和舒娜討論了他的下一步計畫。假設他得到簽證，接下來就是買去紐約的機票。通常是八百美元左右，但因爲立即要走，價格可能升高三、四倍。家裡的活期帳戶沒有這麼多錢，只有一張十五萬元的定期存摺，看來要提前支取了。那是舒娜在銀行當會計的弟弟，幫他們辦理的一個融資項目。舒娜說會盡快拿到錢，然後轉進家裡的活期帳戶。他們還有大約五千美元現金，舒娜讓姚天全帶走，說到了美國以後肯定會需要。她說窮家富路，自己工作穩定，收入也不錯，所以把家裡的積蓄全部給了姚天。她對姚天在美國取得成功很有信心。他們都認識一些別的中國藝術家，在美國做得不錯，再加上姚天英語好，甚至比他們更有優勢。前途是無限的。如果說中國是一個大湖，北美就是一片大海。他完全同意她的看法。更主要的是，如果他在中國沒有藝術自由，最後才華還是會被浪費掉，事業不會進步。如果政治風向轉變，他可能還得再次只唱宣傳曲。在中國生存，他就得學會妥協。看看國內那些老一輩的歌手和作曲家。他們四十歲後都碰到了事業瓶頸，因爲總是得自我審查、避免爭議，對上級的要求不能有絲毫違抗。在妻子的鼓勵下，姚天想像著自己在國際上的成功，想到琵琶手譚麥。如果她能在美國有一席之地，他也應該能做到。

兩天後，他又去了美國大使館，拿到了簽證。現在他一定要謹言慎行。任何失誤都可能造成失敗——警察很可能發現並撤銷他的護照，把他列入特別控制的人員名單。那天晚上，舒娜和他在床上談了幾個小時，討論他在美國應該做什麼，他的手一直放在她的腿間。

舒娜去過美國西海岸一次，特別喜歡灣區的氣候，那裡冬暖夏涼。但姚天更喜歡新英格蘭地區鮮明的四季輪換，他去那裡巡演過好幾次。她還不確定自己以後會不會去美國，因爲她的英語不夠好，目前的工作也滿意。但她相信，如果他們最終必須移民美國，她可以學好英語，在美國找到工作。他們看得出這是有可能的。他們都認爲婷婷以後應該去美國上大學，畢業後留在那裡工作，然後家人和女兒團聚在一起。如今在中國，熟人之間打招呼的方式經常是：「移了嗎？」而不是「吃了嗎？」幾乎所有的有錢人都已經離開或正在辦理移民。有人說，這個國家就像一艘正在下沉的船——越早離開越好。以前舒娜和姚天談論家庭的未來計畫時，都認爲不能隨波逐流，但這次他們被推到了一個新的境遇，他很可能成爲這個家在美國的開拓者，或者用舒娜的話說，「打頭陣」。

第二天，他開始購買機票。十月底、十一月初到紐約的航班已全部售罄。搜索了多家網站後，他終於在達美航空公司找到了一張去西雅圖的的機票，但是商務艙，價格是經濟艙的五倍多。海南航空公司有一個經濟艙座位飛往芝加哥，但是從上海出發。

下午晚些時候，舒娜回家了，他跟她說了機票的情況。她想都沒想就說：「快買達美的，從北京直飛。」她對驚人的票價完全置之不理，說還能有票就是奇蹟。這是他最喜歡她的地方——對他們真正需要的東西，她很少吝嗇錢。她並不出生於富裕人家——父母退休前都只是中學教師——但舒娜就有一種慷慨的富家女氣質。她確實爲自己感到驕傲，能在首都一所頂尖大學當教授。

第二天早上，他拎著一只手提箱去機場。舒娜和婷婷都沒去送他。他想給鄰居們一個印象，這只是一次普通旅行。現在女兒也知道爸爸又要去美國了，還讓爸爸快點回來。他說他不會在國外待太久。雖然知道他們家最終可能會移民，但舒娜和他都覺得他這次去紐約大約是暫時的。指望一切都按計畫進行有點不切實際。現在沒人能一心期盼什麼。在內心深處，舒娜和姚天並不想破釜沉舟。某種程度上，這次旅行感覺就像他在擺一個姿態或耍一個花招，想告訴單位他們不能任意擺布他。等他回來時，他可能已經另有工作。如果團裡想留下他，就得給他更多的自由。他想要的無非就是能自由出國旅行，經常出國表演。近幾年來，海外華人群體已經成爲藝術的沃土，到處都有電影、戲劇、圖書出版或美術方面的活動。任何有遠見、有抱負的藝術家都應該去那裡施展一番。

在機場一切順利，可能是因爲他的商務艙機票。年輕的櫃檯值機女士檢查了他的護照，瞧了一會兒他的臉，似乎認出了他，但沒說什麼。後面一群人在排隊，她很快幫他辦好了登機手續。安檢也順順當當，他進入了候機廳。登機口附近很多空座位。一群老年乘客正靠著機場的玻璃幕牆坐著，從那裡可以看見外面的跑道。他們周遭堆放了大包小包，看起來有點緊張。這可能是他們第一次去美國，有些人可能是第一次坐飛機。

離登機還有一個小時，姚天努力保持鎮定。他知道已經通過了安檢，警察不太可能來抓他，但他還是把那副平光眼鏡找出來戴上，那是他平時不想讓媒體或粉絲認出他的一點掩飾。他控制自己別東張西望，眼睛盯著腿上的一本雜誌，但一點都讀不進去。大約半小時後，登機口的櫃檯前仍然沒人，他覺得有點不對勁，站起來問一位路過的年輕職員，那人告訴他：「耐心等著。如果有變化，會廣播的。」

姚天經常旅行，知道國際航班通常起飛前至少半小時就開始登機。那些老年乘客也仍然坐在那裡，有些人在打瞌睡。姚天終於注意到大廳那頭有一排屏幕，走過去看了一眼。他大吃一驚，登機口已經換了。他好心回去提醒那些老人，說：「航班的登機口換了。得趕快去另一個地方登機。」

他的話讓老人們紛紛拿起箱包，跟他到了新登機口。他們到那裡時，一大群人已經在排隊登機了。領著這群老人，姚天好像是他們其中的一員，或是他們的導遊，所以值機人員只是瞟了一眼他的護照，掃描了他的登機牌，就讓他進去了。

最後一道關卡通過了。現在他終於可以說他要離開中國了。

第二部

五

亞斌幫姚天在法拉盛第三十四大街找到一套帶家具的一房一廳公寓，附近有巴士站，七號輕軌也在步行範圍之內。亞斌用自己的名字租下公寓，姚天再按月把房租交給亞斌，因爲姚天怕中國政府的人追蹤到他。亞斌常給姚天打電話關心他過得怎麼樣。姚天自己可以去城裡轉悠，錢也夠維持三、四個月的，所以他告訴亞斌，自己很好，正享受這份和平與寧靜。

他大致跟亞斌講了他在國內的處境，說遭到一些同事的嫉妒，文化部也讓他交出護照，所以他必須來紐約，打算在這裡住幾個月。他就想讓上級們看看，他姚天不是他們可以隨意擺弄的人，他有他的尊嚴和底線。理想情況下，他希望能和領導達成某種協議，爲自己爭取更多自由，特別是出國旅行和表演的自由。

亞斌同情地搖搖頭，未置一詞。他倆正坐在姚天公寓客廳的扶手椅裡，房間朝南有一扇大窗戶，每天上午都會有充沛的陽光鋪灑一地。亞斌的無語讓姚天不自在，他問：「你覺得我反應過度了？」

「老實說，你目光有點短淺。你要是愛自由，就不該還想著回去。如果你的同事都是國家的順民或奴才，你憑什麼能有更多的自由？你回去，和他們不會有什麼兩樣。要麼當奴隸，要麼是同謀。」

「不要太政治化，」姚天說。「我對政治沒興趣，只想做一個自由藝術家。」

「你周圍沒人自由的時候，你可能嗎？自由不僅是一個個人的選擇，更是一個社會條件。」

姚天答不上來。亞斌很聰明，在政治上一定很活躍。姚天聽說過他是一個海外華人民主協會的成員，幫他們申請經費、組織活動。那個協會的總部在法拉盛市中心的一條小巷裡，在一幢老舊的樓裡租了個套間。他倆的談話到此結束，因爲亞斌得去見一位客戶，處理受傷理賠的事。

但他的話讓姚天陷入了沉思。到現在他還沒和團裡直接溝通過，他的確在刻意保持沉默，想拖延時間。然而，如果上級眞對他讓步，他的同事們也一定會有樣學樣，各個提出自己的要求。想到這裡他開始有點驚慌，不知道現在領導們究竟怎麼想。不過，他給舒娜寫電郵時，仍讓她冷靜，別著急回答他單位領導的任何問題。她要假裝毫不知情，只知道丈夫和他的美國朋友們正在進行一次比較長時間的巡演。他知道這樣做會讓上級很生氣，但他就想讓他們嘗嘗不快的滋味。他受夠了總是被他們喝來斥去的。

不久，牛書記和孟主任分別給他寫信，叫他即刻回國。牛書記語氣強硬，說他如果一個月內不回去，就開除他，別的單位也不會要他，因爲他的檔案裡會有一個「巨大的污點」。姚天不以爲然。他覺得牛書記眞是過時，還想著那些需要檔案的、一做就是一輩子的國家企事業單位之類。雖然他們團的工作穩定，但他最終很可能會去一家私人劇院或公司，根本不需要檔案。（你的名聲就是你的簡歷，他經常這麼提醒自己。）孟主任的話沒那麼嚴厲，但他透露的消息卻更有恐嚇性。他說：「你的案子已經上報文化部和國家安全部了，你要是不及時回來，他們很可能把你當成叛逃。想想看——你能承受這樣一個罪名嗎？這會影響你的家庭，尤其是你女兒。姚天，你不要這麼固執。聽我一回勸，別毀了自己的前途和家人的幸福。」

孟主任的話對他起到了效果。他先回覆牛書記，說，如果他回去，護照請讓他自己保管。對方立即回覆說，「姚天同志，我不能保證。就算我准許你自己拿著護照，公安局也隨時可以把它註銷。這件事不在我的職權範圍之內。」

姚天意識到，她說的是眞的——她只是那個巨型統治機器中的一個小齒輪。市公安局可能已經知道了他擅自離開，而姚天和舒娜從未想到這一層。他一直以爲這是他和單位之間的事。現在他開始懷疑自己匆忙離開中國是否明智了。但就算他現在立即回去，別人可能認爲他在美國混不下去了，結果不但淪爲眾人的笑柄，也會從此被警察嚴控起來。他可能從此失去行動自由。他沒了主意。一天晚上，他給妻子打電話，討論這個僵局，商量怎麼對付。當時是北京時間早上七點，舒娜聽起來很困倦，一時間似乎都沒聽懂。

姚天把情況又複述了一遍，說：「你看，我可能被當成叛逃者。如果這樣的話，我會頂著罪犯的名聲，你和婷婷的未來也會受影響。」

一陣長長的沉默。然後舒娜說：「不要被他們嚇倒。你在全國都很出名。要是他們不能讓你回來，是他們的責任，他們的官位會受到威脅。他們一定比我們更著急。我們還是靜觀其變。」

「警察註銷我的北京居民身分怎麼辦？」想到這一情況的可能性，他驚慌起來。那樣就算回去，他也會變成一個沒有戶口的遊民，就像那些湧進城市的農民工一樣。

「那個你別擔心。要是你回來，你在別的城市很好找工作。南方有些地方已經取消了戶口制，這個很快就不重要了。你的老闆會知道你是他們的搖錢樹。」

這是肯定的，他有能力爲團裡賺錢。那他還是按兵不動吧。「婷婷知不知道我不會很快回去？」他問。

「當然，現在她什麼都知道了。」

「那我能和她說兩句嗎？」

「她昨晚兩點才睡，這會兒還沒醒。你要我把她叫起來嗎？」

「那算了。就告訴她，我愛她。」

他明白自己將和上級進行一場曠日持久的跨國心理戰。他一定不能被他們嚇倒或說服。現在他顯然要在美國生活較長一段時間，開始需要想個辦法養活自己。他已經在這裡兩個月了，所幸簽證是一年有效。他喜歡這裡平靜自由的生活，他也知道自由的前提是能忍受孤獨和隔絕。他常對自己說，在這裡你可以誠實地生活了。從現在起，他或許開始需要在心理上做好準備，他終將成為一名移民。

但他自從來到紐約後就沒公演過。他開始感到一些情緒上的低迷、易怒，還有精神渙散。他現在不用上臺表演或去參加排練，他甚至忽略了自己的個人衛生，有時鬍子幾天不刮，澡也不洗。他感到不能再這樣下去了，於是他問亞斌能不能幫他找一些唱歌的工作。亞斌拍拍胸脯說，保證幫忙。他說有各種各樣的演唱機會姚天可以考慮——家庭慶祝團圓、校友聚會或其他晚會。姚天打斷他說不想去私人場合演唱。亞斌似乎知道他反對的原因，笑笑說，「如果我是你，我才不管是大型表演還是私人聚會。誰付我錢，我就為誰服務。你如今是在一個資本主義社會了。」

「至少，我不想在婚禮上唱歌。」姚天堅持說。

「好吧，知道了。」

在亞斌的幫助下，他很快開始接到邀請。工作很輕鬆——一般他唱兩、三首歌，報酬在七百到一千五百美元之間不等。當然，他需要改變他的曲目——新的觀眾想聽他唱港臺民歌或一些流行歌。大部分移民和華僑對中國的革命老歌不感興趣，不過，這些年來他反正也一直在減少和剔除那些曲目。當地一些社區舉辦慶祝活動時邀請過他，也有一些教堂，甚至紐約大學的蒂施藝術學院也請他去交流過。還有兩所大學的音樂系也邀請他去做了講座和唱歌。但他不喜歡講課，只喜歡唱歌。他每天練習、學新歌、提高自己的演唱技巧，用樂譜，也充分利用了皇后區的公共圖書館，那裡的音頻和視頻收藏非常豐富。

現在已到了三九天，寒冷常常讓他喉嚨疼。他的聲音有時有點生澀，但他還能應付。總體而言，比起北京，他還是更喜歡紐約的氣候，更溫和些，也許因爲這裡靠海。偶爾也有人想聽他唱一兩首紅歌，回憶過去的革命時光。比如〈一艘小船向東開〉或〈綠野裡飛出歡樂的歌〉。前者是一首電影主題曲，也是他第一首成名曲，可他當時太年輕，不知道這是一首純粹政治宣傳的歌。多年前，他曾每次表演必唱這首歌，觀眾也爲之瘋狂。然而幾乎一夜之間它就被丟進了歷史的垃圾桶，沒人要聽，他也沒再唱過。現在，他一想到那些歌詞都會嫌棄地哆嗦一下，「革命精神像海浪一樣高漲／我無所畏懼地跟隨黨。／我們要粉碎那邪惡的舊世界／我們的河山中奇蹟閃現。」

他在紐約大學也表演了一次，是亞洲研究專業的一些教授和研究生們組織了一次慶祝除夕的文化活動。他們也請了兩位流亡詩人來朗誦詩作。其中一位詩人年紀挺大，嘴角歪斜，臉上也有不少皺紋。他因爲一次腦中風失去了部分記憶，但觀眾席中有人對他的詩句十分熟悉。每當這位詩人在朗誦時出現卡頓，坐在前排的某位觀眾就會提醒他一下。姚天被他的朗誦感動了。輪到姚天時，他拿出最好的狀態，用心演唱了三首民歌。唱完後，是電影放映活動——是一部發生在中國西部的愛情故事片，獨立製作人製作的，在中國是禁片。活動一共進行了三個多小時，但觀眾們都一直待到了最後。第二天，幾家中文報紙稱讚了姚天的表現，說他唱得「優美動聽、真摯感人」。

很快媒體上出現更多關於他的新聞。有的說，他因爲美國的自由而逃離中國，說明那裡的政治條件對藝術家們眞是無法忍受。他對這種有明顯傾向的報導不太舒服，但關注無論如何給他帶來了更多的邀請。自由亞洲電臺的一名主持人聯繫他，想對他進行連線採訪，但他拒絕了，他知道這家電臺在中國政府眼裡是敵對媒體。他眼下最好不要讓自己太政治化。

除了叛逃的謠言，他的一些其他故事也在流傳，不管眞假，但聽起來都不尋常。其中一個傳聞是，前國家主席江澤民曾邀請他去中南海一起喝酒，那裡是中國最高領導人的辦公處。這個傳言部分正確。有天晚上，一次演出結束後，江主席確實邀請姚天一起去吃夜宵，但地點不同。江主席喜歡聽歌，也喜歡漂亮女歌手，偶爾還會在公眾前表演兩句，甚至還能在鋼琴上自彈自唱。姚天不得不承認他是個有文化修養的人，能說幾種外語，對自己的書法也頗自信。那次，江主席請姚天和另外兩位女歌手，演出後到人民大會堂的一個省級廳和他一起吃宵夜。食物挺普通，就是一些棗泥、芝麻和椰蓉餡兒的元宵。但江主席和藹可親，滔滔不絕地講著他喜愛的老歌。他甚至哼起了戰時的蘇聯歌曲〈喀秋莎〉，在場的歌唱家不太熟悉俄文歌詞，沒人能跟著唱。他的頭髮染得烏黑鋥亮，朝後梳得一絲不苟，身上散發出淡淡的槐花和桉樹調子的香水味。一位女歌手恭維主席，說主席年輕時一定有副好嗓子。江澤民用拇指和食指扶了扶方框眼鏡，說：「我在莫斯科一家汽車廠工作的時候，和一個漂亮的俄羅斯女孩約會過。她教了我很多俄文歌。」另一名女歌手問他在俄國開不開心。他說：「我喜歡俄羅斯女孩和俄羅斯文化，可那裡的食物太糟糕了，難以下嚥。每天就是麵包和土豆捲心菜湯。」說完他深吸一口氣，好像還消化不良的樣子。大家都給逗樂了。

姚天回憶起那個奇怪的場合時，胸中禁不住湧起一陣思念與鄉愁。也許他太在意公眾看法了。對很多中國人來說，像這樣的時刻——和中國最高領導人人私下享用點心——體現了一名藝術家職業生涯的巔峰。姚天原本對這事也沒有多想，但多倫多那家中文媒體提醒了他這樁往事。

他對所有關於他「叛逃」的傳言都不搭理。但聖誕節後，他收到了一封團領導的正式信函。信是寄給舒娜的，舒娜掃描了發給他。信件的語氣毫不含糊。顯然團領導接到上級對他的處理意見，很可能由文化部直接指示。信件通知他，他已被開除，從現在起，單位對他概不負責。信的結尾是這樣寫的：

「你無視組織勸說，執意要留在美國，我們別無選擇，只能終止與你的關係。你是單位的恥辱、你父母的恥辱，是養育你的國家的恥辱。然而，還是請你記住，如果你願意改變你的危險立場，回到祖國的懷抱，永遠為時不晚。和大家一樣，你在中國有足夠的自由發展你的事業。」

從舒娜那裡，他更多地聽說了上級是怎麼做出這個決定的。他單位的黨委原打算召開一個正常的批判會，對他的行為譴責一下。團領導並沒想立即開除他，只是必須做點什麼，不要被更上面的領導指責縱容下屬、無所作為。然而，會議一開始，那些參會的其他同事們，大多也不是黨員，卻紛紛站出來批判他。有人說他是國家的叛徒，理應受到嚴懲。有人說，「姚天要是回來，應該去坐牢。」還有人說，「必須把他當成一個壞典型，不然會有更多的叛徒。」還有一位年紀較大的快退休的婦女補充說，「姚天要當美國走狗，隨他的便。咱們團沒他一樣轉。」最後大家投票開除了他。在他們眼裡，他只顧自己，完全被西方觀念腐化了。姚天終於明白，有些年輕人一定巴不得他走，好取而代之，成為團裡的男高音獨唱或領唱。他在那裡的存在阻礙了他們的發展。現在把他清除出去，正好給別人更多的機會和希望。他從沒想到自己會是這麼多人的絆腳石。

這封公函讓他覺得自己像是被缺席審判了。局面已很清晰，從現在起，他徹底自由了。這也是一種讓人膽寒的感覺，因為自由意味著一切要靠自己，從肉體到靈魂，你就自己對自己負責了。對這種狀態，他既陌生又新奇。他敢肯定，在自由和安穩兩者中，大多數中國人會選擇後者。如果他還在國內，他的選擇可能也跟別人一樣。但自由最終還是落到了他頭上，不管他有沒有準備好，他已經擁有了它。

六

姚天沒想到，他以前在北京音樂學院的導師吳教授也寫信勸他回國了。吳教授現在已經退休，身體羸弱，每天只能待在家裡。他不用電腦，所以信是手寫的，字跡很費勁的樣子。想必團裡的人去找了吳教授。信也是先寄給舒娜的，請她轉給姚天，因爲教授沒有姚天在美國的地址。舒娜掃描了信，用電子郵件發給了姚天。

吳教授寫道：「姚天，你太任性，太自我中心了。你跟我學習的時候，我就好幾次指出你性格上這個缺陷。你必須有更寬廣的胸懷，更多爲別人著想。個人的才華、成就無論多大，都不過像一滴水，很容易消失。但如果這滴水匯入江流湖海，便不會乾涸。我們的國家就是一片大海，我們必須在其中發現自己的歸宿。只有爲祖國服務，我們才能體會到生命的意義。姚天，作爲你的老師和朋友，我只爲你著想。別耽擱了，回來吧。」

如果這封信是別人寫的，姚天早把它刪除，丟到腦後了。但吳教授是他的恩師，他一輩子感激他。他在公共圖書館裡把這封信打印出來，隨身攜帶，好反覆閱讀。不管他喜不喜歡老人這番話，他知道自己必須認眞回覆一下。

姚天和他在音樂學院的其他碩士同學不同，別人不是音樂學院畢業的，就是其他大學聲樂專業的。而姚天在念研究生之前，沒受過專業的音樂教育。在大學，他的專業是外語，到大三上半學期才開始唱歌。也是機緣巧合，一次在學校的春季運動會上，他們大三學生和大四學生進行了一場拔河比賽。有男女兩隊，每隊十二名學生。兩個年級的其他學生在一旁觀戰、加油。在男子拔河賽中，大三隊輸給了大四隊，還被他們笑話，說是「一群貓」，因爲大三隊選手大多瘦瘦的，戴眼鏡。但女子比賽不一樣。大三隊擊敗了大四隊，這部分要歸功於姚天。

教練認爲他們的男子隊失敗，因爲同步性太差。所以他給姚天分配了同步女子隊的任務。他知道姚天的嗓門特別響亮。姚天不知道怎麼做，教練食指和中指間夾著一根鑽石牌香菸，做手勢說，「你只要喊『大三隊』就可以了，女生就會一起發力。我組織別的三年級學生跟你配合。」跟高年級學生相比，大三的女生們身形較小，特別是隊伍最後那位小女生，手裡抓著繩子末端的一個大結。她一頭濃密的短髮亂蓬蓬的，臉也胖乎乎，個子最矮。大四隊的幾個女生指著她笑，說她像個大蘿蔔。

比賽立刻開始了，姚天用他最大的肺部力量喊道：「大三隊！」

「一二三！」姚天喊完，大三年級的其他啦啦隊員們就齊聲喊著節拍——每喊一聲，十二名女隊員就同時發力、努力拉拽。

「大三隊！」他又大吼一聲。

「一二三！」

「大三隊！」

「一二三！」

學姐們沒料到這場面，頓時亂了陣腳，她們的手臂力量開始凌亂，腳分別向前面或側面滑動。其中一個女生跌倒，屁股著地，在草地上被大家拽著走。她們也有一個領頭的啦啦隊員，正拼命地揮舞著一面小三角紅旗。但她的聲音太弱，姚天的大嗓門輕而易舉就蓋過了她。大四隊的女生完全無法抵擋大三隊爆發式的拖拽。不到一分鐘，大三隊女生就把對方拖過中線，隊伍最末的那個女孩把繩子繫在一棵楊樹的樹幹上，好像要確保勝利已不可逆轉。

高年級同學抗議，說姚天是男生，不應牽涉進女子項目，但勝利還是歸屬了大三隊。幾個女生走到他前面感謝他。一個說：「你的聲音眞神奇啊！把我們十二個人像一個人一樣團結在一起。」

很快，姚天就因爲他洪亮而富有磁性的嗓音聞名於校園。大學合唱團也聽說了他，請他去試唱。合唱團在一位年輕的法語教師的指導下，很活躍，經常代表學院和北京其他院校比賽，但他們缺一名男高音實力唱將。他們大多數時候唱流行歌，但作爲外語學院的合唱團，他們也想唱一些歌劇片段，好顯得自己與眾不同。姚天喜歡唱歌，會唱一些民歌和電影插曲，但他不會義大利語，也不可能唱杜蘭朵或茶花女裡的詠嘆調。但他們還是說服他來試演一下，說團裡沒人懂義大利語，偶爾唱一段歌劇純粹爲了吸引觀眾的眼球，反正一般觀眾通常也不懂國外歌劇。不會讓他獨唱，有人跟他一起唱二重唱或大家合唱。大家會一起練習，聽起來像義大利語就成。於是他同意試試。試演時，他唱了幾首流行歌，大家都非常滿意，立刻請他加入。從此他的舞臺生涯就開始了。合唱團的同學們經常說他選錯了專業，應該去上音樂學院。他們開玩笑說，他是個大青蛙，他們學院只是個小池塘。大四的時候，他成了大夥兒的領唱，時不時和其他一些團員去校外演唱，賺了不少外快。

快畢業時，很多同學準備考研。有些幸運兒會出國讀碩士或博士。和往年一樣，北京音樂學院也招收藝術碩士研究生，姚天的朋友們慫恿他試試。他被鼓動了，提交了申請和錄有自己唱歌的一張卡帶，其中有幾首義大利歌劇旋律，如〈東方的山〉和〈祝酒歌〉。但他對結果並不抱太大希望，就像投一個遠距離三分球一樣毫無把握。他覺得自己的演唱，尤其是歌劇片段，很不像樣。但出乎意料，他收到了通知，音樂學院讓他六月去參加試演，吳川教授將親自到場評判。

吳教授是聲樂教育界的泰斗，很多有名的歌唱家都是他的門生。他專長歌劇表演，五〇年代末到六〇年代初曾在華沙專門學習。但他回中國後就沒有機會表演了，等待他的是一場又一場的政治運動。後來文革期間，他下放農村，白天餵豬種菜，晚上在豆腐坊磨豆子。直到最後又被召回首都，成了一名教授、一位傳奇的聲樂老師。姚天收到通知又驚又喜，不敢相信，一遍一遍地仔細閱讀。他根本不會用義大利語演唱歌劇，寄去的作品只是對帕華洛帝生硬的模仿。從專業角度來說，他完全是個新手。

他打算獨自去試唱，誰也沒告訴，怕淘汰後被別人笑話。特別父母不能知道，他們不會希望他當職業歌手，在他們看來那些都是純屬娛樂大眾的人。他父親是紡織廠工程師，母親是稅務局公務員。他們願意兒子有一份眞正的、穩定體面的工作。但他們遠在老家大連，天高皇帝遠，他先自己做主了。到了演唱廳，他才知道一起來試唱的學生們裡，有人能唱那些西方大師的歌劇詠嘆調，像普契尼、莫扎特、羅西尼。相比之下，他會的太少了，不禁自慚形穢起來。輪到他時，他索性豁出去了，亮開嗓子唱了兩首民歌，一首是漁歌，一首是關於美麗遼闊的蒙古草原。他唱得投入而忘情。唱完後，他右腿一直哆嗦，踢了兩下才好一點。席下有位年輕女老師不時手捂著嘴竊笑，細細的手指骨節清晰。

然而三個星期後，他收到通知，吳教授錄取了他。教授一共收了四名新生，他是其中之一。他大爲驚奇，不明白這位老先生爲什麼從幾十名更優秀的學生中挑選了他。他不可能比別人唱得更好。到碩士班報到以後，他才慢慢知道老師欣賞他嗓音裡某種未被雕琢的原始力量，讓老師覺得充滿了「生命的歡愉」[1]。用吳教授的原話說，「姚天的演唱有種泥土氣，讓人聯想到遼闊的草原和翻滾的江水。」儘管別的老師有保留意見，但吳教授還是選擇了他。更讓姚天感動的是，爲了錄取他，吳老師還多費了一番周折——姚天沒認眞學習準備毛澤東思想和馬列主義，結果政治科目只考了五十八分，差兩分及格。吳教授寫信給研究生招生辦，說姚天英語好，唱外文歌劇比別人更有優勢。的確，在幾百名聲樂碩士報考學生中，

---

1 原文是法文 joie de vivre。

姚天的英語成績最高，得了九十七分。老先生講道理說（儘管別人未必同意他的觀點），多年來，他的學生大多數外語不好，唱歌劇吐詞不專業，最後只能在聯歡會上唱唱，或者給電視劇唱主題曲。他堅持認爲姚天是個罕見的人才，是「鳳毛麟角」。

他考上了音樂學院，父母最終也有點安慰，他們畢竟知道這所學校是中國表演藝術的聖殿。他們甚至以他爲榮了。妹妹安吉在電話裡告訴他，媽媽經常跟鄰居吹噓他。母親的驕傲讓他鬆了一口氣。

在各個方面，吳教授都和藹寬容。後來他發現姚天對唱外國歌劇不感興趣，也不惱火失望，就讓姚天唱任何他喜歡的歌，只要他完成研究生學業就行。在他的課程中，他給姚天的成績至少是B。所以姚天逐漸變成了某種偏離常軌的歌手。他受的訓練是歌劇男高音，結果最後主要爲電影唱主題歌，也在演唱會上表演。他照自己的方式表演——他的理想是，唱歌時整個人要和歌曲融爲一體。吳教授常說：「每個眞正的藝術家都有自己獨特的成功之路。誰也不能複製誰。」

現在，當他再一次閱讀老先生的來信時，回想起他們一起在排練廳和音樂廳裡度過的時光，老師圓圓的臉上露出和藹鼓勵的微笑，姚天的眼角湧出了淚水。然後他注意到老師信件的最後一段有些意味深長：「藝術無國界，但每個藝術家有一個祖國。姚天，我知道你有自己的原則。你一定永遠不要做任何傷害我們祖國的事。」

這句話似乎暗示他可以接受姚天移居國外的事實，只要他對祖國忠誠。姚天這才意識到吳老師的信件，在發給姚天之前，很可能得先給官員們過目。吳老師仍有許多榮譽頭銜，他可能有責任告訴文化部，他盡最大努力勸阻姚天了。這意味著姚天的回答也會受到審查，所以他最好小心措辭。他也手寫了回信，用整整兩頁紙表達了對老師一直以來的感謝，還有對老師意思的理解。他保證，無論在藝術還是道德上，自己都不會讓老師失望。但姚天也加上一句，他不是一個民族主義者，而是一個國際主義者，一個馬克思主義意義上的「純粹的無產者」。他一定會盡最大努力讓老師以自己為榮。

七

姚天空閒的時候，讀了許多現代詩歌，中、英文都有。他常去緬街的皇后區公共圖書館法拉盛分館借書和音樂，那裡的收藏非常豐富齊全。很久前，他就認定，好的歌曲雖然根本上取決於獨一無二的旋律，但精美的歌詞也必不可少。那些語言在情感和精神上都應該是詩意的。他欣賞那些詩人，能寫出悅耳的詩句，同時又飽含著深情厚意。他最喜歡戴望舒、馮至、狄倫．湯馬斯和波赫士。〈不要溫馴地走進那良夜〉，這首詩他已經背熟了，背誦的時候常常眼裡閃起淚光。他靈魂深處懷著一個祕密的理想，當他老去，不能在舞臺上唱歌時，他希望成爲一名歌曲創作者。儘管他的才華可能不夠寫出偉大的詩歌，但通過創作歌曲，他的藝術生命也許能夠得到延長。

如果不讀詩，他就努力學習新歌，擴大自己的曲目。他會的曲子不少，甚至算挺多，但大多數都是以前在中國時不得不唱的那些宣傳歌曲。幸運的是，圖書館裡收藏了一些中國傳統民歌專輯，還有大量港臺歌手的演唱。他努力把能找到的專輯都看了，注意學習別人的舞臺表演，比他自己以前的要好很多，他們都看起來更親善迷人。這些歌手的聲音大多柔和，有人唱歌時簡直像對著麥克風喃喃自語，好像只是在和某一位聽眾進行單獨而親密的交談。

幾乎無一例外，他們會從頭到尾面帶笑容。他們的舉手投足非常自然，與中國的表演迥然不同。在那裡，什麼都是嚴格提前安排好的。然而，他也不想完全模仿這些港臺風。他想更多依靠自己聲音的強度和廣度來表達歌曲，舞臺風格只作爲補充。如果他做什麼動作，一定要自然，不能誇張。有時，他會不用麥克風，就用自己自然的聲音來演唱。更主要的是，他想找到能夠傳唱更久的曲目。那麼多流行歌都只是一時的泡沫。

一月中旬，他接到一名叫辛迪・王的女人的電話，她說英語有一點廣東口音。她代表一個叫「神韻」的藝術團，請他參加他們的春節表演系列。這個劇團很新，但已經在美國預定了四個城市的巡演。她說，大多數觀眾都會提前訂票，如果姚天能加入他們，演出一定會更受歡迎。

「我是您的超級粉絲，姚先生。」辛迪告訴他。

「謝謝您。您的劇團名字很有意思。你們屬於哪個教派嗎？」

「嗯，我們是教徒，但我們不是邪教。」

她的防禦性回答讓他心生疑慮。姚天想了想說，「我的日程很緊張，我可以明天給你回覆嗎？我得和經紀人談談，他更瞭解我的工作安排。」

「當然。我們的邀請一直有效。假日開始前任何時候都可以加入。」她說的「假日」指春節，就是這年的陽曆一月二十七日。雖然美國的華人不像中國那樣，有一個春節長假，但很多人仍堅持節日傳統，舉行家宴，組織朋友聚會、社區團拜等活動。

那天晚上，姚天打電話給亞斌，問他「神韻」的事，結果知道是法輪功資助的。這個藝術團招募了來自世界各地的舞蹈家和音樂家，目的就是要在文藝方面打動西方，和共產黨中國的影響對抗。到目前爲止，這個藝術團非常成功，甚至每年都越來越受歡迎。但亞斌認爲姚天還是不要參與。

「謝謝，」姚天說。「我是想不到他們是誰。」然後，他突然有了一個主意，就問亞斌，「你做我的經紀人怎樣？我可以付給你我收入的百分之十五。」

「不，不，我不能拿你的錢。」

「看，你一直在幫我，已經像個經紀人了。這裡的障礙和陷阱這麼多，我眞需要你幫我看清楚。你就答應我吧。這樣我的生活能更輕鬆些。」

於是亞斌同意了。姚天目前完全信任亞斌，認爲他是能代表自己的最佳人選。亞斌更熟悉美國生活，在這裡的亞洲社區人脈很廣。更重要是他做事謹愼周密，在幫他發展的同時，也一定能幫他把傷害降到最低。亞斌看起來很高興做他的經紀人，說先爲他印一些名片。然後他問姚天能不能跟他見面聊一些私人問題，說這事兒太複雜，電話裡不方便說。姚天答應明天晚上跟他在「夢境」酒吧會面。

那天下午，他打電話給辛迪，說他現在沒有檔期。如果以後還想聯繫，請直接找他的經紀人。他報了亞斌的名字和電話號碼。「哦，這個人我認識，」辛迪說，「他的保險事務所在緬街，英文名字叫雨果。我會去找他的。」

雖然他拒絕了這個邀請，但他對法輪功還是想心存善意——其實他在大連的母親和妹妹安吉，多年來一直與這個宗教團體有關係。中國東北實際上是法輪功的發源地。在政府宣布法輪功爲邪教之前，姚天的母親和妹妹都在當地的人民廣場做呼吸練習。後來怕遭到迫害，兩人都退出了法輪功。但安吉似乎還念念不忘，姚天總覺得她私下還在練習。他常逼她跟法輪功徹底斷絕聯繫，但妹妹不聽。她並不大吵大嚷，但她決定的事情很難改變。

晚上，夢境酒吧照例很擠。他倆剛坐進位子，亞斌就開始講他的麻煩事兒。原來他想向巴莉求婚，但最近又有點猶豫。巴莉個性活潑、身材性感、爲人誠實，這些亞斌都喜歡，但這個女人對錢一點兒概念都沒有。去年夏天，他給了她一張跟他的帳戶通用的信用卡，從那以後，每個月底，她的花銷都超過了他給她的三千美元額度。她給自己買很多東西，鞋、包、靴子、裙子、一個蘋果手機、一對玉鐲、各種耳環、音樂碟，還有《紐約時報》暢銷書排行榜上的書。她買的東西有些兩個人都可以用，比如旅行箱、葡萄酒，但那些往往並不符合亞斌的品味或口味。想像一下他倆如果結婚了會怎樣。她大概會在一兩年內讓他破產。

「我一直在考慮是不是應該讓巴莉和我分攤我們的生活費用，」亞斌似乎在自言自語地說。

「但如果我那樣做，她會很難過，也許會離開我。大概因爲從第一天起，就一直是我在付帳單吧。」

「也許從現在起，比較大的消費，都先經過你同意？」姚天建議說。

「那可能不行。對她來說，三百美元以下的東西都不算大消費。」

「那麼拿回信用卡？」姚天也不知道如何是好。他很驚訝，亞斌會負擔兩個人的全部生活費。

「如果我們結婚了，」亞斌繼續說，「我會希望她絕對可靠——就像一個情感支柱。」

「或者像『一艘小船的避風港』。」姚天引用了一句歌詞。

兩人都笑了。亞斌繼續說，「說實話，如果我在錢上不能信任妻子，這個婚姻會很難。巴莉簡直像個不上鎖的保險箱。」

「她這麼漂亮，健康又可愛，」姚天說。「找到她，你該覺得幸運吧？」

「嗯，作爲女友，她很好，可我現在厭煩了跟一個個女人約會。我想安定下來，過安穩日子。」

「爲什麼不找個中國女人呢？一般中國女人在錢上更理性一些，特別聽說上海女人，她們很會管家，甚至還會投資理財。」

「姚天，你說的不是全部，而且那種女人是我們的同齡人，甚至更老一些。現在二十多歲的女孩子完全不一樣了。她們的世界觀和價値觀都跟我們不同。她們的老公得又能保護她們又能掙錢養家。很多女孩根本不想結婚，只想趁年輕享受生活。我以前和中國女人相處過，她們都要求太高了，所以我現在繞著她們走。我一個前女友有一百多雙鞋子。你想想，她老家在湖北一個小縣城，但她滿腦子名牌——她要自己的生活在各方面都用最貴的。我叫她『名牌動物』。找到一個你可以愛和信任的人眞難啊！」

「是啊，這樣的人最理想，」姚天同意，「但到哪兒去找呢？」

他們的對話並沒眞正幫到亞斌。他還是得自己決定怎麼處理他和巴莉的關係。姚天給他唯一的合理建議就是「別急著求婚」。亞斌也同意再等等。亞斌手指纖長，舉止儒雅有禮，看起來是個生活優渥、無憂無慮的都市青年，但這番話顯示了他不爲人知的另一面。

姚天的內心也不平靜。他也想家，特別在那些寂寞的夜晚，他想像舒娜如何度過這些獨處時光。他和妻女都有通信，但女兒不常寫，有時只是敷衍般地給他發幾句，比如「爸爸，我想你」或者「爸爸，我愛你」。他卻總感覺，這孩子心裡有什麼心事。婷婷性格安靜，有事不喜歡跟別人說，就悶在自己心裡。三月的一個晚上，女兒給他寫信，口吻異常急切，「爸爸，你什麼時候回來？你走得太久了！你是不是已經把我們忘了？」

他追問道，「怎麼了？你媽媽還好嗎？」

「她還好，但這幾天她常出去。」婷婷回答道。

「她去哪裡？」

「大概和她的朋友們吧。」

「哪些朋友？」

「經常是和白叔叔。」

「知道了。謝謝你，小鴿子。」

他知道舒娜仍然很有魅力——她有時在學生面前說自己老了，但她看起來也就三十多歲。白是她的老朋友，在北京師範大學歷史系當教授。他們是校友，舒娜比他低兩屆。舒娜曾告訴過姚天，白喜歡過她。這件事他越想越警惕。

按照約定，他每隔一天給妻子打一次電話。第二天晚上，他在電話裡試探她。沒想到舒娜眞的在和白合作寫一本關於明朝航海史的教科書。是教育部資助的項目，一家學術出版社找他倆寫的，剛簽了合同。舒娜在電話裡聽起來有點不耐煩，說他沒理由懷疑或嫉妒。然後她問他過得怎麼樣。

「你在那裡不是有很多朋友嗎？」她問。

「我有幾個。你說的『朋友』是什麼意思？」他說。

「你知道我的意思。你身邊從來不缺女人。」

「拜託，我在這裡掙扎求生。要是你不相信我，我現在就回去。」

「還認眞了。答應我，要是你在那裡遇到了什麼人，你要告訴我？」

「好，我跟你保證。那你對我也一樣，有事不能瞞我。」說完，他不禁愕然，兩人竟都對對方提出這樣的要求。這場談話眞不至於此。

「我跟你一定都會說眞話的。想你。」

「我也想你。但我可能要在這裡住很長時間了。沒准要一直待到婷婷來這裡上大學。」

「應該這樣吧。」

舒娜還說她不久要評正教授。如果評上，就可以帶博士生，所以這本教科書對她的職業升等非常重要。出版了第二本書，晉升才有保證。除了這個，她也要跟教育部申請研究經費，去美國做訪問學者——她的幾個同事都拿到這筆資金，目前在國外做研究。舒娜和姚天都沒有在電話裡提到移民，因爲他們的電話很可能被監聽，但他們都知道未來估計是這個發展方向。他們在電子郵件裡通話也是小心翼翼的。不管說什麼、寫什麼，他們都猜到一定有別人能看得到。他倆心知肚明，姚天可能需要一直待在美國，直到婷婷過來，最後是舒娜。

這次談話部分減輕了姚天的憂慮，但他並沒覺得百分百放心。從四月起，他每個月底給妻子電匯一千美元，說是給婷婷的學費，還有支付家用。他的收入不確定，下一張支票從哪裡來，他也無從知曉，但平均每月能掙三千多，是他在中國工資的三倍。平時除了房租和食物雜貨，他幾乎不花什麼錢，省下的錢都寄回家。其實舒娜的收入足夠養活她自己和女兒，他這麼做，也是期望自己在那個家裡還能繼續保持一種存在感。

八

五月底，天安門大屠殺二十週年紀念日臨近。中國政府嚴陣以待，往全國各地增派安檢警力。在美國，許多華人流亡人士和移民則舉行紀念活動。中國民主黨的一群異議人士邀請姚天和紐約的一些藝術家們，在紐約中央公園進行一場公演。亞斌雖然積極宣傳這項活動，但他提醒姚天要小心——他肯定中國領事館會把這些參加活動的藝術家記錄在案。如果姚天參加的話，也會冒被列入黑名單的危險。姚天對政治權術從心底感到厭惡，可他在社會公正和個人自由上有自己的原則和底線。他記得高中時，兩名同學去北京參加那場反對腐敗、要求民主的遊行，回來說在天安門廣場附近看到被坦克碾壓的自行車和屍體，他當時眼淚就奪眶而出。解放軍殺害手無寸鐵的市民，超出了他的接受能力。一九八九年春天，他當時十七八歲，他後悔自己沒去首都參加抗議。現在在美國，自由的網路環境下，他看到了許多血腥可怖的照片和錄像、影片等資料，都是被中國審查並屏蔽的。中國共產黨一直在隱瞞、封鎖這場悲劇的眞相。對官方這種抹殺公眾記憶的殘暴行爲，他覺得如果自己不反對、不抗爭，就是沒有骨氣的懦夫。

所以他答應參加中央公園的紀念音樂會，爲大家免費唱歌。幾天後，他在社區的幾份報紙上看到了這項活動的宣傳廣告，把他列為表演者之一。法輪功的英文報紙《大紀元時報》上也有一則更大的廣告，說這場活動對所有公眾免費開放。姚天注意到，表演者中除了一些華人以外，還有一些美國藝術家，這讓人鼓舞。但大多數在紐約的中國藝術家對此事敬而遠之，怕遭到中國政府的報復。他也懷疑過自己是不是太衝動，但他說服自己不能沉默、不要多想。就像一位香港詩人最近宣稱的，「我抗議，我存在」。

離音樂會還有兩天時，他接到了一位中國官員的電話。那人說話語氣平穩，有一絲河南口音。他說自己姓孔，是中國駐紐約領事館專門負責文化事務的副領事，想跟姚天見個面。姚天猜不透事情緣由，說自己接下來兩週的日程都排滿了。接下來是長久的停頓。姚天估計這位孔副領事可能很少遇到這樣的拒絕。

隨後副領事直言不諱地要求姚天不要參加中央公園紀念活動，讓他取消計畫。這次輪到姚天語塞了，一陣慌亂後他鎮定下來，說：「我不能退出。離音樂會只有兩天了。我現在退出很不專業。」其實還有一個原因是，他也不想放棄這次公演的機會。但他不想跟官員解釋自己的這種藝術渴望和動機。對孔來說，一切都是政治性的，而這個音樂會本質上是反動的。所以，每個崇尚自由、相信人權的人，對中共來說，都是麻煩製造者。

那位官員說：「他們給你的報酬很高嗎？我們可以出兩、三倍的價錢。」

「沒有，這種活動我一分錢都不會拿。」

「姚先生，你知道我們黨在天安門事件上的立場，那是一場反革命暴亂，這場音樂會的組織者在污蔑我們的國家。我們希望你不要幫助他們抹黑中國。」

「你明白、我也明白，大家都知道那是一場屠殺、可怕的悲劇，黨犯下了殘暴的罪行。還有人認為這是反人類罪。應該是黨糾正錯誤、公開道歉的時候了。不然怎麼讓百姓信任他們、保持社會的和平和秩序呢？」姚天也被自己這麼大膽的對話驚住了，大概自己敢這麼說的唯一原因是他在美國。

「我不和你討論這件事的性質。我只是建議你不要和這個團體交往。他們當中的一些人是罪犯，是中國的敵人。」

「我不這麼想，孔先生。我們應該讓人們記住這樣的事件。我對政治沒有興趣，但這件事不一樣。在我看來，悲劇的原因很清楚，一群不肯放棄權力的老獨裁者，不惜以年輕的生命為代價。老人殺年輕人，是為了——」

「姚天，你的態度有問題！記住，你的家人仍然在中國。你最好要小心，你在這裡的一言一行你要自己負責！你是個聰明人，我不需要再多說了。」

姚天脾氣也上來了，胸中騰起怒火，但他還沒來得及反駁，對方已掛上了電話。他提到姚天的家庭，姚天雖然擔憂，但並沒被嚇倒。他只是一個歌手，在一個紀念音樂會上唱幾首歌不可能是犯罪。每年天安門大屠殺紀念日，香港的維多利亞公園都聚集十多萬人，音樂家們在那裡演奏，沒聽說藝術家受到懲罰。如果這都是違法，那要抓捕的罪犯就太多了。就算孔副領事真騷擾他的家人，姚天也可以不理睬，畢竟舒娜在學術界，不是政府單位，工作不完全倚賴國家。她的學校雖是公立大學，但不可能因爲姚天在國外的活動而解雇舒娜。而且最重要的是，他做人必須要正直。

他計劃唱兩首歌。其中一首是二十多位臺灣音樂人爲紀念天安門事件集體創作的，叫〈歷史的傷口〉。這首歌通常是合唱，但姚天會領唱。另一首是〈花開的季節〉，是首新歌，是一名香港作曲家和一名詩人合寫的紀念歌曲。姚天不熟悉第二首，必須學習、排練，但這首歌不難。組織者對他在排練時的表現也很滿意，覺得他唱得肅靜而深情。

六月三號的傍晚，天有點陰。中央公園涼風習習，稍顯寂靜。亞斌是音樂會的宣傳助推人之一，他告訴姚天，天氣預報說不會下雨。音樂會在公園西側一個美麗的露天場地，叫「綿羊草坪」的地方舉行，來了六百多人，大多是華人面孔。很多人手裡拿著蠟燭，打算參加晚些時候的守夜，但姚天並不打算待到最後。他的工作是唱歌，他表達自己支持和貢獻的方式，就是用他所擁有的嗓音。幾名曾參加天安門運動的流亡人士也到場了。他們有男有女，現在都已屆中年，但看上去仍精力充沛。顯然，被逐出故土並沒讓他們喪失生命力——新中國給了他們全新的生活。一個低矮的平臺後面掛著一張寬螢幕，上面正播放著當時暴力和流血的鏡頭。一位戴眼鏡的長者先開口了。他的普通話有山東口音，但音色洪亮而有磁性。他講述了中國政府怎樣錯誤地對待那群在大屠殺中失去了孩子的婦女——她們被稱爲「天安門母親」。每當節假日，或首都有重大活動時，警察都會來阻止她們出門。他還作證說，在美國的中國使館的官員們，想要破壞當地華人對此事的紀念活動。他提高嗓門說，這次紀念之夜的組織者中國民主黨，決定以後每年六月都舉行這樣的集會，直到共產黨政權承認自己的錯誤，並讓罪人接受正義的審判。

接下來，其他異議人士輪流發言。其中有柴玲，她曾是天安門廣場的學生領袖。她現在胖了一些，頭髮烏黑，眼睛明亮。在一九八九年的照片中，她又瘦又憔悴，看起來甚至有點膽怯。現在她說話的語氣更加確定、安靜。但她剛開始發言，就有人起鬨，一個男的喊道，「你不配站在那兒！下臺！你手上也有血。」姚天知道，有人認爲柴玲也要對流血事件負部分責任，因爲她在她所領導的學生安全撤退之前，自己先逃離了廣場。

柴玲站得更直了，她盯著那個男人，沒有畏懼。她對觀眾說，「眞相遲早會澄清。我們聚集在這裡紀念死者，譴責暴行，而不是互相指指戳戳。」她聽起來對這些指責很熟悉。她又冷靜地說了幾句話，然後在零星的掌聲中離開了舞臺。

姚天看了看打印出來的節目表，裡面沒有說明所有的發言人是誰。他有點不解爲什麼這麼多人會上臺在這場音樂會上發言。然後他才意識到這主要是一個紀念聚會，但是宣傳說是音樂會，好引來更多的觀眾。

在發言者中，有一個坐輪椅的人給他的印象特別深刻。他叫方政，他的雙腿就是被廣場外的一輛坦克壓斷的。他說，他當時正在幫助一個被毒氣彈燻暈的女孩，結果女孩得救了，自己卻沒能及時躲開一輛衝他們開過來的坦克。他粗壯的肩膀顫抖著，大聲說：「我親眼看見他們在大街上射殺人群。一些當官的說當晚沒有流血事件，完全是無恥的謊言。要不是有好心人把我送到醫院，我就是那些屍體中的一個。對那些死去的人，我就是活著的證據。」

他說話的語氣很平和，甚至有一絲單調，顯然他不習慣發表公開演講，但他的存在本身說明了一切。他是演講者中口才最好的。

暮色漸濃，人們開始點燃蠟燭。亞斌站在前排。雖然他沒加入中國民主黨，但他熱心推動這次活動，大家都知道他是一名很積極的異議人士。來自人群的燭光投射在他的臉上和身上，留下斑駁的光影。更多血腥畫面出現在屏幕上，抗議群眾在無聲地躲逃，子彈和火焰照亮了北京的夜空。在這沉默、暴力的背景下，音樂會開始了。姚天第一個表演。他拿著話筒說：「我不是政治人物，但我想支持正義的東西。所以我來這裡爲大家唱兩首歌，希望給大家帶來片刻的安寧。」

大約十幾名年輕人走上舞臺，作爲合唱隊站在他身後。他開始唱〈歷史的傷口〉。唱歌的時候，他看到臺下陰影裡的臉龐，有人隨著他的歌聲搖擺，他也不禁心潮起伏。

蒙上眼睛　就以為看不見，
捂上耳朵　就以為聽不到，
而真理在心中，
創痛在胸口。
還要忍多久？

還要沉默多久？

如果熱淚可以洗淨塵埃，
如果熱血可以換來自由，
讓明天能記得今天的怒吼，
讓世界都看到歷史的傷口！

合唱隊跟他一起又重複了一遍歌詞，觀眾中的一些人也跟著哼唱。在中國時，姚天曾在一些小型的地下集會中聽過幾次這首歌，但這是他第一次公開演唱。這也是他第一次覺得這首歌這麼感人、這麼有意義。他一邊領唱，一邊強忍著眼淚。

下一首是新歌，於是大家都安靜而專注地聆聽。這首歌就像一首哀悼的搖籃曲……

媽媽，別生氣，也不要屈服。
我們會一起照看孩子
讓他們平靜地睡去。
當合適的季節到來
他們會再次四處開放……

他一唱完，就跟觀眾鞠躬。儘管這時從他身後傳來一個女人的聲音，請他再唱一首，但他還是立即離開了舞臺。

接下來一支美國樂隊走上舞臺。他們的主音吉他手，一個身材高瘦、留著長髮的男人，對觀眾說，「我們非常榮幸來到這裡，參加這個紀念活動。謝謝諸位。」然後話不多說，他們開始了演唱，音樂聽起來憤怒、高亢、激烈。觀眾席裡的大多數人可能都不熟悉重金屬風格，似乎有點困惑，也不太專心聽，有人把重心從一條腿挪到另一條腿，跟旁邊的人耳語起來。姚天從未聽說過這支當地樂隊，叫做「不再相信」，也許是他們能免費爲大家表演的一個原因。現在所有蠟燭都點燃了，燭光在人群中搖曳。

姚天看見亞斌舉著一盞垂著兩條流蘇的方形燈籠，從一棵大楓樹後面冒出來，就迎過去說：「我先走了。」

亞斌看起來很不解。「這麼快就走？你不想看看其他表演嗎？接下來還有一個腰鼓舞，王丹也可能會來。」他也是那場運動的前學生領袖之一。

「我的工作已經做完了。你也知道我不喜歡人多。這兒沒有我能做的事了。」

「那好吧，再見。晚安。」

亞斌對他搖搖燈籠。姚天轉身朝公園附近的出口走去。

九

幾家報紙報導了這場音樂會。上面有姚天的照片，他一隻手臂向前伸展，頭微微後仰。姚天看到照片心裡不太舒服，但他也習慣了這種曝光，總把他自己最不願意讓別人看到的一面給展示出來。他不想讓人感到自己在討好觀眾。這張照片說明他的舞臺表演有點誇張，也提醒他以後在舞臺上動作要更收斂。這些報導同時在網路上轉載，所以舒娜也看到了。一天晚上，她在電話裡告訴他，學校政治處的主任把她叫到辦公室去談話了。

「談什麼？」姚天問道。

「談兩週前你參加紀念集會的事。」舒娜說。

「在美國，幾千人參加了那場紀念活動。我只是其中一名歌手而已。」

「但你更出名。不管怎樣，政治處希望我讓你別這麼活躍。」

「你答應了嗎？」

「沒有。我說你是成年人，有自己的想法，應該對自己的行爲負責。但我會把他們的意思帶給你。主任好像很不高興我沒答應盡力勸阻你。算了，不管他了。我告訴他你對政治不感興趣。不過我知道那只是你在別人面前做的樣子。就像你常跟我說的，你不是國家的奴隸，不想服從任何人的命令。你以前不是常說，想去一個地方生活，在那裡，你可以當眞正的公民，而不是一個奴才嗎？」

「我做到了。我不想跪著生活。」

「你覺得中國現在有這樣的地方嗎？」

「沒有。」

「那你不要急著回來，除非你想好了你要做什麼。再加上你這次新舉動，你現在回來肯定不安全。」

「謝謝你，舒娜。你覺得學校找你談話是因爲上面給了他們指示嗎？比如說，國家安全部？」

「肯定啊。誰閒著沒事會願意跟你這樣的角色打交道？」

「那我怎麼辦？」

「不理唄。就過好你自己的生活，做你自己想做的事。」

他很高興舒娜支持他。她眞的希望姚天在美國扎下根來，這樣女兒就可以去和他會合。然而，他對這個計畫並沒有完全的自信，舒娜可能會想當然地認爲他在這裡掙的錢足夠付女兒的學費。其實這個任務不容易，姚天有點擔心。亞斌說，美國學校很少給外國本科生獎學金，所以去美國念大學本科的學生一般家庭都很富裕，掏得出一年五萬多美元的學費。舒娜自己剛申請了一個教育部獎金，要求資助一次出國研究，訪問亞洲研究方面的頂尖圖書館，比如柏克萊大學，或哈佛燕京學社，這兩個大學的圖書館都像寶藏一樣，裡面有大量古籍和善本。所以，爲了今後家人團聚，姚天得拼命掙錢存錢。他希望舒娜喜歡美國，最終也決定移民。最近幾個月他雖然經歷了一些人生波折，但他喜歡這裡的生活——自由和獨處的狀態、新鮮的空氣和安全的食物。這裡很少有人認出他，他享受自己這種默默無聞的新狀態。

但完全不爲人知也不容易。夏末一個夜晚，他接到一名自稱哈里．洪的男人的電話。洪先生約他在法拉盛的某個地方會面，說想和他談一筆重要的生意。姚天通常讓人去找亞斌談，但洪堅持說經紀人決定不了此事。這人聽起來親切有禮，不停強調這個機會的重要。姚天想掛掉電話，但洪又談到了一些兩人都認識的歌手，還熱情洋溢地聊起了姚天的家鄉大連，說那裡海灘多麼迷人、島嶼如何風景如畫，甚至還有當地的方言。姚天被他熱心、禮貌的語氣和陣陣笑聲打動了，於是同意第二天下午在北大街的一家「紫丁香」茶館見面。洪說他會戴著老花鏡看一本《亞洲週刊》。

茶館不大。姚天走進去時，裡面所有的顧客盡收眼底。一共十幾個人坐在裡面。一個角落裡，一位五十出頭的矮胖男人，身穿灰色斜紋毛料西服，繫紫色領帶，正在讀《亞洲週刊》。姚天走過去問：「洪先生？」

「是我、是我。很高興見到您，姚先生。」那人站起來伸出手。

姚天跟他握了手，感覺對方的手掌厚實、肉乎乎的。他在洪對面坐下，點了一杯紫菊茶。洪喝的是濃黑咖啡，桌上放著兩小只咖啡杯，一杯已經空了，另一杯還剩一半。他一定在這裡坐了一段時間了。

哈里．洪摘下眼鏡，露出他耷拉的眼皮。他說自己是姚天的老歌迷，姚天所有的專輯他都買了。他說話的口音很奇怪，姚天猜不出他是哪裡人。也可能是中國的朝鮮族——法拉盛有許多來自吉林延邊的朝鮮族人。他臉型硬朗，姚天猜他一定是北方人；根據他身上昂貴的西服來判斷，他的職業可能是商人。

「洪先生，我來了，」姚天說。「希望我們可以討論一些有意思的事情。」

「我有一份商業提議給你，」洪先生說著，身子往前湊了湊，臉上毛孔粗大。「其實，這個提議也不是我的。我代表一個客戶。」

「您的客戶是誰？」

「他，或者他們的名字我不能說。但我把他們的條件帶給您供您考慮。我的客戶想給您一筆錢來換取您的合作。」

「您說的『合作』是什麼意思？」

「完全停止在中國境外的演出。」他咧嘴一笑，露出了嘴巴裡後槽牙上的一顆金牙冠。

「您的客戶想買我的聲音、我的沉默？」

「如果您願意，您也可以這麼說。」

「好吧，我還從沒聽過這樣的提議。那我的沉默值多少錢？」

「他們可以出四百萬。」

「人民幣還是美元？」

「當然是美元。」

姚天搖搖頭，頭暈目眩到說不出話來。

「考慮一下吧，姚先生，」哈里．洪接著說。「這個價錢很不錯，是吧？希望您覺得可以考慮。」

姚天回過神來，說：「讓我思考幾天，行嗎？我現在不能決定。」

「當然，您慢慢斟酌。不過我明確一下，一旦您接受這個提議，就必須遵守我們的協議。如果您違反的話，我的客戶會毀了您和您的家庭。他們有無數種辦法可以做到這一點。」他從西服的內兜裡掏出一支筆，在他名片的背面潦草地寫了一個電話號碼。他的食指沒有指甲，指尖只是一個錐形殘肢。

「理解。」姚天說。「我很快會讓您知道我的決定。」

洪先生端起剩下的咖啡一飲而盡，把名片遞給他。「這是我的手機號碼，您可以隨時給我打電話。」

又客套了幾句，姚天決定離開。洪先生向他保證，如果他接受這個提議，這筆錢可以以他方便的任何方式交付。姚天說，很感激，說會盡早答覆。然後他們站起來互道再見。洪先生向男洗手間走去，他的橄欖綠風衣還搭在椅子上，姚天則轉向茶館前門。

四百萬美元足夠他和家人舒適地度過餘生。他最好和舒娜談談——他們得仔細考慮一下。他給舒娜發了電子郵件，盡量把事說清楚。他寫道，「他們要買我的聲音，讓我完全沉默，用四百萬美元。我要和你商量一下再答覆他。我今晚會給你打電話。」

他以爲舒娜會立即拒絕這個提議，然而妻子在電話那頭聽起來很興奮。她問這筆錢他們會怎麼支付。「他們可以把錢存入我們在北京的共同帳戶，」他說。「我們想怎麼拿錢，他們就可以怎麼給我們。那個姓洪的是這麼保證的。」

「天，想不到他們花錢這麼大方。」

「首先這不是他們的錢，他們也不在乎我值多少。我聽說政府近年來有錢得很，都不知道怎麼花。他們甚至在紐約時代廣場上買了大屏幕來給北京做廣告。上層可能有人對我參加異議人士的活動不滿，想控制我。我在這裡的表演可能會破壞他們的對外宣傳計畫。你覺得我該怎麼辦？」

「邏輯上說，如果婷婷和我們這個家在你心中是第一位的，你應該考慮這個提議。有四百萬美元，我們一家人就都可以高枕無憂了。婷婷出國留學也有錢了。我們也可以考慮到美國或加拿大辦理投資移民——據說如果投資五十萬美元，三個月就能拿到綠卡。總之，這是一個好機會。」

她的熱情讓他吃驚。他原本感到自己的搖擺和不堅定，指望舒娜能支持他對抗這個誘惑。沒想到她會這樣說，姚天不禁氣餒，內心更加糾纏。他確實愛妻子和女兒，也知道自己最近給她們帶來了極大的壓力。但這個提議是另一回事，他覺得接不接受這個提議，跟他對家庭的奉獻應該沒有關係，不能混為一談。舒娜和婷婷有她們的生活，他也有自己的生活。他怎麼能為了家庭的安穩舒適把自己出賣呢？他拿著電話，一時沉默，知道如果真的說出這些想法，妻子可能會不高興。

「好吧，」她繼續說，「畢竟他們找的是你，決定權在你。不要讓我們影響你的決定。」

「要是我拒絕呢？」他問道。

「我會理解的，不會怪你。這麼說吧，要是你無條件地愛我們的女兒，你應該認真考慮這個提議。當然，你有你的自我，你內心的糾結只能自己去解決。」

那天晚上他失眠了。他是個歌手，如果他不能出聲了，他還能是什麼？他將一無所有、誰也不是——再沒有什麼東西，他可以為之工作、為之奮鬥，安頓內心的信仰。更讓他煩惱的是，舒娜似乎更看重他們家庭的安定和舒適。如果他和魔鬼達成了協議，又因為悔恨和悲傷發瘋了呢？他可以預見，如果接受這個荒唐的交易，他將永遠不能面對自己，再無自尊可言。

第二天一早，他給哈里．洪打電話，說這個提議很慷慨，但他決定拒絕。「請為我感謝你的客戶。」他說。

電話裡沉默了好一陣子，雖然姚天聽得見對方的呼吸聲。然後洪說：「就我自己而言，姚先生，我永遠是您的歌迷。」

「感謝理解。」

他大大鬆了一口氣。他想起李白的一句詩，「王侯皆是平交人。」

兩天後，他告訴了亞斌這個提議和他的回應，亞斌震驚地半天無語。然後亞斌溫暖地笑著說，「姚天，你得到了我的尊敬。老實說，如果我是你，我可能就拿錢了。從此我的生活就安逸多了。」

姚天對此並不確定，他覺得金錢也可能給人的生活帶來很多混亂。然後亞斌告訴他有一個叫「封口」的祕密運動，在中國境內和境外都有操作。中央某些辦公室，特別是那些負責全球宣傳和海外華人事務的部門，一直在拿金錢或房產收買那些批評國家政策的知識分子或不同政見者，條件就是他們對政府的任何作爲保持沉默。亞斌知道有些人就接受了這些財物，不再批評共產黨。馬上就從媒體和公眾的視野中消失了。據說北美就有一些異議人士接受了中國政府給他們的資金或房產。作爲交換，他們出賣情報，破壞這裡在提高中國人權和民主上的各種努力。也有些人得以回到中國，在那裡隱姓埋名，從此銷聲匿跡。

到目前爲止，他們給姚天的報價是亞斌聽過的最大數額。「你是一個我可以相信的人，」亞斌告訴他。「你又正直又堅定，金錢和物質誘惑不了你。但是你要小心，他們一定會給你找更多麻煩，我肯定。」

十

舒娜一邊鼓勵姚天待在美國，一邊又開始因爲他不在身邊而心煩意亂。她經常在電話裡跟姚天說自己怎麼想他，婷婷也一直問爸爸什麼時候回家。舒娜讓他小心紐約的女人。以前在中國時，他每次去外地巡演，總會和一些男女同事或合唱隊員一起旅行，表演中也到處是有才又有貌的女性，但他都做到了潔身自好，沒黏上任何情感瓜葛。但這裡不一樣。時不時的，一場演出後，有些女人會來接近他，表達對他的興趣，想更多瞭解他。但他覺得不放心，不知道這些女人的底細，很可能是中國政府派來的密探。所以他只是敷衍她們，不跟任何人有更多接觸。姚天知道，有些男人可以絲毫不動情感地和漂亮女人純粹調情約會，但他做不到。以前在姚天單位，有個男領舞者，他身邊總有一群嘰嘰喳喳的年輕女人——他說她們都是他的女友。姚天曾取笑他，說他一定累壞了。但這位舞蹈演員說姚天是老古董——對他來說，和女人上床只不過是一種輕鬆的娛樂方式。確實很神奇，這位男舞者越是不給女人任何承諾，她們似乎越圍繞著他。

然而，亞斌對女人好像不那麼小心。八月初，他告訴姚天，巴莉已經搬出去了，他正在和一個新認識的女人約會，是一個年輕的中國女人，特別漂亮。她叫芙蕾達・劉，剛在亨特學院拿到碩士，現在在做外貿。一個星期天，他們三人一起吃早午餐，她看起來落落大方，對姚天也頗感興趣。她說自己在成都長大，父母都是軍醫。讓姚天印象特別深的是她的普通話，極其標準，聽不出任何四川口音。她說自己是北京國際關係學院畢業的。一提起那所學校，姚天不禁心裡一驚——誰都知道那所大學是培養間諜的，畢業生大部分受過特訓，很多人被派到國外當特工。芙蕾達很健談，也愛笑。她笑的時候，似乎閉不上她那雙鼓鼓的眼睛。她還說自己旅行很多，常去海邊度假。這讓姚天非常驚奇，因爲她那張鵝蛋型的臉，膚色很白。她說最喜歡杜拜的海灘，住在那裡就像生活在海市蜃樓裡一樣。

「我喜歡你的歌，」她對姚天說。「可惜這裡的表演機會不多。」

「他的職業生涯很快會恢復的，」亞斌插了一句。「他在美國唱曲目更自由，可以唱自己喜歡的歌。」

姚天對芙蕾達說，「我喜歡這裡。至少我不像個奴才一樣被人呼來喚去的。」

她點頭表示理解。

三人一起享用芙蓉蛋。這時，芙蕾達說姚天不該一個人孤孤單單地住。這個城市大部分人都只知道過自己的日子，顧不上關心別人。一個人很可能生病、甚至直到去世都沒人知道。芙蕾達講了一個故事，說一個波士尼亞裔的獨居老人，在布魯克林的公寓裡死了兩星期，臭味傳到走廊裡才被人發現。這個教訓告訴她，不要單獨生活。和別人一起住是一種保持身心平衡和理智的生存方式。芙蕾達暗示她也許能幫姚天介紹一個女友。

「我已婚，女兒也未成年，」他說。「我得對得起我老婆。」

「我知道你太太是大學教授，教歷史的，很年輕，」芙蕾達說。「而且優雅漂亮，是吧？」

「所以我才要更珍惜她。」姚天也俏皮地應對。

芙蕾達和亞斌都嘻嘻笑起來，好像姚天答非所問一樣。他倆看起來倒的確都對這段新關係並不很嚴肅。芙蕾達甚至說，她不知道自己能在美國待多久，只要有機會她也想移民，可是現在綠卡太難拿了。她嘆口氣說。

她現在住在長島，剛找到一家進出口公司做兼職。她不能做全職，因爲她還在亨特學院上課。只有保持學生身分，她才能合法留在美國。不過，她喜歡來法拉盛購物，吃道地的家鄉菜，所以她和亞斌見面的機會比較多。亞斌後來告訴姚天，芙蕾達想搬來跟他一起住，但他覺得太快了。每次姚天看到他們兩人，芙蕾達都會提到他的單身生活，哪怕姚天一直提醒她，自己有家室。「很多華僑和移民，」她說，「要是對方在半年內不能過來，就可以說自己是單身，可以找個女朋友或男朋友一起住。這樣的生活才健康。」

但他現在和舒娜每隔一天通電話，舒娜一直在他心裡，他的生活和舉止自自然然地就像一個有家庭的男人一樣。來美國前，舒娜曾告訴他，如果他在國外有需要，找個女朋友，她會理解。最近幾週，她常在電子郵件中提到這個話題，好像很想知道他是不是還是一個人。

姚天不喜歡舒娜這種故作大度的樣子，彷彿如果他在美國和一個女人同居，她不會感到受傷。舒娜試圖扮演一個體貼、善解人意的妻子，但他不需要她這麼強迫自己。他在郵件中反駁她，「那你呢？你不也孤獨嗎？有時候我想，爲了追求自由和夢想，或者是幻想，我們是不是値得分離這麼長時間。現在我明白爲什麼這麼多人喜歡安定的生活，不要自由了。」

她沒直接回答他的問題，而是提出了一個建議，「也許我們應該允許對方有一個臨時伴侶。」這話讓他頭暈、疑慮重重。他記得婷婷曾提到過媽媽最近和白教授走得很近，也經常和別的朋友出去。難道她生活中已經有別的男人了嗎？

他越琢磨舒娜，內心越惴惴不安。但他跟舒娜通電郵時，還是盡量用高高興興的語氣，不想讓舒娜覺察到自己的焦慮。他想保持他們之間的信任。

芙蕾達已經頗知道姚天妻子的情況，說她「是個聰明的女士」。姚天說：「想勝過我老婆不容易。我聽有的女人說，她們看到舒娜的時候會膽怯。」

亞斌笑著插了一句，「所以，我總說聰明的女人才性感。」

亞斌有時會談到那些中國富商找年輕女孩——既當情婦又生兒育女——一定要一流大學畢業的，這樣生出來的孩子才智商高，能遺傳到更好的基因。姚天覺得這眞荒唐。他覺得男女的親密關係應該建立在感情上，而不是爲了生育後代。「你還相信愛情那套鬼話？」亞斌擠眉弄眼地跟他辯論起來，「這個觀念已經腐朽了。愛情在屎溺中搭建帳篷——一個世紀前葉慈就這麼寫了。」

姚天嘆了口氣說：「也許我眞的過時了。」

勞動節那個週末，亞斌邀請姚天、芙蕾達，還有幾個別的好友去紐澤西愛迪生市的一家射擊場打靶。姚天知道亞斌喜歡玩槍，在他車裡見過一把M十六和一把左輪手槍，但亞斌沒把他的槍留在紐約，而是存放在紐澤西的一家俱樂部裡。經常跟他一起去玩射擊的朋友們都是一些流亡華人。他們有人目睹了天安門廣場上對和平示威的鎮壓，也公開鼓吹暴力，夢想組建自己的武裝力量推翻共產黨政權。他們說，一萬名手無寸鐵的老百姓也擋不住一個班的士兵向他們開火。有人甚至找有錢的商人募捐，想組建一個中國千人海豹突擊隊。亞斌雖然性格溫和、愛好和平，但也想當一名神槍手——不是為了殺人，只是為了掌握技能。他悄悄告訴姚天，他的朋友有人正在跟專業的狙擊手學習。姚天對槍不感興趣，但亞斌又說，一起去射擊場的有幾個名人。於是他答應一起去見見這些著名的異議人士。

射擊場在愛迪生市南部的一個小山丘後面。看起來像一個人工小峽谷，斜坡是用沙袋建造的。站在靶場門口這端，感覺很安全也很安靜，這個半包圍的空間似乎不會讓子彈飛出去。他們到達時，和亞斌約好的五個人已經在那裡了。他們站在木棚裡，正朝射擊場遠處的一對靶子射擊。姚天看得出他們都不是特別熟練，因為他們射擊的樣子多少都有些笨拙。他認出了其中兩個，中華民主黨主席黃帆。中華民主黨是新成立的政黨，有大約七百多名海外華人黨員。另一個人是法輪功北美新唐人電視網的政治評論員。跟他們在一起的，還有一名年輕的美國人，叫邁克爾・波利，他介紹自己是哥倫比亞大學的教授，專業是全球研究。姚天喜歡黃帆，覺得他更像一名學者而不是政治活動家——他知識淵博，充滿理想主義，每次上電視做節目，都滔滔不絕，非常雄辯。

姚天和他們握手時，他們也說見到姚天本人非常高興。那位政論家常歡把他的手槍遞給姚天。姚天打了三槍，連靶子都沒碰到，就把槍還給常歡，說自己還是別浪費子彈了。亞斌還是有點能耐。他打了一梭子彈，槍槍中靶，但姚天從牌子後面騰起的塵土可以看出，他打中的多是那個人形的側面，而不是胸部或頭部。

芙蕾達搖搖頭。「亞斌，你不行。照你這樣打，一個敵人都殺不死。」

「那你給我們看看你打得有多好，」他回嘴說。「說總比做容易。」

芙蕾達摘下太陽鏡，從他手中接過槍。她裝了五顆子彈，走到一邊，面對右邊一個還沒用過的靶子。然後她毫不猶豫扣動了扳機。砰砰五聲，槍槍直擊靶心。大家都看呆了，半晌沒人說話。

亞斌跑去查看靶子中間的五個彈孔。他一邊搖頭一邊大步往回走，叫道，「你打了四十九環。」

芙蕾達笑了笑，近乎抱歉地說，「我在大學是射擊隊的。」

大伙兒還是沉默不語。只有保利教授開口了，「你眞是個女神槍手。」

芙蕾達跟亞斌開玩笑說，「你要記住我會開槍。別得罪我哦。」

亞斌做了個鬼臉。他瞄一眼姚天，眼神飄忽。顯然不知道怎麼回應。

戴眼鏡的黃帆把姚天拉到一邊，低聲問，「這個女人是誰？她是中國來的嗎？」

姚天點點頭，低聲說：「她是北京國際關係學院畢業的。」

「難怪，」黃帆說。「不知道亞斌是不是夠瞭解她。我沒見過打槍這麼好的人。」

姚天也懷疑芙蕾達可能對他們沒有完全誠實。在大學射擊隊，參加體育比賽，學生用的是步槍或小口徑手槍，不是她剛才用的那種金伯微型手槍。這個女人是誰？特工？前軍校學員？如果是，誰派她來的？她的任務是什麼？後來，這些問題在姚天腦子裡盤旋了一整天。亞斌可能也一樣。

回家的路上，亞斌靜靜地開著車，芙蕾達坐在副駕駛座上，兩人幾乎全程無話。姚天在後座假裝睡著了。

十一

姚天的公寓在一棟四層樓房裡。白天大多數房客去上班，樓道裡很安靜。他住在一樓，樓下也沒有鄰居抱怨噪音，所以他開始每天做聲樂練習。這些練習讓他覺得自己的生命有了目標和活力。樓裡的別人一定聽到過他的練習聲音，但除了住在隔壁的女房東葛左夫人，別人很少來抱怨。女房東也不會親自來敲門，只是偶爾聽見她拿一個金屬東西敲水管，也許是一個平底鍋或者錘子。他聽到抗議的叮噹聲時，就會安靜下來，改做呼吸練習，慢慢用腹腔吸氣，保持胸骨抬高，肋骨完全擴張，然後吐氣。這樣是為了逐漸打開肺部。不管有沒有表演，他每天都練習橫膈膜呼吸，好始終保持狀態，唱歌時聲音就會從放鬆的下顎傾瀉而出。然後他會去附近的邦恩公園，那裡有一個清澈的湖。湖邊生活著一些加拿大鵝、綠頭鴨和小烏龜。老人們在那裡聚會，有人推著嬰兒車，還有人帶著蹣跚學步的小孩，但總的來說這地方樹木繁茂、偏僻安靜。姚天在那裡練唱過幾次，但很快放棄了，因為在室外唱歌他聽不見自己的聲音。幸運的是，他住的地方離皇后學院很近，一位圖書管理員馮女士喜歡他的歌，允許他使用那裡的練習廳。但他需要事先給她打電話，確保房間是空的。他很高興能免費使用一個演唱廳。他會唱一組自己編的琶音，把聲音逐漸提高到最大。這是為了確保唱高音時不擠壓喉嚨。唱歌時，他會一直保持微笑，這樣可以讓音色更明亮、清晰。練習室裡有一架鋼琴，他用來給自己定音。他還喜歡在校園裡散步，沒有一個人認識他。要是他在中國的某個地方練聲，很可能很多人會冒出來瞧他，或者跟他打招呼。

深秋時節，舒娜給他發了一封郵件，說他的妹妹安吉處境危險——她在大連因爲練法輪功被抓走了。這個消息讓他陷入了絕望和迷茫。他的確懷疑母親和妹妹仍是法輪功在遼寧省的學員。但據他觀察，那些修煉者都是和平的，對任何人沒有威脅。政府憑什麼打壓他們？中國憲法允許宗教信仰和言論自由。姚天只能認爲這種鎭壓是國家領導人的又一重大失誤，他們總是想也不想就給自己製造各路敵人。他們是那種就愛看別人痛苦的人，眞的很邪惡。

安吉被抓走說明她仍然在練功，姚天知道他母親也沒有停止——但爲什麼只有妹妹入獄？他打電話回家，他媽媽接了電話。她聽起來有氣無力的，聲音有點嘶啞。

「你一定要回來，姚天，把你妹妹救出來。」她說。

「她現在在哪裡？被關在哪裡？」他問道。

「一點兒都不知道。我天天去派出所，他們就是不讓我見你妹妹，也不告訴我她在哪兒。他們說這個案子他們管不了，是中央下令掃除法輪功的，他們插不上手。」

「但他們至少知道她的下落，不是嗎？」

「他們說不知道。」

「他們爲什麼只抓走了她，而不是你們兩個？你不跟她在一起嗎？」

「那天我病了，待家裡，沒去廣場跟大伙兒一起練功。就是在那兒，他們被圍住然後給帶走了。」

他不能跟母親保證他會回去，也不能肯定自己的出現會有什麼幫助。他和舒娜談了這件事。她認爲他應該留在美國，除非他明確知道安吉在哪兒，會受到怎樣的指控，還有他知道怎麼幫忙，否則不能回來。再說，他可能已經在政府的黑名單上了。舒娜答應會一直和他母親聯繫，一有新情況就通知他。這個週末她就去大連，那裡離北京大約八百多公里，看看他母親怎麼樣。

幾個星期以來，他一直心緒不寧，不知道安吉會發生什麼可怕的事。她剛二十八歲，在一家獸醫站當技術員，一直在照顧母親。現在她不在了這個家也毀了。姚天聽說了那些可怕的故事，說法輪功學員在監獄裡和勞改營裡怎麼受苦、甚至被虐待致殘。有人因爲疾病和營養不良喪命，有人精神失常。舒娜去大連時，提議姚天母親跟她一起回北京，但老人家不願走。她擔心自己在首都會想家，那裡沒有熟悉的鄰居、朋友和海灘——她的公寓面向大海，能看到一小片海景。而且，她得搞清楚安吉的情況，每天都去當地派出所打聽。舒娜沒有辦法，只能隨她去。

一個月後，十一月中旬，安吉的消息終於來了。她被關在遼東半島的另一個海濱城市營口附近，一個叫做「救助扣押中心」的監獄裡。母親申請去探望女兒，但被拒絕了，因爲安吉不肯放棄她對那個「邪惡宗教」的信仰。除非安吉公開譴責法輪功，當局才允許她和外面的任何人通話，或者讓她母親來探監。安吉不肯屈服，但媽媽還是每天去派出所，說要跟女兒見面說話。姚天知道他也沒辦法勸說妹妹，就像很多法輪功練習者一樣，她非常堅定和執著。對他們中的許多人來說，這一定是他們第一次集體性宗教經歷，所以背叛信仰是絕無可能的。他知道，甚至他媽媽也沒有放棄。他曾逼她們反省這種忠誠，甚至質疑過她們李師父的一些教義，但母親和安吉都不理睬他。

但他必須做點什麼。從現在起，他每個月會額外匯一千美元給舒娜，讓她換成人民幣轉給他媽媽。跟官員和警察打交道，她需要更多錢。甚至她的日常開支也大幅增加了，因爲她沒時間買菜做飯，還得經常去外地的上級機關上訪或打聽。在電話裡，他告訴母親想辦法去看安吉，給她買些暖和的冬衣。

然後，十二月初，有人通知他母親，安吉得了腎衰竭，活不了多久了。他們把她轉到附近的一家醫院，但沒說是哪家——只說她醫治無效。等母親終於進了拘留中心時，等待給她的只是一只小小的骨灰盒。她說怎麼會這樣，監獄方面只告知安吉的屍體開始腐爛，必須立即火化。除此之外，再無更多信息。不管母親如何絕望地懇求，故事到此結束。在法輪功練習者中，傳說北京有一個重要人物急需腎臟，然後安吉被下了藥，做了摘除手術，之後就被監獄立刻處理了。但誰也沒有證據。安吉死了，母親把女兒的骨灰帶回家鄉，和她父親葬在一起。

亞斌說，在中國確實有被抓進監獄的法輪功學員，變成人體器官的提供者。一些共產黨官員甚至也插手這個利潤豐厚的地下生意，引來一些外國顧客到中國的大城市來接受器官移植。姚天看過這樣的新聞報導，但不知道這種器官收割有多普遍。他沒有證據百分百肯定他的妹妹是因爲腎臟而被殺害的。

母親雖然悲痛欲絕，但仍能連貫地說話。她告訴姚天想都不要想再回到中國。「這個國家吃人，」她說，「兒子，離這兒越遠越好。在美國站住腳，然後把老婆孩子都帶出中國去。」她說得非常堅定。

他也爲安吉悲傷。這麼年輕就死了，他也知道兩年前安吉的男朋友因爲她的宗教熱情跟她分手了。她的生命似乎被浪費和誤用了。失去這樣一個年輕的生命，讓姚天開始思索個人在中國存在的本質和意義。安吉似乎沒有自己明確的生活目標。她對宗教的狂熱一定是出於絕望，而法輪功讓她感到某種慰藉。姚天表面還算平靜，但心裡翻騰著怒火，對一個不能給年輕人足夠生存和成長空間的社會感到憤怒。他感覺自己心裡有什麼東西一直在抓撓，試圖衝出去。他常常產生一種想要暴力的衝動，彷彿要抓住某個人痛打一頓，好讓他對自己的悲憤負責。

十二

姚天必須賺更多的錢，現在母親也靠他贍養了。幸運的是，冬季的表演機會夠多，他對所有的邀請都來者不拒。一些亞洲國家的社團時不時聯繫他，比如新加坡、印尼、菲律賓，那裡的華人社區非常活躍，經常舉辦文娛活動。他甚至收到了來自澳大利亞的幾個邀請。他們給的報酬相當不錯，可惜，他手裡的中國護照限制了他的旅行，那些地方他都去不了。中國國籍拿到外國簽證太難了，而且就算他拿到去外國的簽證，再回美國也未必順暢。像他這種境遇的人最擔心的，就是一旦離開美國就回不來了，所以很多人只好一直困在美國。姚天和亞斌談了這個麻煩。亞斌建議他弄一張綠卡，這樣就可以出國旅行，再順利進來。亞斌甚至給他推薦了一名洋人移民律師，說華人律師用不得，特別是那些來自中國的。

亞斌說，他有兩種辦法獲得綠卡，一是申請政治庇護，一是申請 H-1B 專業人員簽證，這一步是過渡，拿到這個簽證以後，他就可以申請永久居留證，也就是美國綠卡。姚天也許在某種程度上可以說自己是個異議者，但他不想申請政治避難。他知道這是一條紅線，一旦越過，他就將成爲中國政府的敵人，他在中國的家人處境也會更危險。亞斌說可以爲他申請 H-1B 簽證找一個擔保人。因爲姚天是著名歌手，一定有一些文化協會可能需要他的服務。

瑪吉・約翰遜律師，一位戴厚眼鏡的高個兒中年婦女，接下了姚天的案子，告訴他這個過程可能需要幾個月。他們的最終目標是拿到綠卡，因爲有這個長期美國身分，即使他還得用中國護照出國旅行，但返回美國至少沒有問題。他給律師帶去了整整一個文件夾的法律材料，還留下了兩張專輯，供她全面評估他的情況。

三天後，律師打電話來請他星期一去跟她見面。她沒說爲什麼，所以姚天很緊張，整個週末都在想是不是申請有問題。結果他週一早上去約翰遜律師的辦公室時，她熱情洋溢地告訴他說，「我聽了您的專輯，覺得您很了不起。也許您應該直接申請移民，而不是H-1B簽證——您作爲一名專業人員肯定夠格。」

「您說我應該直接申請藝術家綠卡？」他問道。

「是的。很明顯您是成就很高的男高音藝術家。現在，我想請您告訴我一些知道您的作品並且已經入美國籍的藝術家名字，或者本來就出生在這裡的美國人。理想情況下，他們可以擔保你的聲譽和成就。我們應該聯繫他們，請他們爲您寫背書函。他們的支持對您的申請非常重要，可以加快移民局的辦理程序。」

「我可以想出一些名字。」他說。

他們很快談了一下費用，跟申請H-1B簽證差不多，如果一切順利，大約三千美元。他對這個交易很滿意。

後來，他和亞斌談了約翰遜律師的建議。亞斌認爲律師是對的，他應該可以直接申請特殊人才移民。但姚天在美國並不認識很多藝術家。亞斌提到了琵琶演奏家譚麥，和大都會歌劇院的郝江。姚天聽說過郝江，是一名很優秀的男低音，也是從北京來美國的。在美國，郝江遭遇並戰勝了很多巨大的困難——職業競爭、英語、貧困、偏見、離婚——最終在大都會歌劇院任職期間獲得了全世界的認可。但姚天並不認識他本人。可是亞斌還是勸他給郝江寫信，他說在這種情況下，任何一個正派人都會幫助姚天。亞斌有譚麥和郝江的聯絡方式。這位歌劇演唱家在林肯中心工作，姚天可以寄一封信到大都會歌劇院，然後在信封上寫下自己的中文名字，這樣更能引起郝江的注意。姚天聽從了亞斌的建議，分別給兩位藝術家寫信，提出了自己的請求。

想不到他們竟都同意爲他寫信，會直接把信寄給約翰遜律師。他總共需要四封信。有了成就斐然的當地藝術家的支持，另外兩封信就更容易得到了。亞斌會以社區文化協會的名義爲他寫一封。姚天又想到紐約大學一位研究電影的教授，那人也是一名卓越的詩人，曾邀請姚天在某個活動上演唱過，也答應幫他寫信。姚天對他們無私而迅捷的幫助充滿了感激。他聽說這種信可能要花很多錢。事實上，有人會要價幾百美元幫人寫移民推薦信，特別對不懂英語的申請人。

妹妹的死還一直縈繞在他心頭。哪怕他被歡呼包圍時，內心的陰鬱仍揮之不去。最讓他痛苦的是她死因不明。誰會相信一個健康的年輕女性突然死於腎衰竭？

實在無處去求助，他來到了法拉盛的法輪功社區中心，想看他們能不能幫他發現眞相。辛迪・王在她的辦公室接待他。她滿面笑容，心形的臉光滑白淨。她說終於見到他本人，非常高興。

聽完姚天對安吉入獄和死亡的敘述後，辛迪說：「看來你妹妹被用於器官移植了。」她彎彎的眉毛皺在一起，剛剛還開心的表情變得哀傷。「聽到這個消息我非常難過，姚先生。這種在監牢中的突然死亡發生在很多我們國內的法輪功學員身上。所有的暴力鎮壓都是中央六一〇辦公室指揮的，這個辦公室在每個城市和縣鎮都設立了機構，專門負責宗教迫害。多年來，器官移植一直被一些官員當成增加個人收入的方式。一個眼角膜可以賣到一萬五千美元。那些壞人爲了賺錢什麼都做得出來。」她明亮的眼睛暗淡下來，泛出淚光。

「如果他們眞的對我妹妹做了這件事，」他說，「我不會讓中國政府逃脫這樣的暴行。這是謀殺！」

「我會和我的同事們談談，會幫你調查你妹妹的案子。」

「謝謝你們。眞是幫了我一個大忙。」

他們也互相聊了一會自己。辛迪的英文有些口音，但她實際上從未在中國住過。姚天沒想到她在歐洲長大，會說法語、義大利語和西班牙語。她丈夫是塞爾維亞移民，目前是皇后學院的一名化學教授。姚天沒料到會在法輪功學員中碰到這麼一位談吐得體、受過良好教育的女性。他所認識的練習法輪功的婦女通常頭腦簡單、衝動魯莽。辛迪性格外向，甚至告訴他，她曾在華爾街一家金融公司工作，因爲她懂多國外語，看得懂各種商業轉帳，但她加入法輪功後就不再通過那種方式賺錢了。她眞誠地相信李師父的教誨，覺得自己在宗教中找到了人生目標。這是姚天無法理解的——他認爲李的一些教義近乎偏執，特別是那些神奇的療效，以及對同性戀的反對，儘管他欽佩法輪功的基本教義：眞、善、忍。

法輪功在中國的網絡已被基本摧毀，所以他們調查安吉的案子幾乎得不到任何確鑿證據。儘管如此，辛迪仍時不時聯繫姚天。春節又到了，她再次打電話請他參加東海岸神韻藝術團假日巡演。這次他接受了，部分原因是爲了哀悼他妹妹，她的死除了辛迪和亞斌以外，他沒跟別人說過。辛迪說藝術團非常高興他能加入。很快，他在社區報紙和雜貨店裡都看到了印有他名字和照片的海報。他很高興這一次舒娜沒有反對他和法輪功的新聯繫，雖然他倆都知道這樣很可能會惹惱中國政府。舒娜甚至說，「有時候，如果你想繼續往前走，就必須斷了自己的後路。」

今年，這個藝術團變得更強大，加入了幾位卓有成就的音樂家和一大群來自臺北藝術學校的年輕舞蹈演員。姚天曾提議辛迪也邀請譚麥，但辛迪回答說：「譚麥不能爲我們表演，因爲她的檔期已全部排滿了。我覺得她是不想在政治上有所傾向。」

跟姚天不一樣，譚麥一定在她的政治表達和職業生活之間劃了一道線。對此，姚天並無非議。他與神韻發生聯繫也是出於個人原因。那個摧毀了妹妹的力量讓他感到侮辱和傷害，他決心要抗議它的暴行。在這樣的野蠻面前，他不能只是畏縮和沉默。

一月中旬，參加了幾次排練後，他開始和藝術團一起旅行。他們去了華盛頓特區、波士頓、普羅維登斯、芝加哥、費城。往往他們人還沒到票已售罄了。演出很受歡迎，各大報紙都登載著溢美之詞，長篇累牘地誇讚傳統的中國編舞、穿著水袖的優雅舞者、美麗的布景。許多美國評論家表示以前從未看過這樣的節目，甚至說，節目中體現的眞正的美和深切的激情讓他們感到驚訝，「每個細節都很完美，動作毫不費力，讓人嘆爲觀止。」有些人說他們明年還會再來看演出，因爲從現在開始，藝術團每年冬季都會巡演。姚天的歌更受華人觀眾的歡迎。他總是唱兩首曲了，一首是法輪功爲宣傳自己的信仰創作的，另一首他自己選擇，通常是一首民歌。那首宗教歌曲有些沉悶，過於說教，曲調平淡，但他唱得很有熱情。不過，他還是無法因這些臺詞集聚起很多情感：

我們下凡求道
洗淨罪孽
重建聖潔肉身
完美回歸天堂。

他唱歌時，會想像他的妹妹是個年輕女孩，天眞又有活力，聲音細細柔柔，身子嬌小地像隻鳥兒，像一個孩子一樣在課間遊戲中閃閃動人，踢著毽子，玩著跳繩。這些回憶給他的聲音鑲上一層悲傷，有時他甚至流下了眼淚。
中文報紙刊登了他的表演照片，其中一家甚至在標題中打上了「民歌王子」一詞，這讓他心裡不是滋味。他很擔心這種宣傳，如果傳到中國，他那些被洗腦的前同事們一定會認爲他參加法輪功的藝術團，是徹底墮落了。但對他來說，在神韻唱歌，也是哀悼妹妹的一種方式。演出結束後，不時有人走上臺來，請求合影，他一般都同意。一次，一個年輕人帶給他一瓶葡萄酒，表示感謝。姚天不喝酒，但他接受了禮物，後來送給了亞斌。
然而，他和藝術團一起巡演卻讓舒娜開始心神不寧。她在網上看到神韻藝術團的演出照片，裡面有許多年輕漂亮的女舞蹈演員。她再一次想當然地認爲他在巡演時身邊都是女人。一天晚上姚天會給舒娜打電話，因爲從美國打到中國，比中國打過來要便宜六、七倍。一天晚上，舒娜甚至說，「我可以不管你和那裡的女人來往，只要你別染上病，照顧好自己。」
「你爲什麼要這麼說？」他問道。「你知道我不是那種人，這裡的女人我也不敢相信。」
「你可能會孤獨，想找個人陪呀。」她有點神經兮兮地笑起來。
「那你呢？」他又問，腦袋裡想到了白教授。
「我還好……我能對付。我這裡有很多朋友和同事，不孤單也不寂寞。不過，我擔心你。你別太努力了，不用每個月給我們寄錢。」
他很感動。在內心深處，他可以信任舒娜。他告訴她自己眞的不想和別的女人相處。就算他覺得某個女人挺漂亮的，也會讓他想到亞斌的女友芙蕾達，這些女人很容易讓男人太緊張。

他讓舒娜去看看他母親。舒娜答應至少每月去一次，給她錢，確保她能自己生活。老人家仍不肯去北京，只願和她的法輪功朋友們待在一起。舒娜說，當地警方可能不會多去騷擾她，也不希望她一個老人死在他們手裡。據說他們有上級指示，最重要就是阻止這些人去北京上訪。所以每天會有一位女警到他母親家查看她是否在家。除此以外，他們都躲著她，生怕她來質問她女兒的確切死因，還有那些得到她女兒器官的人到底是誰。她似乎已變成警方眼中可怕的討厭鬼，他們總是說對安吉的死毫不知情。

十三

神韻演出結束後，姚天回到紐約。一名中國領事館的人給他打了個電話。在電話裡，他自稱郭玢，說自己剛提拔爲副領事，分管文化事務。他一直在關注姚天的新聞，不明白他怎麼突然變得這麼活躍，參加反動團體神韻，在各地演出。

「你明天能來我的辦公室見個面嗎？」副領事問。

姚天一陣緊張，但還是勉強回答，「明天下午我有安排了。」

「我時間很靈活，」郭接著說。「那後天呢？」

「請問找我是有什麼事嗎？」

「我們之間有些誤會，肯定被別有用心的人利用了。我們還是直接溝通一下，來解決問題，你覺得呢？」

考慮到自己可能很快需要到領事館更新護照，姚天同意兩天後去見這位外交官，雖然他很不情願。他給亞斌打電話，說了自己的擔憂——他怕萬一進了四十二街西邊的中國領事館，可能就出不來了。亞斌呵呵笑著說，他們不太會扣押像他這樣的人，那樣會鬧出新聞來的。但姚天對這次會面仍很打怵，不知道會發生什麼。

停頓了一下，亞斌說：「那我陪你去領事館，在門口等你。要是他們不讓你出來，我去聯繫媒體。」

「亞斌，你太好了。我太感謝你了。沒有你幫忙，我真不知道怎麼跟這些人打交道。」

「朋友嘛，樂意幫忙。那個時候我正好有空。」

兩天後，他倆坐七號輕軌進了曼哈頓。到了那裡，沒想到領事館門口的門衛，一個說話帶著鼻音，長一張馬臉，臉上看不出一點鬍子的中年男人，禁止亞斌待在那個狹小的前廳裡。亞斌輕蔑地朝那人揮揮手，對姚天說，「我在外面等。盡量少說話，聽他們說。記住，控制情緒，別發脾氣，也不要輕易承諾他們任何事情。」

「記住了。」姚天說，向電梯走去。

郭副領事的辦公室在三樓。一個年輕女人把姚天領到一個寬敞的房間，裡面空無一人。從一扇窗戶望出去可以看到哈德遜河。另一扇窗戶旁有一張辦公桌，桌上放一臺打開的筆記型電腦，一束明亮的陽光正投射在上面。姚天在一張紅褐色的人造皮革沙發上坐下，嘗了一口那個女人給泡的龍井。味道有點淡，不太新鮮，茶可能已經存放了兩、三年了。房間裡漂浮著一絲嗆人的氣味，他懷疑有人在這裡抽過菸。牆上掛著一幅書法橫幅，上面寫著，「謀事在人」，這句古代格言的下半句「成事在天」沒寫進去。

郭副領事面帶微笑，伸著手向他走來。他兩隻眼梢向上吊起。這位官員看起來不到五十，態度和藹、有教養，太陽穴附近有些白髮。姚天跟他握了手，奇怪地感到不少老繭，就像木匠的手掌。「請坐、請坐，」他對姚天說。
姚天看看錶，三點十五分——郭晚了一刻鐘。
「我們有時間，」副領事說。「抱歉來晚了。」
「我朋友在外面等著。門衛不准他待在樓裡。」
郭會意地笑了。「我們不會花很長時間。我剛才和周大使在一起，沒能更早脫身。」他端起茶喝了一口。
他說這回他們之間會是善意友好的交談，他的目的是要幫助姚天。他聽起來確實像一個生活經驗豐富的大哥。姚天盡量沉默不說話，只聽他說。
「老實說，我對你離開中國是否明智表示懷疑，」郭繼續說。「至少，這個行爲很魯莽。看看你在這裡多不容易。在我們的祖國，你從來都不需要屈尊去做一些亂七八糟的表演。不管你走到哪裡，都是聚光燈下的明星。看你把自己降得多低——你現在做什麼都只能勉強糊口吧。沒有穩定的月收入你不覺得可怕嗎？我是你的老聽眾，眞爲你惋惜。」
「不錯，我在這裡是有很多不確定性，但至少我是自由的。」姚天說，再也克制不住沉默。
副領事仰頭大笑。「自由很大程度上是一種幻覺。最多是一種感覺，甚至不是健康的感覺。自由總是建立在你有多大能力的基礎上。乞丐可能有自由，卻沒有尊嚴。要是他肚子餓得咕咕叫，自由還有什麼價值？你在中國那麼有名，你的那些機會都是別人夢寐以求的。爲什麼要拋棄一切，在這裡從零開始呢？要是我是你，那些好處我是捨不得丟棄的。」
「我知道自由是一種痛苦，可是跟暴政帶來的痛苦相比，我寧可受自由的苦。」
郭似乎沒明白姚天的話，他繼續說：「想想看，你在中國已經遠遠高於很多人。你爲什麼要在這裡重新開始，還得和美國人競爭呢？」
「我沒把這裡任何人當成我的對手——根本談不上競爭。」
「不過你仍在努力超越別人吧。」
「這是典型的中國思維方式。你可以換個角度考慮一下。」
「這怎麼講？」
「這麼說吧，『做人上人』，可能是許多別的國人的生活目標。這是典型的中國思維。但這不是我的追求。」
「那你想要成就什麼？」
「做一個跟隨自己內心的藝術家。」
「你覺得參加法輪功巡演就能做到嗎？」
「我不練法輪功，但我妹妹是信徒，她死在營口附近的監獄裡，因爲她不肯放棄自己的信仰。但她的死因很不明確。監獄方面告訴我母親，我妹妹死於腎衰竭，但她沒有腎病史。所以政府欠我家人一個解釋和道歉。」
「這對我倒是新聞，」郭說。看起來他真的很吃驚。停了一會兒，他繼續說，「但如果你妹妹練習法輪功，她就違反了法律，因此被監禁。這很清楚。」

「中國的憲法寫得很清楚，每個公民都有宗教信仰自由。政府一開始就沒有權利逮捕和關押我妹妹。」

郭低頭無語。姚天滿含憤怒的淚水。「據說我妹妹被處死是爲了給北京某個重要人物貢獻器官。」

「這種惡意誹謗你不能信。我們國家絕不會犯下這樣的罪行。」

「那麼我們更需要一個明確的解釋。你能幫我調查一下嗎？我每天爲妹妹的死哀悼。所以我要參加神韻的表演。」

郭副領事表示，他會對安吉的案子提請調查，但他也說這事可能超出了外交部的職權，所以他不能保證給出答案。他也一再強調，中國沒有一家醫院會從事摘取器官的工作，所以法輪功說他妹妹被用作腎移植完全是造謠。姚天沒和他爭辯，感謝了他，也再次說了自己的立場，除非政府給他一個合理的解釋，否則他會繼續哀悼妹妹。他們的談話結束得還算和平愉快。郭副領事顯得關心體貼，也明確表達了官方立場，即姚天應該盡快回到中國，這樣才能挽救他的職業生涯，恢復「更正常的生活」。他甚至對姚天的現狀表達了同情，說姚天的才華被大大浪費了。神韻就像一個笑話，對他來說是絕對的恥辱。副領事跟他保證，一旦他回國，只要他切斷跟法輪功的一切聯繫，他可以在中國任何地方表演。姚天感謝了他，但沒有接受他的提議，因爲他知道自己一旦回去，怕是再也出不了國了。而且在中國，他必須唱更多的政治宣傳歌曲。他要在美國發展新的事業。但這些話他不想跟郭玢說。總的來說，姚天還是承認自己蠻喜歡郭玢溫和的態度。要不是他代表政府部門，姚天可能會願意更多地瞭解這個人。

亞斌坐在街對面靠哈德遜河的長椅上，旁邊是那艘退伍的航母「無畏號」，甲板上展示著一排排翹著紅色尾巴的白色戰機。他似乎在瀏覽一份《紐約時報》。午後的陽光灑在人行道上。一個穿著深藍色運動服的年輕女人牽著一條黑色雪納瑞狗小跑了過去。隨後是一位母親推著嬰兒車。一看到姚天，亞斌就站起來，穿過馬路跟他會合。他們繞過灰色大樓的拐角時，姚天看見一個攝像頭在大約三百英尺遠的一根桿子上閃了兩次。顯然，美國聯邦調查局或中情局對領事館的訪客進行了拍照紀錄，但他無所謂。這一帶肯定藏著無數攝像頭。

他倆一起向東朝地鐵站走去。姚天表面平靜，但這次會面對他還是有些影響。郭副領事說他在中國擁有一些機會和特權並非信口開河。某種程度上，他指出姚天來到美國後大大降低了自己也沒錯。現在，姚天生活中的每一項吃穿用度、每一頓飯，每一份帳單，都要靠自己的雙手去掙了，他的確擁有了「自由」，但後來他意識到，這種自由，本質上是一種所有一切都必須自己對自己負責的意願。

在回法拉盛的火車上，他還是很沉默，腦子裡全是對自己目前處境的反思。亞斌問他和副領事會面的情況，他只簡單地回答說，副領事想說服他回中國去，他拒絕了。

那天晚上，姚天請亞斌在三十九街的「小臺北」吃飯。那裡的菜不辣也不油，他挺中意。飯店通常有現場表演，一個小樂隊，有吉他手，還有一名演奏曼陀林的，有時加上一個雙簧管，但今晚沒有音樂。他倆點了四個菜，魷魚白菜、炒空心菜、清蒸白魚和筍絲燒肉。兩人也各要了一瓶青島啤酒。

美味的晚餐讓他們都放鬆了一點兒，亞斌更健談了。他說這些天和芙蕾達相處得不太好。每個中西節假日她都想和他一起做點什麼，未來和這樣的女人生活一定挺麻煩。

姚天不知道他們現在住一起。「你不怕她嗎？」他調侃地問亞斌。「床上有一名神槍手一定讓人緊張吧？」

「倒沒有。我不介意她在大學受過射擊訓練。她還是挺溫柔聽話的，甚至體貼，但她脾氣很可怕，動不動嫉妒。她可能過去在情感上有過一些不愉快的經歷。」

「她看起來腦子挺活泛的。」姚天呑了一大口啤酒。

「是挺能幹，但也固執。」亞斌用筷子夾起一小段粗壯的魷魚送進嘴裡。

「你不是想早點安定成家嗎？」

「最近我想了很多，」亞斌承認，「但很難想像娶一個像芙蕾達這樣的女人。」

「你現在多大了？」

「三十七。」

「所以你還想四處約會？」

亞斌笑了。「我還沒遇到一個可以讓我全心全意去愛的女人。我可以很投入，但在愛情這件事上不會妥協。」

姚天想起了亞斌引用過葉慈的一句話，愛情在屎溺中搭建帳篷。顯然亞斌還是相信愛情的。姚天說：「如果你想和芙蕾達分手，你應該盡快吧。否則她會認爲你在誤導她，在浪費她的時間。」

「我也是這麼想的。不過，我得小心她。她隨時都會像鞭炮一樣爆炸。」

除了亞斌，沒人會這樣跟姚天分享內心深處的想法，所以姚天也坦承自己想念家人。但亞斌搖搖頭說，「如果我是你，我就在這裡找一個女人。你這樣單身一定很孤獨。」

「我有女兒，」姚天說。「如果我和別人同居，下次家庭團圓時，我就很難面對她們了。」

「你可以什麼都不承諾，只是一起住嘛。你懂的，沒有附加條件。這樣兩人的生活費都會節省很多。」

「這對我來說很難。我肯定會動情。其實我挺佩服你這樣的男人。我和我喜歡的女人在一起時很難放鬆。對我來說，愛情就像發燒，一種病。」

「我不是你想的那樣。如果我遇到對的人，我也會很投入、很忠誠。」

姚天懷疑亞斌眞的會對一段感情認眞起來。亞斌嘆口氣，說他認識幾個跟姚天的生活狀態一樣的流亡者。在他看來，這種與配偶的分離完全是人爲製造的，太「不自然」。

「不用管我，」姚天說。「我是藝術家，我可以把精力用在創造性活動上。」

「佛洛伊德的觀點就是這樣的。他認爲一個眞正的藝術家應該生活節制，包括性能量，好保存創造力。」

姚天對佛洛伊德不太熟悉，但他覺得亞斌講的話有道理，亞斌到底比他更有學問。

十四

姚天自從參加神韻巡演後，別人找他唱歌的機會少了。假日季結束後，更幾乎沒什麼工作。姚天開始為收入發愁，怎麼才能掙到固定工資呢。無論如何他得每個月寄錢回家。亞斌提議他帶幾個學生，姚天同意了。於是亞斌幫他在一家中文小報上刊登了一則廣告，還在社區裡發了些傳單——比如雜貨店、自助洗衣店、髮廊，公共圖書館之類的地方。

他收費挺合理，每節課五十美元，但學生們讓他失望。五個人來報名，各年齡段都有，不管他們天賦怎樣，姚天都接受了。他們各自到他的公寓裡上課。他沒有鋼琴，用的是電子琴，但自己練習或教學都夠用。其中有一名學生，常先生，是一位八十一歲的退休老人，以前在酒店當值班主管，但他喜歡唱歌。他是姚天的歌迷，一看到他的廣告，就立刻打電話預訂了一個月的課。他自稱老鄉，其實他老家哈爾濱離大連遠得很。不過很多中國東北人，都把東三省的任何人視為同鄉。散居在國外的東北人會一起野餐、郊遊、在節日聚會，就好像整個東北，也就是以前的滿洲里，是一個省分一樣。所以常先生稱呼姚天「老鄉」，他也默認了。這位老人身材枯瘦、窄臉、光頭，但聲音洪亮。姚天可以想像他年輕時一定夢想過在舞臺上唱歌。但如果在中國，姚天會當場拒絕他。在他這個年齡，姚天不可能改變他衰老的聲音，把他訓練成不錯的歌手。

其他幾個學生年輕一點兒，兩個十七、八歲的女孩仍在讀高中，兩個三十多歲的男人——一個在市政廳做物業維護，一個在家具公司當會計。跟其他學生不同，常先生看起來對學唱歌不感興趣。給姚天的印象是，他不在乎學費，來上課只是爲了跟老師閒聊。老先生對早兩代移民美國的廣東人和福建人大發議論，說他們素質不高，美國社會對中國人的印象不好，都應該怪到他們頭上。「他們把中國人最壞的文化帶到了這裡，」他說。雖然姚天並不同意他的觀點，但沒有反駁。有時，姚天讓常先生跟他重復一個音或一個小節，這個怪老頭會搖搖頭說：「我太老了，吃不消。我累壞了——別把我當孩子看。」姚天就隨他去了。常先生曾請姚天去一家上海餐館吃飯。「他們的小籠包用的是眞正的蟹肉。」他保證說。但姚天拒絕了，說自己活動太多脫不開身。常先生的古怪行爲讓他彆扭，姚天懷疑他可能是什麼人雇來監視他的密探。他告訴了亞斌自己的懷疑。亞斌說很有可能——這裡到處都有中國政府安插的間諜或線人。有人甚至願意無償接受這種任務——一些大學生認爲他們畢業回國後，這些經驗可以爲他們的履歷增光添彩。

大約開始教學六週後，姚天接到了芙蕾達的電話。

「你能收我當學生嗎？」她興致勃勃地問。在電話裡，她的聲音聽起來比實際年齡還要年輕。

「這個，我沒想過你對唱歌也有興趣。」他有點慌亂。

「我一直喜歡聽音樂。跟你這樣的大歌手一起學習，我至少可以知道我有沒有天賦吧。」

她羞澀地笑起來。「還有，以後我或許可以吹噓你是我的老師呢。」

「亞斌知道嗎？我意思是，你跟我學習是他的主意嗎？」他還是有點手足無措。

「他告訴我你在收學生。但我想我跟你學習不用徵得他同意吧？」

「當然、當然。」

「那就收下我吧。沒准兒以後我還能給你帶來榮譽呢！」

姚天更猶豫了。他說：「你不能這樣早早就想著成功。最好從某種失敗感開始。」

「這什麼意思呀？」

「終極來講沒什麼成功不成功，不過就是在克服一堆困難的時候，我們作爲一個人展現出自身的某種價值。也就是長遠來說，成功也可能什麼都不說明。」

「哇，好有哲理。我知道你很深刻，但沒想到你對生活有這種看法。我更想跟你學習啦。你到底能不能接受我？我可以預付你三個月的學費。」

「好吧，我收你，但沒必要付三個月學費。一次付一個月就好了——四節課。」

「我太高興啦。老師，你讓我這一天好快活。」

「還是叫我姚天吧。我們都認識這麼久了。」

「好的，謝謝你，姚天！」

兩人都笑起來。姚天沒想到自己和芙蕾達一起還是可以挺放鬆的，儘管她身上有很多未解之謎。他希望她不會擾亂他平靜的教學秩序。

後來，在一家粥店吃午飯時，姚天告訴了亞斌芙蕾達要來當學生的事。亞斌搖搖頭說，「她追星。你懂的。對她來說，你是大名人。」

「但我在這裡什麼都不是。」姚天盡量顯得自己是隨口一說，語氣中沒有任何苦澀。

「芙蕾達這個人不會審時度勢。她部分思維習慣似乎還停留在中國，用的還是中國的羅盤。」

姚天未置可否，但能理解，這種不受環境影響的頭腦可能也有一些優越之處。至少這種人意志會很堅強。他不確定芙蕾達是不是眞的如此任性、看不到他在這裡的眞實處境：如今他已淪落成凡人一個。她怎會不明白，如果在中國，他根本不會靠教學來謀生？

「如果你想讓我拒絕她，」他對亞斌說，「我可以告訴她，我的課滿員了。」

「不用對她太認眞。老實說，我可能要撤了。」

「什麼意思？」

「她現在是自由人，想做什麼就做什麼。從現在起，我跟她沒關係了。」

看到姚天還一副困惑的樣子，亞斌補充了一句，「我可能會跟她分手。」

「怎麼回事？她很麻煩嗎？」

「不是。我只是厭倦她了。不過，她對你有興趣——她一直問起你。」

姚天有點警覺，心想，她跟他學習，會不會有什麼祕密任務。接下來，亞斌滔滔不絕地談論了和中國女人以及非中國女人約會的不同。他提到前女友巴莉。說如果一定要在巴莉和芙蕾達中間選一個，他還是會選巴莉。他覺得外國女人更容易看見和感激他爲她們做的一些小小的善舉，也願意分擔家務。但芙蕾達是家裡的獨女，總認爲他應該對一切負責，甚至要求更高。除此之外，她明白地提出需要他一心一意愛她，賭咒發誓絕不變心。但他怎麼可能對這個尚未完全瞭解的女人，做出怎樣的承諾呢？

「可你不是經常和她上床嗎？」姚天問，覺得他的理由不夠充分。

亞斌笑了。「芙蕾達也經常問這個問題，就好像我和她上床，是佔了她多大便宜似的。巴莉就不這樣。她認爲性是互相給予的東西。她感謝我的付出和努力。」

姚天輕笑了一聲，沒再說下去。他相信亞斌，收芙蕾達當學生應該是安全的，但和她打交道時一定要多小心。

常先生不來上課了。姚天開始以爲他是年老體弱，後來無意中在附近的洗衣店裡聽說，上週一群老人去康乃狄克州的福克斯伍德賭場，輸了許多錢，一些老人受不了，躺倒了。常先生也去了。姚天給他打電話，問他要不要來繼續上課。常先生在電話裡聽起來喉嚨沙啞，說得了重感冒，不能再去學唱歌了。

「那剩下的學費我怎麼退給你呢？」姚天問。

「不用退了，姚先生。就當我的捐贈吧。」

「那謝謝了，常先生。但我還是欠你兩節課。您什麼時候感到可以來，請給我打電話。」

「應該不會再去了。在我這個年齡，你眞的相信，只要我受到訓練，還能成爲一名好歌手？」

「還是有可能的。」

「我還是有自知之明的。其實我去找你，只是我被分派了這個工作。」

「分派工作？怎麼回事？」

「我最好別透露那個人的名字。這麼說吧，政府認爲我沒能力監視你，把我撤掉了。」

「換成誰？」姚天繼續問。沒想到常先生這麼口鬆，竟然告訴了他這個祕密。也許是賭場的霉運，再加上被撤掉的惱怒，把他給弄糊塗了吧。他們雇這樣一個耄耋老人來做密探，一開始就很愚蠢。

「不知道，」他說，長長地嘆了口氣。「反正我也不願意出賣你。就小心點吧，姚先生。我說過，我一直喜歡聽你的歌，祝你好運吧。雖然我們只見過幾面，但我看得出你是個好人。」

「到底是誰啊，」姚天急了，「告訴我這個間諜是誰。你可以不提他的名字。我一個個報我的學生，是誰，你咳嗽一聲就行！」

「不用了。我說得已經夠多了。」

雖然沒得到答案，姚天還是感謝了常先生，祝他早日康復。現在知道這個祕密只讓他心情煩亂，瞎猜常先生的繼任者到底是誰。除了上週剛買課的芙蕾達，別的學生看起來完全不像間諜。但姚天只有分析，沒有證據。他想拒絕她當學生，但她已經付了兩百美元，所以他決定暫時先留下她，但提醒自己跟她在一起時要格外小心。他覺得自己沒什麼可隱瞞的，哪怕再派十個間諜來，只要給他付學費，他都可以不介意。

芙蕾達果然比別的學生都優秀。她的音色並不特別，但對學唱歌這件事還是挺嚴肅的，顯然在家裡做了功課和練習。別的學生幾乎都沒有認眞對待。姚天看得出那兩個女孩來上課，主要是因爲父母給她們付了學費。她們上課只是爲了好玩。

不久，芙蕾達提出要爲姚天工作，做他的經紀人。她說她認識很多人，擅長商業管理。這幾個月來，他幾乎沒收到任何演出邀約，他正擔心自己的唱歌事業如何繼續。起初他對芙蕾達的提議很懷疑，但他跟亞斌談起時，亞斌說，她人脈挺廣，也許値得一試。

「但你呢？」姚天問他。「你願意讓芙蕾達接手嗎？」

「不用考慮我。我保險工作已經夠忙了。她也許眞能爲你做得不錯。如果我是你，我會給她一個機會試試。」

姚天還提到了芙蕾達可能是一名間諜。對這個猜測，亞斌笑說，沒有哪個正常人會雇她來當密探。她性格太外向了，藏不住事情。於是姚天決定答應她。

她開始聯絡一些文化組織和藝術中心，然而，只有四家對他感興趣，給的報酬也不多，每次五百到一千三百美元之間。儘管如此，他還是很高興，相信秋季開始時，生意會更好，因爲有中秋節，還有中國和臺灣的國慶日。然而，芙蕾達似乎對這麼少的回應很失望——她一定已經意識到自己對他也起不到多大作用。她不知道神韻只在冬天巡演，所以就算姚天跟神韻繼續合作，最多也只工作一個季節。她的受挫感讓姚天堅定了開班授課的決心——靠唱歌他賺不夠錢。到目前爲止，教這些沒有天分的學生，這個工作更穩定也容易。他教他們一些基本技能，比如呼吸技巧、聲樂練習、唱簡單的歌曲。有些中國學生只學過簡譜，不會看西方的五線譜，所以他也教視唱和讀譜。顯然，沒有一個學生足夠認眞，夢想將來有一天能在舞臺上唱歌。這樣他的工作就更輕鬆了，所以他沒什麼抱怨。

七月底，兩個女孩退課了，說她們暑假要去外地。如此巧合，兩人同時離開，姚天心生懷疑。兩週後，另一名學生，市政廳的清掃員，也退出了。芙蕾達對姚天說，「這背後肯定有人在搞鬼。他們想讓你收不到學生。想讓你知道，就算你是有名的藝術家，跟中國政府作對，在美國也不好混。」她吸了一下牙齒。前兩天她做了一次根管治療，花了近一千美元。她本來有牙醫保險，可因爲錯過一次付款，保險被取消了，這筆錢她完全自付。

姚天非常吃驚，半開玩笑地說，「你意思是中國政府在破壞我的生意？你也爲他們工作吧？」

「拜託，我爲你工作。你才是我的老闆。」她伸出纖細的手指指著他的臉。「你可以相信我。」

「所以你不會像別人一樣離開我？」他問道。

「當然不會。」她笑了。「你會發現我非常忠誠。」

十五

後來，他才知道傑克遜高地最近新開了一所表演藝術學校，是一群中國僑民創辦的。他們收費很低，不到他的一半，還有一幢三層小樓做教室。亞斌認爲是一家中國媒體公司在背後資助他們。學校已經招收了幾十名學生。芙蕾達得知，姚天兩名退課的女孩實際就是轉到那所學校。儘管已隱約覺察到中國會用這些那些手段破壞他的生計，姚天還是非常震驚。

亞斌和芙蕾達終於分手了。他說她已經變成他的包袱，背不動，所以是時候甩掉她了。但芙蕾達不想輕易放過他。她說亞斌是無恥的色鬼，一定會讓他後悔離開她。亞斌也怕，所以他並不像他看上去那麼強硬。

「也許我應該離開紐約。」一天晚上，亞斌對姚天說。

姚天好笑說，甩了女友就必須搬家也太過分了。「芙蕾達應該很快能冷靜下來，」他肯定地說。「平心而論，她似乎挺通情達理，爲我工作也很賣力。她只是因爲跟你感情失敗，所以太難過了。」

「她很喜歡你，」亞斌說。「小心點，你可能遇到了一個仰慕者哦。」

姚天還是不能完全放下對芙蕾達的戒心。但他和芙蕾達一起共事時，他覺得她的行爲沒什麼破綻而且挺熱情的。她會鄙視中國政府，對他們的政策很憤怒，特別是反對他們對西藏和新疆少數民族的壓迫。她用「中世紀」這個詞來形容中國目前的法律制度，還有他們對待訪民的惡劣態度和粗暴手段。這些人從外省趕到北京去喊冤叫屈，只不過想找到一些正義。在某些方面，芙蕾達倒像那種流亡的民主活動家，但她也不那麼喜歡美國，說這裡生活很難，尤其對他們這些黃皮膚黑眼睛的亞洲人。不過，她還是確信，總體上，大多數美國人比中國人工作認真，相信努力幹活能夠致富。這顯示了中國和美國的主要區別之一。「在這裡，勤奮工作多多少少能得到回報，」有一次，她對姚天說。「這說明美國的社會制度基本上是公平的，大部分人也都認可支持。」

她的這番理論讓姚天對她刮目相看。他也看見許多美國人相信可以通過個人勤奮工作實現夢想。至於公平問題，芙蕾達有點太簡單化了，沒考慮到美國窮人和富人之間的巨大差距。姚天和芙蕾達相處越久，他對她的懷疑就越少。她有時不夠成熟，任性又急躁，但內心懂得同情。

沒想到亞斌眞的決定在深秋離開紐約。他那位江蘇的表弟最近在麻薩諸塞州的布倫特里買了一塊二十七英畝的地，想讓亞斌跟他一起創辦一家建築公司。他表弟做房地產開發，計畫在他剛買的、靠近火車站的地皮上造三十多所房子。一個小生意人，竟能如此大手筆，姚天十分驚奇。而且這位表弟幾乎不懂英語，從未踏上北美土地。他在老家南通，通過波士頓唐人街的一個中介，搞到了這塊地。現在是十一月初，亞斌決定離開，姚天多少有點低落，問他怎麼會在這麼寒冷的天氣裡開始蓋房子。亞斌說，工地是春天開工，但之前有一些文書工作和各種準備，他表弟希望他去幫忙完成。

亞斌這麼一走姚天很難過。亞斌一直是一個好友，熟悉美國生活，個性樂觀，在姚天需要時總能出手相助。但姚天在亞斌面前克制住了自己的不捨之情。亞斌也說，如果姚天覺得紐約生活太難，可以去波士頓找他，一起在那裡發展。「我表弟有錢，很友好，也很大方，」他對姚天說。「你會喜歡他的。」

姚天在給舒娜的電子郵件裡哀嘆亞斌的離去。舒娜安慰他說，肯定會在紐約找到新朋友，也會發現新的辦法來改善自己的生活。「朋友來來去去，」她寫道，「如果友誼沒有共同的興趣，總是無法持久。別太難過了。」

他沒告訴舒娜，亞斌丟下的那個女人——芙蕾達，仍在為他工作。現在他暫時不教課了。十二月，神韻又開始季節性巡演，他會再次和他們一起旅行。他跟神韻簽了約，未來十週，一起去八個城市表演，付給他八千美元的報酬。這筆錢不用給芙蕾達提成，因為協議是早就談妥的。芙蕾達也為他找到了一些機會，他的演唱工作又一次展開。她工作賣力，似乎很高興做他的經紀人，也可能是因為現在沒有男朋友，時間更充裕。她甚至給自己印了一些名片，寫上「姚天經紀人」的頭銜。他們幾乎每天都通電話，但他其實很少看見她本人。姚天在外地巡演時，芙蕾達會在晚上十一點左右打來電話，那時姚天剛結束演出，回到酒店。漸漸地，他開始期待晚上跟她說話了。他倆會一起商量芙蕾達替姚天找到的演出工作，然後芙蕾達會聊聊她在亨特學院上的一門微觀經濟學課（還有一門舞蹈課，是爲了保持學生簽證），她也會談到她在瀋陽的父母。她還經常問候他的妻女，就好像她跟她們很熟似的。

跟舒娜一樣，芙蕾達也好奇他在巡演中是不是遇到了什麼女人。她還提到神韻的表演裡面那些優雅的年輕舞者。有一次她打趣他說，「她們都這麼漂亮。難道沒有一個吸引你嗎？如果我是個男的，我可能恨不得一個個睡過去。」

她的粗魯和輕佻把姚天惹惱了，他說：「那你連那種滿腦子食色的普通男人都不如。我的精力要花在工作上。」

後來她解釋說，幾乎所有她認識的男人都把和漂亮女人上床看作一種成就。甚至亞斌也告訴她，每次和一個女人上床時，都有一種征服感。姚天說：「我覺得愛情更多來自內心，而不是身體。我不太注重女人的外表，只會被美好的性格吸引。」

「好吧，你眞是與眾不同，一定比普通男人高級。」她不動聲色地說。

他不確定她是不是在嘲笑他，但沒有理會。

神韻結束後，他又回到法拉盛，繼續他的日常生活。四月，芙蕾達得了重感冒，不停咳嗽。鼻子堵得厲害，每幾分鐘就得用力擤一次。她還發燒了，說自己晚上咳得不能躺下睡覺，只能在沙發上坐著打盹。結果她一晚只能睡三、四個鐘頭。更倒霉的是，她沒有醫療保險（兼職工作不提供這些），她不敢去醫院。她問姚天知道不知道一個好中醫。

他碰巧知道法拉盛市中心聯合街上有一家中藥店，那裡有一位大夫，每次只收十美元問診費。那家店叫「永健」，裡面有上百種中成藥。姚天去過那裡兩次，買過一些感冒藥和治喉嚨痛的藥。他還買過一種藥膏治療手掌的脫皮現象，每隔兩三年這種水泡就會神祕地出現一次。芙蕾達求他陪她去，怕自己一個人去吃什麼虧。姚天同意了，雖然心裡覺得她的擔憂沒有必要。

櫃檯後一個高瘦的女人熱情地招呼他們。她記得姚天，叫他姚先生。姚天說，朋友病了，來看梁大夫。女人就走進藥房裡去找。很快梁大夫走出來，領兩人進了裡屋。這位老大夫雙肩瘦削，一邊高一邊低。他說自己已經九十歲了，那這副身子骨眞算結實。姚天暗暗驚嘆老先生的樣子，花白的長眉下是皺巴巴的眼皮，但表情警覺，寬下顎的線條也依然清晰。從各方面來看，梁大夫都保養得很好。

大夫將四指搭在芙蕾達的手腕上，閉眼細聽。又讓她伸舌頭。姚天看見芙蕾達的舌頭又瘦又敏捷，舌下覆蓋著鎢絲一樣的紫色靜脈。大夫搖搖白髮蒼蒼的腦袋，對她說：「你肝火旺，腎缺水。」

「所以我病了？」她問。

「是啊，病得挺重。」

「有多嚴重？」

「我給你開副藥吧。應該有用。要是你一個禮拜後不見好，回來找我。」

他打開一個筆記本，在一頁有橫格的紙上用漢字寫了十幾種草藥的名字和劑量。他撕下那張紙，對芙蕾達說：「去前面的櫃檯，蕭太太會給你藥。」他把處方遞給了芙蕾達。

「我得用罐子熬藥嗎？」她問道。

「現在已經不那麼做了。每種草藥我們都有提純，你只要把那些粉劑混在一起，用開水沖泡，像茶湯一樣喝掉就行了。很簡單。」

芙蕾達聽了以後很高興，起身去藥房抓藥。

「你呢？」醫生對姚天說，眼睛眯著瞧他。

「我不看病。」

「你看起來不太好。我給你瞧瞧。」他抬起手，手指交錯抖動，做出準備把脈的樣子。

「那我診斷一下要多少錢？」姚天問。

「一樣。每人十塊。」

「好吧。」他轉過身，衝外面說，「芙蕾達，等我一下，我馬上就來。」

他讓梁大夫給自己搭脈。他感到自己的脈搏在大夫指尖的壓力下跳動得更有力了。老人面無表情，好像在集中注意力。

過一會兒，他嘆口氣搖搖頭說：「你嚴重腎虛啊，要提高腎功能。」

「我不酗酒，也不縱慾。腎怎麼會糟糕？」

「規律的同房可以讓你的器官正常運轉。你還年輕，沒必要活得像和尚或太監一樣。」

梁大夫笑了一下，眼睛小到幾乎看不見了。又補充了一句，「你晚上是不是經常起來尿尿？」

「是的。」姚天承認。

「一夜起來幾次？」

「三、四次．」

「尿裡有啤酒一樣的泡沫嗎？」

「有。」

「看，你尿裡有蛋白。你腎臟肯定有問題。」

「那我該怎麼辦？」姚天突然緊張起來，儘管還不完全相信。

「我給你開一副藥。應該有用。如果你不覺得自己更強壯了，再來找我。」

大夫寫下了草藥的名字和劑量，姚天也拿著處方去前臺配藥。他沒仔細看那些名字，但他注意到有五味子，中國北方人會用這種野果做調料來燒肉。其他都是中醫裡面的常見藥——枸杞、何首烏、當歸。姚天沒把整件事當回事，去拿藥只是好玩。他覺得那些草藥不過是天然植物，不會有什麼傷害。

蕭太太留下了芙蕾達和姚天的處方備案。姚天驚訝他們不能拿走處方。他猜可能是爲了讓病人再來藥房，但他無所謂。一個星期的藥，芙蕾達花了二十六多美元，姚天的再多幾美元。芙蕾達很高興，說這些藥應該能治好她的感冒。

十六

芙蕾達吃了藥，果然三天後就見好了。她打電話給姚天說自己恢復得很快，熱情讚美了這些草藥的神奇功效。他也吃了自己的藥。雖然他沒感覺腎臟變得更強壯，但他似乎覺得自己體力在整體上有所增強，晚上起床小便的次數也減少了。清晨，他躺在床上時，會感到血液在腹股溝周圍更有力地循環，讓他充滿了欲念。他想舒娜，想像著不停愛撫親吻她。現在，從生理上，他明白了有些詩歌爲什麼會說愛情像在燃燒，而欲念讓人疼痛。

爲了感謝姚天陪她去看中醫，芙蕾達提出請他去一家叫「魚蟹村」的餐廳吃晚飯。他說海鮮餐館太貴，浪費錢，拒絕了。去某家面店或燒烤店吃頓簡單的午餐就可以。然後她提出她最近在學茶藝，可以表演給他瞧瞧。他好奇，沒見過人做茶藝。他說這個聽起來像是日本的文化，但芙蕾達說她的老師是高雄人，這也是一種古老的中國藝術，現在在中國很流行。所以他答應週日下午請她過來泡茶。

「我要準備什麼東西？」他問。

「不用，我會帶我需要的東西。」

但他覺得還是準備一點零食比較好。於是他去雜貨店買了一袋豬肉蝦仁韭菜餡兒的迷你小餃子。因爲喝茶最好不要空腹，所以他打算在茶藝前兩人先分享一些小食物。

週日下午三點左右，她到了，手裡拎著一隻滿滿的托特包，還有一桶波蘭德礦泉水。他讓她稍等一下，說應該先吃點東西墊墊，然後喝茶。她覺得這個主意不錯，問要不要去廚房幫忙。「你先歇著，」他說。「我幾分鐘就好。」鍋裡的水已經開了，他把餃子倒進水裡。煮餃子時，他打開一瓶醃竹筍，剝了四個皮蛋，這樣除了餃子之外，還有兩個涼菜。他把皮蛋切成幾瓣，在上面滴了一些米醋和香油。他還用香菇絲和雞肉高湯做了一道羹。

芙蕾達看見窗邊掛著一把吉他，她走過去撥了撥吉他的弦。幾聲叮叮咚咚的聲音。她說：「你會彈吉他？」

「會。但我已經好久沒碰它了。」他說著，一邊攪拌鍋裡的湯。

二十分鐘後，姚天把所有的食物都在他的圓飯桌上擺好，芙蕾達看了驚嘆不已。他們開始一起吃。這些菜非常簡單，但芙蕾達很喜歡，說眞希望自己每晚都能這樣吃飯——她每天做完一整天的工作後，一個人吃飯時從來都沒有食慾。看到她這麼愛吃，姚天很高興。然後她問他有沒有酒。他拿出一瓶卡本內，給她倒了一杯，給自己只倒了兩指——他說自己很少喝酒。這瓶酒是他在費城演出時一個歌迷送的禮物。通常別人給他紅酒或烈酒，他都轉送給亞斌了。

吃完東西，他去洗碗，她開始準備茶藝。首先，她走進他的臥室，換上了一件白色的絲綢長袍。然後她從托特包裡拿出一塊綠布，鋪在飯桌上，然後在上面鋪開一整套茶具，一個陶罐，兩個茶碗，一個瓶子，四個杯子，還有一罐臺灣的高山烏龍茶。她在他的燒水壺裡倒上礦泉水，放在爐子上，等著燒開。水準備好以後，她開始泡茶。她的胳膊和手慢慢地移動著，帶著刻意的優雅，好像在欣賞自己的每一個動作和姿態。她的身體和四肢似乎在遵循著某種節奏。他問這個儀式是否應該有音樂。她悄聲耳語說，「通常有笛聲做背景音樂，但我們沒有。我們應該不要說話，要安靜，就像在禪修中一樣。」

他想笑，但忍住了。他寧願像往常一樣，把開水倒進茶杯，或者用微波爐加熱一杯水。他看不出如此精心操作的必要，好像把茶湯從一隻碗倒進另一隻碗，從一個杯子轉移進另一個杯子，每一步都眞的會增加茶的香味似的。然而，當他看著她表演時，她的眼睛半睜半閉著，臉頰閃亮。他開始認眞起來，欣賞她這種做法，彷彿這個儀式是一種眞正的藝術，某種神聖的東西。

茶終於好了。「請品嘗。」她溫柔地說，一隻手托起杯子的底部。

按照茶道的禮儀，他雙手舉杯，喝了一口。確實好喝，和他平時泡的茶不太一樣。「好喝。」他說。

「瞧，我告訴你了我學得不錯。」她揚起下巴，微笑著，眼睛發光。她扭轉腦袋，他發現她的側臉更加漂亮。

「這茶有什麼特別嗎？」他問道。

「沒有，就是臺灣玉山精製烏龍茶。羅斯福大道的一家禮品店就有賣，靠近『皇后咖啡店』。我泡了一整壺。慢慢喝吧。」

點心和茶讓氣氛變得溫暖而親密。他把茶放在桌子上說，「我真的不太瞭解你，芙蕾達。你看起來很特別啊。」

「哪兒特別？」她問道。

「就像那天在射擊場一樣。你對槍怎麼這麼熟練？」

「我告訴過你——我是大學射擊隊的。」

「體育運動裡的射擊，大家都用小口徑步槍或手槍，不是嗎？可你那天在射擊場打槍像個訓練有素的士兵。」

「哦，我沒說清楚。大三時，我們去山東的一個軍營軍訓了一個學期。太可怕了——」

「你是說那是你大學教育的一部分？我比你上大學早十年，但我們沒有軍訓。」

「我們學校很特別。所有學生都得軍訓，目的是爲了讓我們更好地理解士兵、體驗軍隊生活。我們軍訓的時候，部隊選了五名女生組成一支射擊隊，對我們從各方面進行強化訓練，打算讓我們參加全國大學生運動會。我們也有一個手榴彈隊，也是比賽的一個項目。我們每天都在槍把上吊著磚頭練習瞄准，一練就是八個多鐘頭。」

他暫且接受了這個解釋。然後又問，「你參加運動會射擊比賽了嗎？」

「沒有。我們回北京後，我偷偷帶了一些鄧麗君的專輯賣給同學，被學校黨委發現，取消了我的比賽資格。說那種是不健康的音樂，不准在學校傳播。」

「是嘛？我總是到處都能聽到她的歌。」

「他們當然禁不了多長時間。」

「原來你還是個不乖的學生！」

「算吧。在學校眼裡，我挺讓人頭疼的。」

他決定大膽地改變話題。「欸，芙蕾達，你爲什麼替我工作？你當我的經紀人賺不到什麼錢。你是他們派來監視我的嗎？」

「你說什麼？」她睜大眼睛嬉皮笑臉地瞧著他。

他低下頭笑了笑，然後看著她的臉。「你難道不是中國政府的人雇來監視我的嗎？」

她吃吃笑著，用食指關節擦擦自己挺直的鼻梁。「你覺得他們會信任我嗎？哦，我記得有一份中國報紙叫《中國快報》，裡面有一個人問過我，你是不是在和某個女人同居。」

「你跟他說了什麼？」

「我說：『沒有，姚天一個人住。他對自己的私生活非常謹慎。他愛他的妻子。』」

「就這些？」

「是的。他說要是你有什麼反常要跟他彙報。但從那以後我就沒和他聯繫過。我不會背叛朋友，你知道的。」

她大膽直視著他，好像是想向他證明自己所言不虛。兩人目光接觸時，姚天感到了內心的波動。但她還是死盯著他不放，好像一直在等待這一刻。最後他終於轉移了目光。

她靠近身來，把手搭在他的肩膀上。「我喜歡你，姚天，」她喃喃地說。「你是個好男人。」她把頭靠在他身上，手伸向他的腹部，摸索起來。

她溫暖的聲音和手指刺激了他的慾望。他用胳膊摟住她，開始親她。兩人的嘴唇觸碰到了一起。

那晚她留下來沒走。姚天的體內有什麼東西在翻滾——他太瘋狂了，一直和她折騰，根本停不下來。他撫摸親吻她的每個部位，從腳趾到耳朵，就好像第一次接觸女人一樣。她也完全忘我地跟他配合，時而狂喜地哭泣，說以前從沒有男人這樣愛她，讓她覺得自己又像個年輕女孩了。他把她的話只當作是床上的胡言亂語。但他也被自己的激情驚到了，沒想到自己竟如此精力旺盛，直到半夜才放芙蕾達去睡覺。

十七

芙蕾達第二天一早去上班了。姚天卻滿腹煩悶和憂思，腦袋昏沉沉的。

他從沒在床上對一個女人如此慾火熊熊，甚至和舒娜的性愛也遠非這樣。他不明白自己怎麼了。他不可能身體變得更強壯——他明明在變老，在這裡艱難的生活也在不斷消耗他的精力。他怎麼會對一個自己甚至還沒喜歡上的女人，如此激情？肯定是哪裡不對了。

然後他突然想到，梁大夫開的那副中藥裡，一定有催情的成分。那個老傢伙為什麼要這麼做？姚天想，他究竟對他施了什麼詭計？他正在做紅糖米粥早餐時，電話鈴響了，他接起電話，是芙蕾達。她仍然激情地說，「昨晚真令人難忘呀！想不到你在床上這麼瘋狂。都讓我死去活來的。有時候我感到我都要昏過去了——」

「芙蕾達。什麼地方出錯了。我一開始就不該答應你來表演茶藝。我昨天不是我自己——」

「我現在要去開會了，寶貝。開完會我再給你發短信或者打電話。」

她的興奮更讓他憂懼。他覺得自己怕是說不清了，怎麼才能讓她相信昨晚激動的一夜情只是一個錯誤或者意外？不管他怎麼看，這場亂子他大概不可能輕易脫身。他一籌莫展。

吃完早飯，他去市中心的永健藥房找梁大夫，但老人不在。櫃檯後的蕭太太，巴結地媚笑說梁大夫這幾天身體不適，不能出診。姚天要看梁大夫給他開的處方，但蕭太太說，都被梁大夫鎖起來了，她拿不到。姚天很生氣，說那副藥讓他生病了——作爲病人，他有權知道自己吃了什麼藥。蕭太太保證，所有處方，梁大夫都有存檔，可以過幾天再來，梁大夫到時候會回答他的問題。

「有了，」蘇女士說。「你把你的藥拿過來，我告訴你是些什麼。」

「我昨天喝了最後一包，」他說。「還有別的辦法嗎？」

「沒辦法了。」她搖著一頭燙卷的頭髮。「我會告訴梁大夫，你來看藥方了。你可以幾天後再來找他。所有藥方他都存底的。請放心。」

這個僵局惹急了他。他說要起訴梁大夫醫療失當。

「請別生氣，姚先生。梁大夫很窮的。就算你在法庭上告贏了他，你也拿不到幾分錢。他就剩一把老骨頭和身上的幾件衣服了。」

他無計可施。看到他的窘境，她笑笑說：「請您拿著這個吧，免費送給您。」她在玻璃櫃檯上放了一瓶傳統止咳藥，枇杷膏。

「我不咳嗽，不需要這個。」他生硬地說。

「您是個歌手，對不對？這可以保護您的喉嚨。就算不咳嗽，每天來一茶匙，您也會覺得舒服的。」

她態度十分誠懇，姚天只好拿了糖漿離開藥店。他知道枇杷膏，幾年前用過，可能對他真有用。他多麼希望亞斌還在這裡。在這種混亂的情況下，他本可以向他求助。然後他意識到他剛剛和一個亞斌想不惜一切代價避開的女人上床了。和他談這件事只會讓兩人都尷尬——他還是自己處理吧。

那天晚上，芙蕾達又打來電話，說必須和他談談。「整整一天，我腦子裡都在想著昨晚，」她毫不遮掩。然後又壓低聲音，耳語般說，「我現在還感覺到你那裡在我身體裡的跳動。」

他嚇壞了，結結巴巴地說，「我……我平常不是這樣，有事情不對。」

「你在床上和在舞臺上一樣棒。我喜歡你這種瘦瘦的、精力充沛的男人。我能再來看你嗎？也許今晚或明天？」

「對不起，芙蕾達。昨晚那個樣子根本不是我。」

她笑了。「你不覺得能睡到我很運氣嗎？」

「芙蕾達，我告訴你這是個意外。是中藥店裡的藥，我被藥物控制了。」

她更樂了。「別開玩笑了。聽說過男人吃藥，但如果一個男人能和一個女人纏綿六個鐘頭，一定愛死她了吧。老實交代吧——難道你昨晚和我過得不開心嗎？」

「我……我不是我自己，我告訴你了。」

「我們不是做得很好嗎？」

「可我不是有意那樣做的。」

「你聽著。我和一個吃偉哥的男人約會過。半個鐘頭以後他就不行了。你不能說跟我那麼發狂，只是因爲錯誤地吃了一些中藥。我看到你的處方了，裡面沒什麼特別的。」

「我承認你讓我心動。」

「那你需要一個更好的藉口。」

「眞的是意外。昨晚那樣子不是我。」

「拜託，姚天，看得出來你對我有感覺。你說我香甜，把我渾身親了個遍。你不能就這麼溜之大吉。我看見了你牆上掛的吉他。我還希望你唱歌給我聽呢。我知道你會彈。」

「你也希望得太多了。」姚天無奈地說。

「聽著，姚天，我可不是那種你召之即來揮之即去的女人。我知道你也不會那麼做。你尊重女人，你知道怎麼去愛一個女人。你特別會接吻。你眞是一個理想的愛人。」

她簡直是想怎麼說就怎麼說了。他厭倦了這種瘋狂，這些胡說。讓她相信他說的話怎麼這麼難。但他自己也感到內疚。他有點出汗，臉發熱。但不管她怎麼吵，他都不答應她再來他家。

最後，她似乎也被自己的憤怒折騰累了，平靜地說，「你要是甩了我，我不會讓你好過的。你不能這麼對我，把我當妓女。」

「我把你當朋友，一個普通的朋友，」他絕望地說。「我們也是商業夥伴。」

「求求你，姚天。我愛你，我可以為你做任何事！讓我明晚來見你吧。」

「你愛錯了人。我結婚了，有一個女兒，有一個家庭要照顧。你放過我吧！」

「我不會。你等著瞧。」

他們越吵下去，他對她的要求就越難答應，最後只能掛了電話。他內心焦躁，不停想她會造成怎樣的破壞。如果她行動失去理智，他自己也難逃其責。她其實是對的，任何一個正派的男人都不應該這麼對待一個剛剛和他做過愛的女人。從內心來說，他知道自己可能在那天晚上被她吸引了，中藥只是讓他持續的時間很長而已。如果他客觀地反思這場一夜情，他不能把所有的責任都歸咎於藥物——他的確貪戀女色。對芙蕾達這樣的瘋狂女人，他要是早一點小心就好了。他不禁想到最近一個新聞，孟加拉國的一個年輕人把自己閹割了，認為生活中所有的麻煩和痛苦都來自那個玩意兒。有點道理，不是嗎？

現在，姚天覺得自己擺脫不了，且等著芙蕾達報復，做好準備吧。她肯定會造成破壞的，他確信。

兩天後，他收到了妻子的來信。她發電子郵件告訴他，一個叫芙蕾達·劉的女人聯繫她，說是她丈夫的女朋友，也是他的經紀人，兩人發生了激烈的婚外情。舒娜問姚天他和這個女人究竟是什麼關係。他回信說從現在起不要理會這個芙蕾達。他以後什麼都會告訴她。

「我不會再讓她當我的經紀人了。」他告訴舒娜。

接下來的好幾天裡，他都緊張得沒法談這件事。妻子也保持沉默。他們通電話時，她聽起來很正常，很高興。她告訴他說婷婷在學校表現很好，剛在英語課上考了第二名。

姚天知道芙蕾達把這件事傳到舒娜那裡，就等於自己背叛了妻子，所以他不知道怎麼解釋。一天晚上，他收到妻子一封長長的電子郵件。原來芙蕾達什麼都跟舒娜說了，甚至懇求舒娜讓她分享他，因爲舒娜不能來紐約。芙蕾達保證不會破壞他們的婚姻——她只想在這裡當他的女朋友。芙蕾達甚至吹噓他們的性愛——舒娜原封不動地複製貼上了芙蕾達的話，「上週日晚上，他跟我在床上做了六個小時，六個小時！他爲我發狂——他說我又香又甜。我沉醉在愛中，完全被他迷住了。舒娜姐，姚天還很年輕——我從沒見過一個性生活被如此剝奪的男人。讓他像和尚一樣過著禁慾生活太不人道了。在他回到你身邊之前，就讓我幫你照顧他吧。」

芙蕾達甚至指責舒娜自私，說因爲她對自由和美國夢的錯誤想法，讓丈夫一個人來美國，在這裡獨自受苦，像卑微的工人一樣忍受苦差，過勉強糊口的生活。她根本不知道美國這裡的實際情形。總之，舒娜正在毀掉他，最好讓他趕快回國，恢復他在中國輝煌的職業生涯。「從任何意義上來說，他都是一個名人，而不僅僅是爲你一個人服務。」她這麼寫給舒娜。

看著芙蕾達寫的信，姚天心裡湧出一絲酸楚——芙蕾達還是比較瞭解他的處境。但他看不清芙蕾達的動機。她跟舒娜寫信的口吻，聽起來還算溫和、講理。舒娜也聰明，不會被一個年輕女人的混亂情緒左右。她問芙蕾達有何證據，說明她和姚天眞的上過床。芙蕾達提到他胯部附近的一條疤痕，大約一英寸半長，是做疝氣手術留下的。「縫了六針，就像一隻爬蟲。」她說。她還給他妻子發了幾張她和姚天在一起的合照。這些照片裡雖然只有他們兩人，但都是在公共場合拍的，沒有任何親密的表現。芙蕾達一定也想炫耀自己年輕漂亮，身材窈窕。

舒娜對姚天很生氣，質問說，「你打算怎麼辦？你爲什麼不告訴我你那裡有個女人？你到底是要她還是要我？」

他回信說，「那個可惡的中醫把我害了——那副藥讓我失去了自制力。他一定是想讓我成爲他的回頭客，常去找他開藥。」

舒娜回敬說，「別找這個藉口。人家大夫一定感到你和那個女人之間有什麼。他一定從你臉上看出來你想要她。」

這讓姚天懷疑梁大夫是不是眞從他的外表看出了什麼。如果是這樣的話，可能就導致了那個老傢伙給他開了一些催情壯陽藥。也許舒娜是對的——任何一個一年多沒碰過女人的男人，表情上可能都隱瞞不住慾望。姚天痛恨自己落到如此不堪的境地。他告訴舒娜，他會徹底斷絕與芙蕾達的關係，不會讓她破壞他們的婚姻。

「我現在就解雇她。」他向妻子保證。無論如何，他必須保住自己的家庭完整。

他在藥店終於等到了梁大夫。老人笑容滿面，露出一口鈍鈍的牙，剛又掉了一顆，增添了一個新的缺口。他見到姚天很高興，叫他「姚先生」，說明他記得他的名字，把他看成了一個常客。這讓姚天脾氣更加暴躁。梁大夫指著一張皮凳，示意姚天坐下。姚天就坐下來，盯著梁的臉，看見他的臉紅潤潤的，像吃了很多人參。

「你爲什麼給我開那些壯陽藥？姚天問道。

「告訴我，你晚上還經常起夜尿尿嗎？」

姚天搖搖頭。「不了。但那些藥讓我在床上行爲異常，像個瘋子。」他一肚子怒火，臉漲得通紅。

梁醫生哈哈大笑，彷彿這是意料之中的事。「藥有用嗎？」他問道。「難道你不覺得更年輕、更有活力嗎？我以爲你年輕的太太也會喜歡的。」

「你以爲她是我妻子？」

「你倆不是和美的一對兒嗎？」

「她不是我老婆，她是我經紀人！」

「這個啊，只要你玩得開心，也沒什麼壞處吧。我的確是想幫你。」

「你給我添亂了。我有老婆孩子——」他閉嘴，意識到自己說多了。

梁大夫笑著說：「我只知道你需要健康的房事來維持正常的腎功能。」

姚天想給他一耳光，但忍住了。這個老色鬼的話只是證明瞭舒娜對他的指責是對的。他一定在大夫面前流露出了他對芙蕾達的某種感情，導致老頭想讓他的夫妻生活更和諧。然而，這也可能是老傢伙的託辭——更可能的是，他只希望姚天嘗到這個甜頭，一直回來找他。然而，這些只是姚天的猜想，他現在所能做的，就是再也不來這裡了。

十八

姚天吃了蕭太太送他的枇杷膏，感到在清肺止咳上很有效果。配方裡除了主要成分蜂蜜以外，還有其他十幾種草藥。他每天早上都倒一茶匙出來，含在嘴裡，然後讓糖漿慢慢滴進喉嚨。他覺得自己痰越來越少，肺部也感覺清透，聲音更清楚，甚至更有力了。他決定從現在起定期服用這種藥。雖然他對梁大夫的氣還沒消，但接下來的一個月裡，他去了兩次藥店，老頭都不在。第二次的時候，蕭太太做了個怪臉，說梁大夫不會再來了，他們需要找一個新中醫，但現在還沒找到。

他決定跟亞斌談談和芙蕾達發生的事。這個話題簡直羞於啓齒，可他需要朋友的建議。他在電話裡說了這樁一夜情，咕噥道，「我被下藥了，不然不會那樣失去自制力。你知道我沒那麼喜歡芙蕾達。」

亞斌咯咯笑道。「我能理解，姚天。你多久沒和女人親密了，你一定覺得她像女神一樣。」

「不是的。有人給了我一種增強腎功能的藥，結果我興奮得不能自制了。」

「別擔心了，姚天。我該早告訴你我給芙蕾達起的綽號。」

「什麼綽號？」

「強力膠。」亞斌竊笑。

姚天立刻就懂了，雖刻薄但的確符合形象。然後那個念頭又來了，他問亞斌，「你覺得芙蕾達會是中國政府派來的嗎？」

「不太可能。她那麼魯莽，少根筋一樣。他們怎麼可能用這樣的人？她的大學專業是公共關係，也不是將來做間諜的。」

「我眞希望我能對她更小心一點兒呀。」

「你眞的對她有興趣嗎？你喜歡她在床上的表現？」

「我被下藥了呀。要不然我不會動她的，我根本都不信任她。現在我倒霉了，舒娜特別氣我。」

「芙蕾達一直把你看成是一個名人。她大概不會那麼輕易放過你。」

「現在她應該能看出我在這裡多麼失敗。我甚至請不起一個經紀人。她爲我工作賺的錢少得可憐。」

「她不是爲了錢才爲你工作。她就想黏著你。」

「我怎麼才能甩掉她？」

「明明白白地告訴她，你不是她男友。也別再和她上床了。」

「肯定不會了。」

亞斌在波士頓似乎過得也不太好——他喜歡那裡安靜的生活節奏，但他表弟的建築項目半路卡殼了。中國政府開始實施外匯管控——每人每年往國外匯款不得超過五萬美元，所以亞斌的表弟沒辦法把土地的全部價錢打給美國的賣家。結果，土地購買和基礎工程都被擱置了。但亞斌聽起來精神還不錯，他相信自己會在波士頓找到別的事情。總之不會再回紐約。

幾天來，芙蕾達一直給姚天打電話，說希望能再見面。他說他不能再用她做經紀人，但她堅持說要見面把剩下的工作交代清楚。他想在一家咖啡館見面，但又擔心她在公共場合吵起來，讓他在眾人前難堪。於是他同意她再來他家。他們約好週六早上見面，到時他會喝一杯濃濃的紅茶來保證清醒和警惕。

大約十點鐘她到了，兩人談了她已經幫他安排好的三個演唱機會。他大方地給她寫了一張支票，是她為他預訂的所有工作的傭金，雖然有些工作他還沒有收到報酬。她似乎很高興，說還想繼續當他的經紀人，也肯定會為他帶來更多的業務，還有許多他想不到的方面，她都會派上用場。他被她的固執惹惱了，說：「我們之間已經結束了。你知道，我已有家庭。我犯了一個可怕的錯誤。對此我很抱歉。芙蕾達，我感激你對我的幫助，但我不能這樣下去，我會開始自己打理業務。你已經看到我的機會有多慘淡了。我真的一點都不需要經紀人。」

「你的機會一定會越來越多。」她傻笑，然後舔了舔嘴角。

「我不這麼認爲。我們還是像朋友一樣分手吧。」

「你不能這樣甩了我！」她激烈地說，眼神灼灼。

「你還想要什麼？你都要破壞我的婚姻——你還要怎樣害我？」

「我想和你在一起。你不能睡了一個女孩，然後像妓女一樣甩了她。你不能這樣利用我！」

「我沒有利用你。」

「那你那天晚上對我做了什麼？你把我折騰了整整六個小時？」

「那是個錯誤。」

「你說得倒容易，我不信！」

一股怒火控制了他。「你從我這兒出去！」他指著門。「出去！」

「我就不！怎麼著！你能把我趕出去？」

他憤怒地衝向她，抓起她的胳膊把她從椅子上拽起來，拖到門口。她轉過身，手指掠過他的脖子。

「哎喲！」他摸了一下脖子一側，看到手指上有一道發光的血跡。

這一景象把他激怒了。他用力把她推向門口。她摔倒了，頭砰的一聲撞在牆上。她呆住了，然後叫了起來，「你打我！你打女人！你這叫什麼男人？我不會讓你這樣脫身的！」

她又開兩腿坐在地板上，啜泣起來，額頭上慢慢鼓起一個紫色的腫包，像一顆大葡萄。

她的一隻高跟鞋也從腳上甩了出去。他也被自己的行為嚇得目瞪口呆，什麼安撫她的話都說不出來。

她摸出手機，撥了一個號碼。他在想她在幹什麼的時候，聽見她對著電話叫，「我男朋友在打我。請過來幫我！」

他意識到她在和警察說話。「住手！」他大喊一聲，打她的手，想拍掉她的電話。

「噷！他又打我了。請快來救我！」她同時吐出了他的地址。

現在他完全喪失了理智。他從她手裡搶過電話，開始罵她，說她是間諜，是他生活裡的毒藥，像強力膠一樣麻煩。他口不擇言，用各種詞咒罵她。但無論他說什麼，她都置之不理。她側身躺在地板上，臉朝著牆面的踢腳線，好像已經睡著了，睡得如此深沉，完全聽不見他憤怒的喧囂。

街上很快響起了警笛聲。然後他的門鈴響了。他猶豫了一會兒，但還是按下按鈕讓她的救援人員進來了。三名警察，兩男一女，走進他的公寓，都帶著警棍和武器。看到芙蕾達躺在地板上，女警察給她拍了三張照片。然後他們走過去，扶起芙蕾達的上身，問她能不能明白他們的話。她面無表情地看著他們，眼睛半閉著。相機又閃了一下。

「小姐，這是他幹的嗎？」那位黑人女警察指著芙蕾達額頭上的紫色腫塊問道。

芙蕾達無言地點點頭。姚天抗議道，「我沒打她。她摔倒了，頭撞到了牆上。」

「她在電話裡不是這樣說的。」一位白人男警察說。

「好吧，姚先生，」三人中年紀最大的黑人男警察說，「跟我們走一趟吧。」

「爲什麼？」姚天大聲說。「我沒打她。」然後，他深吸一口氣，降低聲音。「她是我的經紀人，我們正在討論最後的業務。」

女警打斷他，問芙蕾達，「他是你男朋友嗎？」

芙蕾達點點頭。「是的，他是。」

姚天趕緊打斷，「胡說！我不是她男朋友！我是她老闆！」

「不管你是誰，你打女人了，」白人警察說。「你被逮捕了。」他揮舞著一副手銬，走向他。「你有權保持沉默。手伸出來！」他命令道。

「爲什麼？我不是罪犯！」姚天不肯伸手，他血湧上頭，瘦瘦的臉上浮現出一塊塊紅斑。

「那個你去法庭上說，」黑人警察臉上露出厭惡的表情。「在這個國家，任何男人都不能對女人和兒童動手。你明白嗎？這是美國的價値觀。」

姚天無奈地讓他們銬上他。他們把他押出去，帶進他們有藍色條紋的白色巡邏車裡。芙蕾達看起來也傻了，哆哆嗦嗦跟著眾人走出大樓，一言不發。「需要帶你去診所嗎？」女警察問她。

「不用，我還好。謝謝。」芙蕾達說。

他們讓姚天上了車，整個過程中芙蕾達只是木然地望著他，白晝的光線下，警車頂部的燈光刺目地閃爍著。

他們把他帶到了警局，告訴他，他得在這裡待兩晚，因爲週末沒人處理案子。他們給他拍了正面和兩側的大頭照，讓他按了指紋和手掌紋。然後拿走了他的手機、錢包、皮帶和鞋子。他們讓他穿一雙拖鞋，但拖鞋太大了，他不得繃緊腿趿拉著鞋子，用僵硬的姿勢走路。他想聯繫亞斌或辛迪，找一個律師，眞不知道他的移民律師會怎麼看待他的被捕，但他不記得朋友的電話號碼。一個大塊頭牢房看守衝他喊道：「安靜，你有話到法庭上去跟法官說！」

把他關進牢房前，他們命令他脫光衣服，給他檢查了身體的每個部位，甚至戳了他的肛門。他情緒激動，喊道：「爲什麼要這樣對我？這是騷擾！」

同一個看守說：「別叫了。我們只是在盡責。萬一你有健康問題，在我們這兒死掉怎麼辦。我們得保證你身體狀況良好，關在裡面不會出事。你以爲我喜歡捅你的臭屁股嗎？」

「檢查」後，他們把他送進了一個相當大的房間，他慢慢適應了裡面昏暗的光線。沿牆擺著兩排高低床。角落裡有一個坐便器，旁邊有一個小水槽。馬桶旁邊的牆上還斜放著兩張折疊床。白石灰的天花板上，漫漶著一片潮濕的斑塊，讓他聯想到被洪水淹沒的土地。門框上方有一根螢光管一直在閃爍。姚天意識到這個房間大概是關押新嫌犯的臨時牢房。幸運的是，裡面只有另外兩名拘留者。一名是中年黑男人，紮著花白的馬尾辮，還有一個是韓裔青年，身材矮胖，長一張方臉。姚天在心裡不停地咒罵芙蕾達，那個存心要整死他的瘋女人。

房間牆上有一扇窄窄的長方形小窗，面向一個封閉的院子，一束陽光斜射進來。他在一張上鋪上睡飽時，會下來站在窗前，觀察那個空蕩蕩的小院子。牢房加院子的雙重封閉，讓他感到更加荒涼。他害怕他們會把他送進眞正的監獄。如果那樣的話，他的生活就毀了。

那個黑人哼地一聲清了清嗓子，姚天轉過身來。那人用一種沙啞的煙嗓說，「嗨，我是凱文。你叫什麼？」

「我叫姚天。」

「你爲什麼進來的？」

「我和我的經紀人吵架了，」姚天告訴他，不願細說。

「你揍了他？你有種，爺們。」凱文眨著他的大眼睛。

「不是，我推了她，她摔倒了，就報警了。」

「你的經紀人是女的？你不能和女人打架，你永遠不會贏的。」

「沒錯。你呢？你爲什麼在這裡？」

「我開走了一個人的汽車。那傢伙欠我很多錢。」

所以這傢伙是個偷車賊，姚天心想。但凱文看起來並不野蠻也不暴躁。其實，如果他穿西裝打領帶，很可能看起來像一個上班族。「他呢？」姚天問那個韓國人，他悶悶不樂，沉默寡言，可能不會說英語。

「奉？哦，他快瘋了。」凱文用下巴指指那個躺在一張下鋪的年輕人。「他揍了一個睡了他妹妹的男人。」

「他妹妹不喜歡那個傢伙？」

「他們的父母不同意。」

姚天不知道奉能聽懂多少他們的談話，所以他不再和凱文聊天，怕那個年輕人不高興。姚天提醒自己不要多說話，想辦法放鬆，等待星期一。

下午晚些時候，一名看守通過門上的開口把他們的晚餐放在塑料托盤裡送了進來。姚天一看到這些食物就沒有胃口，四片白麵包，兩根火腿腸，一些蒸花椰菜，和一小盒牛奶。

「趁熱吃吧，」守衛粗聲粗氣地告訴他。「你們亞洲人不是喜歡吃熱的嗎？」

起初，姚天不想碰這頓飯，但後來他強迫自己吃了。爛乎乎的花椰菜卡在他的喉嚨裡，無法下嚥。他不明白菜裡為什麼一點佐料都不放，哪怕一小撮鹽和黑胡椒都好，又不花什麼錢。他沒有碰冷牛奶，怕喝了腸胃不好，就給了奉，年輕人接過來咕噥了一句「謝謝」。姚天想，要是牛奶能換成優酪乳就好了，後者的味道他已經適應了。

晚飯後，他又躺下來，蓋上一條臭烘烘的毯子，試圖能睡多久睡多久，好節省精力，也消耗時間。

十九

終於到了週一。因爲沒聯繫到亞斌或辛迪，姚天懇求一位中年警官讓他給他的律師打電話。這位胸前的名牌上印著「佩里」的警察，好心幫他查到了他律師的辦公號碼。瑪吉·約翰遜聽到姚天在哪兒後，倒吸了一口涼氣。但聽姚天解釋了事情原委，她說她會立刻把他從警察局救出來，還得註銷這份逮捕紀錄，否則他的移民申請就危險了。她說她馬上就著手辦理這件事。

幸運的是，上午十點左右芙蕾達出現在了警局。她改變了自己的陳述，說姚天沒有打她。她之所以打電話求助，是因爲姚天讓她出去時，她被憤怒衝昏了頭腦。她也跟警察澄清，姚天是她的雇主，不是她的男友，她額上的瘀傷是不小心摔倒的結果。她花了快一個鐘頭才讓警察相信她的電話只不過是一個失去理智的威脅。瑪吉·約翰遜來的時候，他們正準備讓姚天走，不過他們說在他正式獲釋以前，他的律師還得提交一些文書材料。

姚天發愁律師費會增加。約翰遜的工資是每小時三百五十美元。她今天爲他已經花了三、四個小時，他的帳單一定會大幅度提高。但被釋放了，他還是很高興。從警局出去的路上他碰到了芙蕾達。她滿臉羞慚地說，「對不起，姚天。我沒想到警察會帶走你。你們走以後我把你家鎖上了。」她把他的公寓鑰匙遞給他。

他一言不發地接過鑰匙，對她怒目而視。不過，內心深處，他還是有點感謝她，至少她彌補錯誤了。

坐地鐵回家時，他看見手機上收到了辛迪、亞斌和一些媒體記者的短信。他懷疑自己的被捕已變成了新聞。從法拉盛地鐵站出來後，他拿起一份《中國快報》。不出所料，他的事情就登在報紙第二版，文章的標題是「著名歌手因毆打被捕」。這篇文章把芙蕾達描述成姚天的年輕情婦，說兩人已經同居了很久。因爲尚不清楚的原因發生了激烈爭吵，他在家裡毆打了她。於是情婦撥打九一一。警察來了以後就把姚天帶走關進拘留所。文章還譴責他作爲已婚男人，不負責任地拋棄還在中國的妻女。最後提醒讀者，永遠不要對婦女和兒童動手。結論是：「看來姚天很快得打一場法庭戰了。這眞是一個殘酷的教訓。」

他心神不寧地去了街對面的公共圖書館，瀏覽了當地的其他中文報紙，看見每份報紙都報導了此事。雖然每份報紙的措辭不盡相同，但都配送了同一幅讓他痛恨甚至恥辱的舊照——他在舞臺上雙臂大張腦袋後仰，這誇張的姿勢讓他難堪。

他不明白報紙是怎麼知道他被捕的。他不記得自己進入警車時在街上看見了任何熟人。他猜測這個消息唯一的可能爆料者就是芙蕾達。

亞斌發來短信表達了擔心，姚天給他打了電話。聽到姚天的聲音，亞斌聽上去如釋重負。「你現在在哪裡？」亞斌問。

「我回家了，」姚天說。「你怎麼知道我惹麻煩了的？」

「芙蕾達給我打了電話。她慌了手腳，問我怎麼辦。她說她打了很多電話，我是第一個接電話的。她說警察不聽她的解釋就把你帶走了。」

「她撒謊。她打了九一一，還說我是她男友，打了她。」

「她知道自己犯了可怕的錯誤。現在你是個大新聞——中國所有的新聞網站上都有你的名字了。」

姚天無言以對。不管芙蕾達是有意還是無意傳播了這件事，他心裡都在詛咒她。她為挽救這場災難所做的每一分努力都只讓他陷入更深的困境。他希望她從他的生活中徹底消失。

接下來一天他都待在家裡，出去怕被人認出來。他用一罐法式青豆和一罐切片甜菜煮了一碗麵，加兩個荷包蛋，配豆腐乳。這飯雖然簡單，但味道很棒。他一邊在網上瀏覽一家加拿大中文媒體的新聞，一邊狼吞虎嚥地吃著。網站上也報導了他的事情，說消息來源於《中國快報》。在這篇文章下面，有一則評論說，姚天這種人的持槍權應該被剝奪，因為家庭暴力很可能導致槍支暴力。這人還說，「一個打女人的人很容易也會隨機襲擊他人。」這話敗壞了姚天的胃口，他把剩下的麵條推到一邊。整整一天他都心緒難平，擔心妻子會很快看到這樁醜聞。

當天晚上快十點，舒娜打電話來了。她在網上已經讀到了這件事，但聽起來還算平靜。她問了他牢房的情況和裡面的食物。他說，警方已經接受這是一次錯誤，律師會把這次逮捕紀錄刪除，不會影響他的移民申請。舒娜嘆了口氣說，「你不守信用。你答應和那個女人分手，但顯然你沒有。」

「舒娜，」他努力讓自己頭腦清醒，「芙蕾達和我最後一次談剩下的業務。但後來她不肯走，我強行請她出去。她抓傷了我的脖子，我生氣推開她，結果她自己摔倒了，頭撞在牆上。她就報警了。」

「她為什麼要去你那裡談業務？」舒娜追問。「為什麼不在別的地方呢？」

「她這個人做事不顧後果。我怕她會當眾讓我難堪。」

「這次是不是你們終於結束了？」

「是的。從現在起，我自己處理所有事務，不需要經紀人了。」

舒娜似乎接受了他的解釋，但他很久不能平靜。他好幾天不刮鬍子。不去法拉盛市中心或其他公共場所。非買食物時，他就去街盡頭那家巴基斯坦人開的小雜貨店，他們不知道他是誰。他每天花很多時間讀書。他遇到的一些流亡作家送給他一些他們的書，大多是在北美自己出版的，他從來沒時間讀這些書。現在終於可以翻一翻了。他特別喜歡一些詩集，如果他覺得一首詩很美，他就花上幾個小時反覆閱讀。他考慮怎麼把它們譜上曲子，也找了一些很容易變成歌曲的短詩。他多麼希望自己也能寫這樣的詩。

一些記者聯繫他，要求採訪，他都拒絕了。約翰遜律師說他不要公開講話。「現在，沉默和低調對你有好處。」她告訴他。

他享受這份獨處，但芙蕾達每晚仍會給他打電話。如果看到是她的號碼，他就關機。有一次他無意接了她的電話。聽見她懇求道，「你還在生我的氣嗎？我們不能繼續做朋友嗎？」

他緘默不言，害怕和她談話。

她繼續說，「姚天，我能做些什麼來彌補我的錯誤嗎？」

「不，我們之間已經結束了。」他說完就掛了電話。

她還會時不時給他撥電話，在留言中也總是聽起來很歉疚，但姚天一直無法釋懷。

第三部

二十

秋天，姚天的移民申請批准了，他得到一張臨時紙質綠卡。正式綠卡一個月左右才會寄到。他高興極了，終於放心了，被捕這件事沒有影響到移民局對他的評估。他支付了近五千美元律師費，但確實感激瑪吉・約翰遜律師，她盡心盡力地辦理他的移民申請。他慶幸自己聽了亞斌的建議，沒找只代理華人客戶的律師。那些律師來自中國，看到客戶不懂英語，對美國社會也不瞭解，反而會更加利用和欺騙自己的同胞。爲了感謝瑪吉，姚天給她五歲的女兒送了一隻大大的玩具熊貓。

他滿心期待在十二月再次加入神韻的假日巡演，現在在聖誕節兩週前開始，但他還沒收到邀請。冬天一向是他的演出旺季，他能指望獲得更多收入。他給王辛迪打了電話，但她在電話裡沒有明說，只約他見面一起喝杯咖啡。

第二天早上，他在皇后學院做完聲樂練習後，去緬街上的一家星巴克和辛迪見面了。她穿著牛仔褲和一件綠色束腰上衣，顯得身材挺拔。他們在一個角落的桌子旁坐下，她要了拿鐵，他點了印度奶茶。這時她面帶微笑，下巴左側浮現一個酒窩。

他又一次提到了自己牽掛的事：他沒被邀請參加這一季的神韻假日巡演。「你知道他們還需要我嗎？」他問。「巡演不是馬上就要開始了嗎？」
「兩星期後開始。今年的節目會推出一些新的表演。有更多的舞蹈家和音樂家。」
「也包括歌手？」
「是——有兩名香港來的年輕歌手，一男一女，剛和神韻簽約。」
「所以我過氣了？」
「不是這樣。」她嘆了口氣。「團裡有人反對你回來，說報紙上有你打女友的新聞。他們擔心你的出現會損害劇團的形象。」
「她不是我女友，我也沒有打她。我只是推了她，她摔倒了。」
「我相信你，但公眾不這麼看。劇團不得不考慮這件事的影響。」
「所以我現在成了他們的麻煩了？」
「耐心點，姚天。等這陣子過去，我相信他們會讓你回來的。有人就說明年再邀請你。」
「我不用加入他們，」他說，徒勞地掩蓋內心刺痛。「反正那些說教的歌我也唱夠了。」
「對不起，姚天。」辛迪抿了一口咖啡，手指上戴一枚珍珠戒指。她接著說，「或許那位劉女士可以發表一個公開聲明，澄清報紙上的錯誤新聞。」
「怎樣的聲明呢？」
「比如說，這是一次誤會，不存在攻擊。我們可以起草一份書面材料，請報紙刊登。或者我們可以採訪她——這樣她也不用寫任何東西。」

「我和她已經沒有關係了。」

「那我們可以等到明年。那時候，整個事件公眾應該已經忘記了。」

她望著他，圓圓的眼睛裡透著同情，似乎依舊把他當朋友。他欣賞她的淡定和從容，但她說的話還是讓他失望，這麼說他以後在紐約的表演事業將步履維艱了。既然他身陷醜聞，近期大概不會有什麼邀約。那他怎麼養活自己，又怎麼寄錢回國呢？他心裡久久地盤算著這些，越發覺得自己在紐約生活下去的前景幾近渺茫。他設想搬到另一個地方，在那裡沒人認識他，生活也不那麼昂貴、忙碌。這些天，他每次出門都戴一副太陽眼鏡和一頂深藍色的棒球帽，以免被人認出來。

芙蕾達似乎也知道了他的窘境，每週還會給他打來兩、三次電話。他想屏蔽她的號碼，但有時也感覺多少需要知道這個女人還有些什麼意圖。如果他不接電話，她就會留下長長的語音留言，表示還願意爲他工作，還誇口自己剛和一個文化論壇建立了新聯繫，能爲他「找到更多演出」。他偶爾也會心動，但從未回過電話。

他和舒娜談了他目前的狀況，但舒娜似乎沒有他想像中那麼擔心他的工作。反而他的成功移民讓她充滿樂觀，她勸說他要耐心，一定會熬過去的。她甚至說：「沒有我們過不去的坎兒。天亮前的黎明最黑暗。」這些話讓他畏縮——她一點兒都想不到這裡的情況。她也讓他不用這麼頻繁給家裡匯款，說沒有他，她和婷婷也肯定能應付。但他決意每月匯款，包括給他母親的那筆錢。

他也跟亞斌談了他的窘境。亞斌認爲是中國官方對他實施了某種程度的封殺，儘管他認爲不太可能是芙蕾達故意操縱此事。他覺得芙蕾達不過是一個缺乏自主目標、性格反覆無常的女人——這樣的人很容易被別人利用。

然後他提了個大膽的建議。「你爲什麼不離開紐約一段時間？就算你去了別的城市，你仍然可以到處旅行、表演。」

「我能去哪裡呢？」他對這個主意倒是確實有興趣。

「你來我這裡吧？我可以給你找一份工作——我跟這裡的娛樂圈不太熟，但你找到更合適的工作之前，我應該能給你找份家庭裝修方面的工作，至少暫時維持生活沒問題。你覺得你做家庭裝修工作可以嗎？你不用現在就回答。」

「我可以學，」姚天說。「我以前確實在一個建築工地工作過兩個月。」

「那你考慮考慮我的建議，做一個備選方案吧。」

對姚天來說，亞斌是一個無論在哪裡都活得下去的人，總能找到生存的辦法。他表弟的房地產項目沒成功，他卻在波士頓的華人社區找到了立足之地，似乎也過得如魚得水。半年來，他幫表弟招募了一個華人施工隊，大多數人都住在波士頓南邊的昆西。房地產項目失敗，但施工隊堅持了下來，亞斌成了他們的掮客，每當施工隊和客戶遇到什麼語言障礙，亞斌就會出面代表他們溝通一下。慢慢地，他成了某種程度上的包工頭，開始爲工人們聯繫工作，並收取傭金。

姚天知道自己不會介意做家裝臨時工——他身強體壯，也吃苦耐勞。紐約確實太難了，人們知道連神韻藝術團都不要他了，他的職業生涯現在陷入了死胡同。但他必須尋找出路。既然亞斌到處都能存活，他也能。他內心也想和亞斌在一起，在朋友的幫助下，他也許能重新站住腳。他不怕離開紐約轉投麻省另謀生路，所以他同意去波士頓找亞斌。突然取消這裡的租房合約，他估計房東可能不會退押金，但考慮到亞斌能給他在波士頓找到工作，他打定主意離開。他和舒娜談了這個搬家計畫，她也覺得不錯，還說女兒最終可能會去波士頓上大學。他和婷婷通電話時，語氣強作振奮開朗。他跟女兒保證，爸爸要去麻省給家人打開一片新天地。但女兒似乎不太關心，只是說：「爸爸，我還有事，不跟你說了。你快點回家來。」

二十一

房東葛左夫人願意退還姚天一千三百美元的押金，根據租約，這本是最後一個月的房租。姚天很開心。房東聽到姚天要走，似乎也挺高興。有些房客或許跟她抱怨過姚天在家做聲樂練習。姚天估計自己走後房東也可以大幅提高房租。

他請亞斌幫他在昆西找一間安靜私密的公寓，最好附近有公共交通。亞斌兩天後打電話來說，他在昆西中心找到一套公寓，走幾步就到地鐵車站。只是房租有點貴——一個月要一千四百美元，只有一個臥室，總面積才六百七十平方英尺。但房租中包括了取暖費和水費，還帶一個車庫，但姚天不需要車庫。亞斌說，冬季取暖費很高，這個價錢可能還不錯，建議姚天租下來。但姚天認眞考慮了一下，還是決定不要，畢竟他還不確定以後的收入狀況，他最好能省則省。他拜託亞斌再找個便宜些的地方，房租別超過一千三，不用車位。他強調說他不想和別人合租——作爲一名藝術家，他必須有自己的私人空間。亞斌開玩笑說，「姚天，我佩服你的執著。我再試試吧。」

他找到符合姚天要求的公寓。也在昆西中心，交通比較方便，所以看了照片後，姚天就和房東簽租約，交了相當於兩個月房租的押金。他覺得有亞斌這樣一個能幹的朋友眞幸運。

他在聖誕節前離開了紐約，乘坐美鐵快車去波士頓。他用UPS郵寄他的電子琴和其他一些東西，隨身帶著吉他上了火車。四小時的旅行既舒適又開心。他喜歡那遼闊的風景、寧靜的海灣和一些半廢棄的碼頭，霧蒙蒙的海延伸到天邊，還有那些看起來像原始森林、但實際上多半是後來人工種植的樹林。太陽已經升到半空，沿途經過的一些小鎮卻似乎還沉浸在睡夢中。波士頓比紐約冷，感覺至少低了五度。再次見到老朋友，姚天非常愉快，亞斌一點兒都沒變，依舊穿戴時髦、熱清瀟灑。他腳踏一雙皮靴，頭戴黑色鴨舌帽，身著一件呢子外套。他把姚天從地鐵站直接帶到他的新公寓，就在幾個街區之外。姚天欣喜地發現公寓裡已經擺了一張床，還有床墊。床邊靠牆放著一個老式床頭櫃。亞斌前一天給姚天準備了這些臥室家具。客廳的一個角落裡還有一張小桌和一對椅子。亞斌眞是體貼周到，他甚至還爲姚天備好了炊具和餐具：一個帶玻璃蓋的鍋、一個水壺、一些碗和盤子。雖然都是二手貨，也雜七雜八的不成套，但姚天非常感動，給了朋友一個大大的擁抱。他自己除了一把菜刀外，沒帶任何廚具。他把刀從行李袋裡拿出來，在空中左右劈了兩下。兩人都笑了。

姚天洗漱一番之後，亞斌就開車帶他去總統廣場，指給他看那裡的亞洲商店，說他可以在那裡購物。亞斌說，除了華人，很多韓國人、南亞人、拉美人也來這裡買食物。這個購物區裡還有幾家不錯的餐館。姚天對亞斌駕駛一輛嶄新的藍綠色荒原路華車驚嘆不已。「你在這裡一定賺了很多錢。」姚天說。

亞斌笑著搖頭。「還行吧——沒我預想的那麼好。但我表弟虧了差不多五十萬美元。」

「所以他還是想辦法把錢轉到了美國？」
「不是全部，從中國弄來了一些。」
「這裡的房地產生意，他已經放棄了？」
「他搬去拉斯維加斯了。」
「為什麼那裡？他對賭博業感興趣？」
「不——還是房地產。那裡的房屋價格跌了很多，所以拉斯維加斯機會可能也挺多。」
「那你最後會去那裡找他嗎？」
「不會——我在這裡做得挺好。你也會喜歡這裡的。這兒的生活比皇后區安靜。」
亞斌說，目前，他在一家家庭裝修公司工作，老闆叫弗蘭克・朱，剛從廣東移民到美國不久。他在公司做協調員，因為他英語說得好，知道怎麼和美國客戶打交道。姚天又一次對他佩服不已。
亞斌把車停在一家叫「海洋花園」的海鮮餐館前，說他女朋友勞拉會在裡面等他們。從玻璃門進去，姚天看得出來這個地方很正式，所有桌上都鋪著桌布。只有幾個顧客，但亞斌沒看到勞拉。然後，他繼續往餐廳深處走，往一個花朵圖案的屏風後面張望。「你在這兒呀。」他大聲說。然後他招呼姚天過去。
「我叫勞拉・楊。」姚天一走進屏風這邊，她就伸手對姚天說。
姚天跟她握了手，她的手很小也很軟。她看起來年紀很小，二十出頭，一張肉乎乎的圓臉，表情活潑愉快得像個青少年。亞斌已經三十八歲了——他爲什麼要和這種小女生約會？跟亞斌以前的女友相比，勞拉很普通，小胖臉，長相也不出眾，儘管她留著齊肩髮，聲音甜美。但從各方面來看，她都不是那種對亞斌有吸引力的女人。那他爲什麼和她在一起？

姚天端起面前的茉莉花茶，勞拉笑著對他說，「姚先生，很高興見到您本人，我是您的超級粉絲，我媽也是。等我告訴她我在這兒見到您時，她一定會很羨慕的。」

「哦，請替我謝謝你媽媽。她在哪兒？」他問道。

「海南。」

「他們不是在北京嗎？」亞斌插了一句。

「啊，是的。」她點點頭。「我們家在北京，但冬天我父母一般會去海南住。」

亞斌打開一本大號雜誌一樣的紫色菜單。「姚天，你想吃什麼？」他問。「這裡有一些特色菜。」

姚天倒是沒準備他會問這樣的問題。兩人一起吃過很多次飯，他知道亞斌很少不先看價格就點菜的。這家餐館顯然很高檔，而亞斌現在看起來都懶得查看菜單。「我什麼都可以。」姚天老老實實地說。

於是亞斌點了燉鮑魚、龍蝦、炒豆芽和巨型蛤蜊，外加一份雞肉豆腐新鮮金針菇湯。姚天想知道他們怎麼做蛤蜊，因爲菜單上沒看見這道菜。亞斌很篤定地說，這道菜餐館剛推出，蛤蜊一點腥味都沒有，他一定會喜歡。

他們等待上菜時，亞斌說，春節快到了，他會幫姚天聯繫一下當地社群，看有沒有人想邀請姚天在節日慶祝活動中演出。他說，這裡中國移民很多，超過十萬，但在波士頓市區看不到很多華人——大多數新移民都住在郊區，都是各領域的專業人士。姚天感謝亞斌，希望有機會能在這裡演出。他現在沒了神韻的收入，眞不知道在這裡如何繼續生活，很需要亞斌的幫助。

菜的味道很不錯，他們吃得津津有味。巨型蛤蜊的做法頗不尋常：每個盤子裡放一隻打開的蛤蜊殼，裡面盛滿切成小丁的各色蔬菜、培根和剁碎的蛤蜊肉，搭配奶油很重的美式濃汁。龍蝦和鮑魚也做得很棒。姚天雖在沿海城市長大，但他對海鮮並沒什麼特別愛好。比起精美的菜餚，他更享受朋友陪伴的時光。

勞拉告訴他，她來這裡已經三年多，現在在本特利大學讀工商管理碩士。未來她打算去她父母現在居住的三亞市，給她哥哥的船隻租賃公司幫忙。但她也可能會去一位堂兄在北京郊外開的有機食品農場工作——幫他管理他們的供應鏈。但這些計畫都很遙遠——她畢業後還想在這裡工作一兩年再回去。

姚天讚賞她的計畫，然後轉向亞斌：「你呢？你會和勞拉一起回中國嗎？」

亞斌笑而不答。姚天意識到自己多嘴了——他們的關係可能還沒那麼嚴肅。等到勞拉回國時，他可能已經又換了一個新女友。姚天對亞斌的約會習慣很是納悶，因爲他常說想安定下來，組一個家庭。

一位身材嬌小的女服務員過來把帳單放在桌子上，靠近亞斌。姚天伸手去拿，但勞拉搶過來說：「我來。」

姚天抗議說，他感激亞斌給他很多幫助，應該他請。但亞斌笑說：「就讓勞拉來吧。她很大方。」

姚天不知這話怎麼理解。一個念頭到了他腦子裡，亞斌可能是勞拉養著的，這個女孩看起來甜美溫柔，但顯然很富有。

姚天的公寓在一樓，天花板很低。公寓樓後面是一個大停車場，總是半滿。姚天的樓下無人居住，地下室裡只有一個洗衣房和一個公用休息室。但他早上也不能在房間裡不管不顧地做聲樂練習，因為有些租戶在麻省理工學院、哈佛大學或麻省總醫院的實驗室工作，白天會在家睡覺。他在附近四處搜尋，找到了幾個可以隨意唱歌的地方。西南邊有一個廢棄的採石場，是一處開闊的荒野，看不到人跡。東北方向大約半英里外有一個大運動場，他也可以在那裡練習。他還漫步去到了更北的地方，直到梅里山公墓，在那裡，他就算喊破嗓子，也不會驚擾到一個活人。翻過墓地斜坡，再往北面四分之一哩處，就是漫長的海灘和大西洋。還有，梅里山公園也在西北方向步行距離內。然而，從專業角度來說，他最好在室內做聲樂練習，應該租一個工作室，但他現在負擔不起。

他給舒娜打電話，跟她描述了新公寓和周圍的環境。舒娜為他高興，也提醒他和別人交往的時候，特別是女人，務必要多加小心。他知道她心裡仍然厭惡芙蕾達，認為是她引起的醜聞嚴重破壞了他的事業。他也和女兒簡短地通了話。婷婷現在聽起來更成熟了，但也更疏遠。他努力讓自己顯得愉快，說：「我現在住得離哈佛和麻省理工很近。你一定要努力學習，以後到這裡來上大學。」

「好，我會努力的。」她心不在焉地說。

二十二

當地社區很快知道了姚天搬到波士頓的消息——主要是因爲亞斌和勞拉傳播了這個消息。總部設在波士頓唐人街的雙週報《舢板》（*Sampan*），對姚天進行了一次簡短的電話採訪。採訪語言是英文，因爲那位記者不會普通話，只會粵語和英文。姚天在雜貨店裡看到過免費贈送的《舢板》。是一份雙語報紙，同樣的內容用中英文都刊載一遍。姚天覺得這種形式很有意思——讀者讀新聞時，可以比較兩種語言，也能用來學習其中任何一種語言。

記者問他爲什麼搬到波士頓，他回答說，他在這裡有一個好友，自己五年前也來過這裡，非常喜歡這個城市。他認爲波士頓是美國最有歐洲風格的城市，無論在文化還是社會秩序上都給他留下了深刻的印象。也讓人聯想起一個大村子——他喜歡這裡的鄉村氛圍。採訪刊出後，人們開始請他在慶祝活動或節日聚會上唱歌。幾所大學的學生聯合會邀請了他——波士頓大學、麻省理工學院、布蘭代斯大學。他來者不拒，比以往任何時候都更渴望表演。他一直在練習新的演唱方式，想讓自己的聲音更溫暖、更親切。很多中國的專業歌手，只想努力展現自己的音域和持久力，而他想超越這種風格——他想唱得就像在一個小房間裡和少數幾個人娓娓談天一樣。

今年的農曆春節在一月二十三日，離現在不到兩個星期了。他到邀請他的大學去看演出場所，和樂隊一起排練。樂隊成員大部分都是學生，他們的演奏水平很不錯，組織者很熱情地宣傳節日活動，到處張貼傳單，也在校園報紙上刊登演出廣告。他們會付給他五、六百美元，但跟通常的專業演出不同，所有活動都免費對公眾開放，所以沒有門票收入。但姚天不在意。他只想唱歌。

下一個週日晚上，在波士頓大學蔡氏演出中心外面，四百多人聚集在大廳裡，一邊喝酒聊天，一邊等待節日演出開始。打著黑色領結的服務員，手裡舉著托盤，上面是各色開胃小吃，在鬧哄哄的人群中轉來轉去。姚天沒去和大家社交，他在上臺前得保持專注，但他看到送食物的小貨車停在巨大的教學樓後面，有人端著錫紙盤和大紙箱走進招待會大廳。他眞希望自己能像一個普通觀眾一樣加入聚會，但他不想被認出來。他聽說這次活動是幾個學生社團在學校的亞洲研究項目支持下組織的。這麼大的盛會觸動了他；人群中甚至有一些小孩子跑來跑去。

那天晚上的娛樂節目對姚天來說很不尋常，各種各樣的學生群體都上臺了。他在舞臺的一側觀看了表演。一組來自中國城的年輕人表演了舞獅——四個人演兩隻獅子，模仿獅子活潑的動作。兩個男生一組，披著色彩鮮艷的獅子戲服，一個操縱獅頭，一個負責獅尾。一隻獅子紅色，另一隻黃色。他們輕快地蹦蹦跳跳。一不小心，紅獅子側身摔倒了，引發了觀眾的笑聲。舞獅表演後，美猴王孫悟空上臺，演員手拿一根金箍棒，隨意地翻筋斗，好像在騰雲駕霧。這位伶俐精悍的演員似乎在臺下的女觀眾中有一些粉絲，他在臺上翻筋斗時，一些女生在觀眾席裡揮著手大聲喝彩叫喊。然後一些臺灣來的女生表演了一場時裝秀，每人舉著一把小雨傘，穿著傳統旗袍或各式各樣的長袍。姚天很喜歡這個節目。其中幾個打扮得像臺灣的少數民族婦女，戴著小帽子，穿著五顏六色織物的連衣裙。他想像自己的女兒幾年後，興許也會加入其中，他的眼睛一時模糊了。然後八名穿著及膝長靴的年輕男女跳了一支蒙古舞，大家一齊做著揮舞鞭子的手勢，就像在廣闊的草原上騎馬一樣。

姚天喜歡這種輕鬆的氣氛。真正的節日慶祝就應該是這樣，熱鬧有趣、自然質樸，他對自己新的演唱方式更有信心了。輪到他時，他在觀眾的掌聲中走上舞臺。他開始唱一首他剛學會的電影插曲，他讓自己的聲音顯得放鬆而柔和。這是一首情歌，叫做〈很多東西〉：

很多東西不會消逝
永遠留在我的記憶中。我要讓你看看
過去如何還縈繞在
我們身邊。現在，告訴我
你的新歡又是什麼——
卡布奇諾還是彩雲一朵？……

他本以爲觀眾會熱情響應這首歌，因爲很多人肯定都看過電影《讓我再看你一眼》，這首歌在電影中播放了兩次。但他唱完後，掌聲不甚熱烈。人們似乎不太適應他這種新的演唱方式。

禮堂二樓一個穿粉色棉夾克、三十多歲的女人，站起來熱切地喊道：「姚老師，請爲我們唱〈祖國頌〉。」

那是一首上個世紀五〇年代中期在中國流行的愛國歌曲，裡面有一些反美情緒。這個要求讓姚天很反感，但他還是努力回答說：「我只喜歡那首歌的前半段歌詞，不喜歡後半段。還有，那首歌的情調和這個節日場合不太相稱，所以對不起，我在這裡不能唱那首歌。我對祖國的感情也發生了變化——我愛中國，但不是無條件的。我改唱一首漁歌吧。」

這首歌也是他早期的成名曲之一，這次大家聽了就反應熱烈。這首歌幫他挽回了第一首給他帶來的尷尬，他鬆了一口氣。儘管有人說「再來一首」，他沒有回應，只是向觀眾鞠了兩次躬就離開了舞臺。

表演結束後放映電影《變臉》，這部片子雖然是大陸導演吳天明拍的，但無論什麼背景的觀眾都會喜歡。姚天中途溜了出去，覺得自己不再有精力跟人交流。他離開大樓，登上返回昆西的綠線火車。下雪了，鐵道兩邊的路燈飛快朝後退去，厚厚的雪花在風中旋轉。火車轉入地下，車身輕快地前行，發出有節奏地哐啷哐啷聲。列車在公園街走到了頭，他再換乘紅線。五六站後，火車再次鑽出地面。火車沿著九十五號州際公路緩緩行駛，此時夜色灰暗，微光朦朧。高速公路上的車輛時隱時現，如同小船在白色大海中一條黑色通道裡浮沉。軌道沿線的燈因爲暴風雪出了故障，隨機亂閃著紅光。每當火車停下，大雪掩蓋了各種聲音，機器微弱地嗡鳴，夜晚變得異常寧靜。

姚天推開公寓門時，一陣暖空氣迎面撲來，就像細小的手指輕撫他的臉龐。這種感覺又舒服又熟悉——他記得以前在大連，他十幾歲的時候，冬天走進家門，也有過同樣溫暖的感受。他父母的舊公寓裡有中央供暖系統，所以冬天很暖和，有時甚至太熱，以至於有些鄰居去抱怨，結果房管科的人說：「讓你們暖和總比凍僵好吧。你們應該感謝我們有足夠的暖氣。能統一供暖不正顯現我們社會主義的優越性嗎？」其實，那種單元房沒有自行調節溫度的設計，每家每戶別無選擇，四棟住宅樓中的所有套間只能接受統一溫度，但實際上有些住戶溫度太高，有的住家溫度又不夠。

現在他才意識到，下午去波士頓大學的時候，他忘了關暖氣。這下暖氣費又要增加了。他趕緊走到調節器前，把溫度降到華氏六十度。他爲自己的疏忽而懊惱。

他對開銷一直很小心，這樣才能每月寄錢回家。冬季他的收入一般會增多，但他也會免費爲中國城的一個社區中心唱歌。他們通過亞斌聯繫到他，但表示今年沒有額外的資金支付姚天。姚天接受了邀約，因爲這家中心早先歡迎過他來波士頓，而且看上去也願意盡其所能給他提供必要的幫助。在這家社區中心，除了週末學校以外，還有其他一些給新移民和老年人的服務——比如經濟實惠的住宿、晚間英文課、日托、週末聖經班。他去爲他們唱歌時，主要演唱一些民歌——那裡的人更歡迎民歌，在大學演唱，年輕學生們則一般對時下流行的歌曲更感興趣。

二月底，紐西蘭的一個中國文化協會邀請他去那裡參加一個系列總共三場的音樂會，報酬高達一萬五千美元。這個數目把他驚呆了，他從沒得到過如此寬厚的報酬。他們在信中說，最近獲得了一筆數目可觀的資金，因而可以組織一系列的國際音樂會。他們沒具體要求他應該唱什麼樣的歌。更讓他興奮的是，他瀏覽該協會發來的暫定節目單時，發現他們僅邀請了兩名歌手，而自己榮列其一。他們還邀請了一些中國的器樂演奏家，包括琵琶手譚麥。

姚天請亞斌和勞拉出去吃飯，慶祝這一好事。他們去了昆西王朝，那裡有很棒的自助餐。他喜歡那裡的各色海鮮，大多是油炸的，又酥脆又新鮮。他們坐下來吃飯時，勞拉說：「要是你一年有三、四次這樣的邀請，你就別的什麼工作都不用做啦。」

姚天笑著說：「那就祝我走運吧，再來幾次這樣的好機會。」

她接著說：「當然。很快你就會比我爸賺錢都容易啦。」

「我哪能跟你爸比。你爸是大官。他一定定期有人進貢還有回扣。」他開玩笑說。

他們都笑起來。她紅著臉糾正他說：「其實我爸不算大官。他是中間人，就像中介，他在一家國有銀行工作。」

「他實際做什麼業務呢？」姚天問。

「他幫一些公司拿貸款、買地皮。」

「看，」他說，「沒有很大的影響力，做不了這種工作的。他肯定掙得不少。」

一直微笑不語的亞斌插話說：「姚天，這個機會雖然很好，但老實說，我對你去紐西蘭並不完全放心。那個國家可能不安全。」

「怎麼說？」他困惑地問。

「你知道郝年嗎？那個在芝加哥的歷史學家，經常上新唐人電視臺的？」亞斌說。

「我不認識他，但在電視上見過他。他很聰明也很有學問，能言善辯的。」

「對。他曾公開說，中國政府常引誘他去亞洲或澳大利亞，然後在那裡就可以抓住他或消滅他。所以有幾個地方他從來不去。他最多去加拿大或某些歐洲國家。」

姚天第一次聽說這種事。他不安地問亞斌：「那你覺得我去紐西蘭，中國政府會在那裡傷害我嗎？」

「這也難說。別太緊張。我只是告訴你我的疑慮。如果你決定去，你在那裡一定要小心，不要一個人出去。音樂會贊助者裡面有沒有中國政府？」

「我沒聽說，」姚天說。「他們說資金來自香港。」

「那就好。要是你賺中國的錢，可能就會傷腦筋也說不清——隨時你都會惹上麻煩。」

「我一定會避免和中國打交道。」姚天說。

「離他們越遠越好，永遠別跟他們扯上關係。」

幾天來，姚天一直在思考亞斌的警告，但他又覺得中國政府不太可能對他下手。因爲有太多更嚴重的反對者需要他們去處理。另外，一萬五美金對他來說實在是一筆巨款，他願意為此而冒險。再說，紐西蘭畢竟是一個自由、法治的國家，能有什麼危險？他不能太膽小。

二十三

有了綠卡以後，姚天到美國以外旅行，都可以順利返回美國，但他護照還是中國的，去紐西蘭得辦簽證。他的邀請方會幫他加快辦理，但他得先在網上申請，繳二百四十美元簽證費，然後等三週才能拿到簽證。這筆錢不便宜，但他相信如果這次音樂會成功，他一定會收到更多的國際邀請，這次旅行便會為更多的機會打開大門。

但半個月後，他又收到了紐西蘭文化協會的另一封電子郵件，告訴他，他們不得不遺憾地撤銷這次邀請：中國政府一直在向他們施壓，要求他們把他從節目單中去掉，否則，一名香港的贊助商就不會付出先前承諾的另一半資金。跟姚天溝通的女士道歉說，他們沒有辦法，只能照做。他感到憤怒和絕望，他對這次旅行已經寄予太多希望，幻想著很快能在國際上唱歌，這樣他就能賺足夠多的錢而不用再擔心生計。現在，他覺得自己像個傻瓜。

他告訴了亞斌這樁事的結果，亞斌說他應該永遠避免任何涉及中國政府的項目，因為一旦你進入他們的軌道，那個黨就會控制你的經濟來源。這就是他們操縱你的生活的方式。用他們的話來說，「吃我們的飯，不能砸我們的鍋。」所以，任何有中國政府支持的活動，姚天都不再考慮。他看到前面可能會有更多的障礙。他最好從現在起別再做夢去美國以外的地方表演了。

然而，他在美國的前景看起來也不甚樂觀——是時候考慮尋找其他類型的工作了。他向亞斌打聽他的施工項目。亞斌笑著說：「我去和弗蘭克談談。他和他太太都是你粉絲，我相信他們會很樂意幫忙的。但你確定你力氣夠大嗎？家庭裝修是個吃苦的體力活兒。」

姚天說，他以前做過這種工作，還蠻喜歡。上大學前，他在建築工地給他一個遠房叔叔打過工，往腳手架上搬磚塊，用手推車運砂漿，用鐵絲綁鋼筋，在前後院子裡挖地種白楊或椴樹樹苗，用瀝青鋪設車道。這些工作一天做下來，儘管會腰酸背痛，但他做得有滋有味。這讓他對普通勞動者如何謀生有一種親身體驗：每袋大米、每件衣裳都來自汗流浹背的勞作。去北京上大學前，他奶奶突然過世，他把他掙的錢都交給父親，做了奶奶的喪葬費——否則他父母就不得不去跟親友借錢了。父親對姚天的大方非常高興，經常跟同事和朋友們提起兒子的孝順。

姚天肯定昆西的房屋裝修不會像他叔叔建築隊裡的那麼繁重和危險。只要他小心防護工地上的煙塵，別傷到聲帶，他應該可以做這份工作。

亞斌沒忘了答應朋友的話，跟老闆弗蘭克談了姚天的情況。弗蘭克四十五歲左右，雙眼炯炯有神，聲音洪亮，略帶鼻音。他黝黑的皮膚泛紅，散發出健康的氣息。亞斌一直在弗蘭克的公司工作，這家公司規模不大，叫做「俱全家庭裝潢」。姚天以前通過亞斌介紹，曾匆匆見過弗蘭克和他的妻子薩米一面。現在，他對這夫婦倆已經有了更多瞭解。他們曾在緬因州經營過一家小粵菜館，兩人既是大廚也是服務員，過五年存了一些錢，就賣掉餐館，南下搬到昆西。因爲弗蘭克動手能力很強，也能吃苦，就做起了房屋維修方面的生意。亞斌表弟房地產開發失敗，去了拉斯維加斯之後，亞斌起初爲表弟公司招聘的一些工人就開始爲弗蘭克工作。因爲這些熟手的加入，弗蘭克的生意愈加興隆起來。很多房地產中介把弗蘭克的公司推薦給他們的客戶，如果他們需要修房子就找他們。但弗蘭克英語不行，不能和美國人順暢地交流，這就需要亞斌幫忙了。當弗蘭克接生意太多、公司忙不過來的時候，亞斌就幫他把工作外包出去：電工、水管工、木匠、石匠、屋頂工、油漆工、地板工。這些工人大多是華人，還有一些西班牙人；亞斌也幫助他們跟客戶溝通。他甚至學了一點基礎西班牙語。有的工人甚至叫他「二老闆」。

可能怕姚天感覺不好，弗蘭克沒直接出面給他分配工作，只是讓亞斌給他臨時找一些合適的工作。當時還是冬天，只有一些小的室內項目。因爲姚天並沒什麼特殊技能，亞斌把他安排到一隊清潔工中，負責打掃裝修後的房子。姚天開始使用一臺重型清潔機刷洗地毯。他以前從沒有用過這樣的東西，打掃了幾層樓以後才學會比較輕鬆地推拉機器。他喜歡這份活兒，每小時得到九塊五美元的工資。雖然姚天有社保號，弗蘭克還是給他現金。

亞斌也派給他粉刷房屋內壁的工作。除了少數例外，所有牆壁都只用一種叫做七〇五〇號的白色塗料，弗蘭克說這種顏色最通用，幾乎適用於所有房屋。姚天覺得這挺方便，看起來這活兒不太難。

薩米的一個表妹佘福妮是六名粉刷工中最熟練的。姚天被派到這個組。通常一棟房子一次只需要兩個粉刷工，所以他們七個人會被分配到不同的房子。因爲姚天是新手，福妮就把他帶在身邊，好培訓他。她給他示範怎麼用膠帶保護插座蓋的邊緣以及門框和窗框，怎麼塡平牆上的裂縫和小洞，怎麼把塗料倒進一個盤子裡，還有怎麼在馬桶裡洗刷子。

福妮二十多歲，身體結實，手臂上有發達的肌肉，肩膀粗壯。儘管天氣寒冷，她在房間裡塗牆時只穿一件薄毛衣，戴一條粉色頭巾。

「你能做得來嗎？」她用滾刷塗天花板的時候問姚天，心想他應該沒用過這種工具。

「當然，」他假裝自信地說。「我在老家做過這種工作。」

「是嗎？我不信。我們在中國的時候沒有這種滾筒。」

「好吧，」他承認說。「我用過刷子。」

他發現很難在天花板上塗得均勻，剛開始他塗過的地方，常常顏色深一塊淺一塊淺。福妮得再修補一番才能完成工作。

她很好相處——他在她旁邊覺得放鬆，兩人好像已經認識很久了。她兩隻手上都是東西，沒辦法去拿別的工具時，她會吩咐姚天幫她。中間休息時，她會披上短呢外套，和其他工友一起出去抽根菸。他一般留在室內，找個地方躺下，雙手交叉在腦後當枕頭打個盹。他們年齡相差十三歲，但他喜歡和她一起工作。她的青春能量讓他覺得自己也更活潑有活力。

第一週，他感到肩膀酸痛，但很快他的肌肉開始適應，也能很輕鬆地使用滾軸刷子了。

有時他被派去幫一個水電工修漏水的馬桶或水槽，或換一個水暖爐。姚天根本沒有通水管方面的本事，但亞斌希望他熟悉不同的工種，有時會讓他去跟著一個木匠或電工。總的來說，這些工作還算輕鬆：他只是站在旁邊，在他們需要的時候給他們遞一個零件或工具。最多讓他去家得寶幫他們購買或退換一些零件，往卡車上裝卸一些東西。亞斌開玩笑說，再過一陣子，姚天可能會接替他的工作，幫弗蘭克跟講英語的客戶溝通業務了。姚天說自己只是臨時打工，做不來亞斌做的事。

很快，他發現了自己的專長：製作紗門或紗窗。這項工作本來是薩米的，但她現在忙著管帳，還得照顧三個孩子。家得寶的確有賣現成的紗門紗窗，但價格昂貴，尺寸也常常不合適，所以俱全裝修公司總是自己做。姚天開始製作這些東西的時候，對尺寸非常小心，精確到毫米，所以他的產品總是剛好合適。姚天很高興發現自己在這方面可以有些用處。

弗蘭克跟普通工人不一樣，他是個技藝精湛的工匠師傅。他自己的家是一幢外面貼著護牆板的單門獨戶大宅，就是他親自裝修的。除此之外，他還擁有另外兩處多戶聯排房屋，他自己裝修了裡面的每一個角落。他的活兒幹得太漂亮，最後都捨不得出售了。姚天很羨慕弗蘭克對自己工作的自豪感，甚至認爲如果有來生，他自己也想成爲一名家庭裝修師傅，用自己的雙手、技術和體力謀生——每年他會翻修兩到三棟老屋，然後出售獲利。那眞是很體面的謀生方式。他也注意到弗蘭克總是避免在貧困區購置房產，因爲他要確保自己翻新後的房子能輕鬆脫手。弗蘭克似乎有一種在資本主義制度下經營業務的本能。他懂得避開風險，只從可靠的朋友那裡購買建材。

弗蘭克很少和他的工人一起幹活。他自己在波士頓市區或劍橋市做工，那裡的客戶要求高，付錢也多。弗蘭克告訴過姚天，他認識麻省理工的一位研究生，爸爸是中國的一名高官，曾付他五千美元，讓他在廚房裡打造一個精緻的酒架。那個年輕人自己擁有那套公寓，要按自己的喜好布置家具，所以那個酒架是獨一無二的，選材是真正的硬木。弗蘭克後來成了他家的專門物業維修工。他經常給大家講述他那些富有的客戶，如何奢侈、花起錢來如何大手大腳。

二十四

「你媽住院了。」舒娜在電話裡告訴姚天。

「她怎麼了？」他吃驚地問，儘管他也知道她的身體越來越衰弱。

「還不清楚。她鄰居昨晚打電話來，說她在家門口昏過去了，躺在地上起不來。居委會的人正好經過，就趕快送醫院了。」

「不會是警察對她做了什麼吧？」

「我覺得不是——你知道她身體不舒服已經有一段時間了。我勸她到我們學校這裡的醫院做個檢查，但她不肯來北京。」

「你需要我回去照顧她嗎？」一陣思鄉之情擊中了他。他知道母親和妻子相處並不融洽，她們不可能在同一個屋簷下舒適地生活。

「別急，」舒娜說。「過兩天我去大連，等我教完研究生研討班，我去看看她怎麼樣。」

「有什麼情況一定要告訴我。我等你的電話。」

大連在北京東面大約六百哩，乘高鐵五個小時就可以到。姚天擔心他的母親可能中風了，或者更糟——如果是這樣，他必須趕緊回去照顧她。自從安吉死後，他就是母親唯一活著的親人，他應該在她身邊。但他不能對舒娜說這些，舒娜似乎決心讓他留在美國，這樣他們的女兒就可以在那裡上大學。對國內的人來說，包括那些官員，姚天在美國長期逗留，意味著他已經定居，所以婷婷未來去找他就很自然。爸爸已經在那裡，女兒去美國的障礙就少多了。姚天確信舒娜也是這麼想的，雖然他知道事情並像她想的這麼簡單。對他來說，錢才是決定性因素——只要被大學錄取，家裡又能支付足夠的學費，就應該能來學習。每次他一想到女兒要來美國上大學，首先讓他煩憂的就是資金。他和舒娜目前的收入供不起婷婷來美國受教育。雖然他們在北京有兩套公寓，但都又破又小。也許他們可以為了女兒上大學賣掉一套，但肯定遠遠不夠。他沒法向妻子解釋自己在錢上的擔心，估計她會責怪他當初沒有接受政府的四百萬美元。

他也想到母親的病可以成為他放棄艱辛的自由生活的藉口，讓他回到過去那種安穩的生活，再次經歷他痛恨的那些沒完沒了的限制，就像一隻被放飛的鳥兒又回到以前的牢籠。意識到這一點，他決定等舒娜看完母親再說。

然而，沒想到舒娜改變了週末去大連的計畫，因為那個週末她得陪婷婷去外地參加一個舞蹈考試，考試結果將決定她能否升入更高一級。舒娜擔心婷婷一個人去會在路上迷路。還有，女兒不知道去哪裡吃午餐、買水。這兩樣現在媽媽都幫她帶著了。姚天很生氣——他母親躺在醫院裡，而舒娜更在乎女兒的舞蹈課。他看得出婷婷在跳舞上並沒有才華，去上課也是三心二意的。也許婷婷也知道自己的身體快到不適合跳舞的年齡了，骨架越來越重，四肢越來越粗。還有，她應該會自己自己去買午餐的。舒娜眞是太嬌慣孩子了。

姚天和妻子在電話裡吵起來。他催她快點去大連。她聽起來不高興，但答應盡快去看婆婆。「等我給你消息，」她說。「然後你再決定怎麼辦。」

他給醫院打了幾次電話，但聯繫不到一直在給母親治療的醫生。只有一次，一個護士回答了他的問題，說他媽媽剛從加護病房出來，現在正在普通病房中留待進一步治療。護士很忙，不能和他談太久。

下一個星期天的晚上，舒娜從大連回來了，她告訴姚天，母親似乎沒有康復。她的中風還導致了心臟病發作。她的情況很危險，醫生只說他們盡力了。當地的法輪功安排了三個人二十四小時輪流照顧母親。但舒娜看得出婆婆可能活不了多久了：她大小便都失禁，甚至連兒媳婦都不認得了。

聽了這個情況，姚天決定立刻回國。但他的護照還有一個月就到期了，他想在離開前，就在這裡辦理護照延期。他不知道具體怎樣辦，但他清楚自己回國後不大可能辦得成護照延期，因爲他是「出國管控」人員，申請一定會被拒絕。他決定去中國駐紐約領事館，看那裡能不能辦理加急護照延期。他聽說如果多付三十美元就可以。四十二街的簽證和護照辦公室每個工作日上午九點到下午兩點半開門。據說排隊的人太多，大家必須一大早就去，才能在下午關門前拿到簽證和護照。理想情況下，他應該在上午九點前一兩個小時到達。但午夜後沒有公共汽車從波士頓出發去紐約。最便宜的交通方式是中國城的風華巴士，晚上十美元，白天十五美元。雖然這個巴士安全紀錄很差，常發生故障和事故，但許多旅行者還是會選用這家公司。末班車晚上十點離開波士頓南站。大約凌晨兩點到達紐約。這意味著在簽證和護照辦公室開門前，他需要等待七個小時。他當然可以在前一天晚上到，但曼哈頓一個晚上酒店要花一百八十多美元。他現在這種情況，一分都不敢亂花，如果真回去看母親，少不了大筆開銷，所以他決定搭乘最後一班風華巴士。

他在凌晨一點五十到了紐約港務局汽車總站。他出去到第八街上走走。儘管是深夜，街上到處仍有零散的行人。籠罩在薄霧中的赭色夜燈，映照著建築物上方的天空。空氣中有一絲腐爛的氣味，讓他想到煎炸過很多遍的剩油和地下污水。三月中旬仍然寒冷，街上的人們穿著長大衣，有人裹著厚厚的圍巾。姚天覺得自己在天亮前最好還是繼續待在車站裡，所以他回去了。在二樓的一個大廳裡，他看到大約二十個男人和女人，正貼著牆根睡覺，大多數是無家可歸的流浪漢，蓋著毯子，儘管有幾個人看起來像乘客，旁邊有行李和箱包，似乎在等早班巴士。車站裡也有一股霉濕的味道，但每個人似乎都睡得很沉。幸好姚天穿了一件厚外套，即便躺在冰冷的水磨石地面上也還暖和。他挑了一個地方，躺在一個老人旁邊，這個老人雙手放在肚子上拿著一個空威士忌酒瓶。姚天把頭上的針織帽扯下來蓋住臉，打算打個盹。這時他心裡突然湧上一陣悲傷。如果這時有人認出他，而且偷拍他的照片，這個新聞肯定會在網上瘋傳，通過社交媒體很多人就會知道姚天現在就像一個「無家可歸的乞丐」。雖然他內心淒惶，但很快睡著了。

第二天早上，他驚訝自己竟能在車站地上這種地方睡得如此踏實。他想到母親一直說過的一句話：「人沒有吃不了的苦，只有享不了的福。」

吃了一個加雞蛋奶酪的貝果，喝了一杯咖啡後，姚天向中國領事館後面的簽證和護照辦公室走去，離汽車站走路不到十分鐘。十幾個申請人已經在大樓外排隊，等著簽證辦公室開門；他們大多數人來自外州，前一天到達紐約。有年輕夫婦帶著嬰兒，妻子和丈夫輪流抱著孩子。姚天站在隊尾，靠在大樓的牆上等著，雙臂交叉抱在胸前。他身後很快就排起了長隊。街道上車輛川流不息，當地人沿著哈德遜河岸在霧中匆匆行走。姚天戴上一副平光眼鏡，免得被人認出來。然後四個穿深藍色制服的黑人出現了，他們是中國領事館雇傭的保安。其中一個人檢查來訪者手中的相關表格，不時說一兩句簡短的普通話。

二樓的大廳裡擠滿了等待被叫號的人。所有座位都被佔了。有些人是全家擠在一個角落裡，或在沿街的窗戶旁站著。一個四十多歲的女人走過，把一個全新的普拉達包拎在面前，好像是那個橙色的包拽著她走似的。姚天看了覺得有趣。這時一個女孩衝她父親喊：「爸爸，你的號到了。快去。」她指向九號窗。

只是更新護照，姚天不需要去那些繁忙的簽證窗口。十一號窗口閃現他的號碼時，他站起來走過去，摘下眼鏡。玻璃幕後的女工作人員一雙眼睛像金魚一樣鼓鼓的，她留著濃密的童花頭，看上去像戴了一頂黑帽子。她翻看他的文件時咬著嘴唇，翻到最後是他的移民證明，說他有美國永久居留權。

「你的綠卡在哪裡？我可以看一下嗎？」她問道，友好地微笑著——也許她知道他是歌手。

「我沒帶在身上，但這是影本。」他在領事館網站上看到，綠卡有影本就夠了，他有點怕原件被他們扣押。他問：「我的護照延期可以快一點兒辦理嗎？我母親生病住院了，我得回去照顧她。我也不清楚我和她在一起要待多久。」

她搖頭。「現在安全措施提高了，我們不再給舊護照延期。要是中國公民的舊護照到期，我們會辦理新護照——新護照現在有效期是十年，不是五年。但是今天，對不起，姚先生，我不能給你辦新護照。」

過去，護照延期是在同一本護照上加蓋一枚新公章，說明新的有效期，通常是五年，但現在中國遵循了美國的方式，就是再發一本新護照。

「那我怎麼辦？」姚天絕望地說。

她建議說：「這樣吧——你把護照放在這裡，給我一張五十五美元的支票。我會給你的申請加一頁說明，說需要急件辦理。快的話，你可以在十天內拿到新護照。」她聽起來很專業，很想幫助他。

他付了費用，包括急件費，再次感謝了她。離開之前，他甚至說他是家裡唯一的兒子——母親現在唯一的親人，所以他必須見她，說不定是最後一面。女人點點頭，說他應該很快能拿到新護照。

還沒到下午一點，走回汽車站的路上，他從路邊餐車裡買了一個熱狗和一瓶葡柚汁。雖然非常疲倦，他對這次旅行還是很滿意。一旦有了新護照，他就會立刻飛回中國。

二十五

在接下來的一週裡，他坐立難安，每晚都往母親所在的醫院打電話。電話總是說不了幾句就掛了，醫護人員都很忙。有時能找到在床邊照顧母親的法輪功學員，但她們聽起來對她的實際病情不甚瞭解，只能描述她的症狀，說她睡得差，也吃不下什麼。

從紐約回來後，過了兩個半星期，中國領事館的正式郵件來了。他打開信封，驚訝地發現裡面只有他的舊護照，而護照封面上面的一個角被剪去了。他茫然地盯著那個缺角看了好一會兒，才明白這意味著這本護照被作廢了。他戰戰兢兢地打開護照，看見在第一頁的底部，有一個長方形的紅戳，裡面用中英文印著「註銷」兩個字。

他努力讓自己理性地承受這份剝奪。這意味他完全無法回中國了——除非他有一天拿到美國護照，又以外國人身分取得中國簽證。但拿到綠卡後還得過五年才能申請美國公民，他剛拿到綠卡一年，接下來還要等四年。

他出門走到住處北邊的那塊墓地。他需要一個安靜的地方來平息內心的悲憤。四野無人，他在小道旁的一塊石頭上坐下，兩行眼淚掉下來，刺得臉頰生疼。此時陽光暴烈，但空氣裡有股潮濕的味道。遠處浮現一艘巨大的鐵鏽色油輪，衝破了海面和天空之間的界限。

只要現任中國政府存在，他就有可能再也回不去家鄉。他母親怎麼辦呢？舒娜得工作還得照顧女兒——她一個月頂多能去大連兩三次。姚天唯一能想到的解決辦法就是在醫院裡雇兩名護工來照顧母親。但那樣很貴，一個月至少要花一千三百美元。他也想到把母親轉到北京的一家醫院來，但那樣也不可行——除非他們能負擔得起天價的醫療費，因為母親的醫保只在大連有用。

據他所知，母親基本上沒有存款。她只有一套破舊的兩房一廳公寓。雖然舒娜在中國的頂尖大學當教授，但她一個月薪水也只有一千二百美元左右，所以如果請人照顧母親，姚天必須負責這筆資金。但這些天他連自己糊口都難以保證，不知道到哪裡去弄這麼一筆錢。

他告訴舒娜護照被註銷時，她沉默了好一會兒才開口。她似乎一邊在說話一邊在思考、組織語言。她富有洞察力的思考總讓他欽羨不已。

她說：「你不可能再回中國。我和婷婷只能去美國找你了。」

「看來是這樣。」

「我剛聽說，我原本可以拿到的研究經費，也沒批准。沒有官方資金，我也拿不回我的護照。現在大學教授的國際訪問也被限制了，我跟你一樣，也被卡住了。」

「這太可怕了。」他說。然後打住了，心裡的一句話沒說出口：他們恐怕要分開很長一段時間了。中國政府註銷他的護照，清楚地表明把他視為了不同政見者。政府已經利用所有的機會來打擊他們；他們知道摧毀一個不同政見者最有效的方法是拆散他們的家庭。

舒娜接著說，「看，所以我兩年前讓你接受那個四百萬美元的提議。那樣我們就可以辦理投資移民。那筆錢原本可以改變我們的生活。」

「但我不能那樣出賣我的聲音。」

「我們一旦在美國定居，又有錢了，你還可以繼續唱歌的。」

「那樣豈不變成欺詐了嗎？我怎麼能心安理得？」

「這個時代，誠實就是愚蠢的同義詞。很糟糕，但這是事實，不是嗎？」

「如果我們欺騙了政府，後果一定很可怕。」

「只要我們不在他們的地界，他們就不可能傷害我們。」

「他們總能給你扣上一個罪名，把你遣返回國。跟他們耍花招是很危險的。」

他轉換了話題，說他得爲母親雇兩個護工。爲了支付她的護理費用，他可能需要暫停一段時間每月給她和婷婷匯款。一貫通情達理的舒娜說沒問題。這對他來說也是一個寬慰。

但幾天來，即使在與粉刷工和清潔工一起工作的時候，他忍不住內心盤算，還有沒有什麼別的辦法能弄到一本新護照。他和亞斌談了他的困境。亞斌認爲也許有這個可能。他提到芙蕾達在舊金山的中國領事館有個同學，亞斌曾請那個人幫他的一個朋友申請過加急簽證。

姚天有點不情願和芙蕾達聯繫，但他又能有什麼損失？他需要抓住任何一個送到眼前的機會。據亞斌說，芙蕾達很快要回國了，所以姚天現在聯繫她應該不會有事。於是姚天給芙蕾達發電子郵件，跟她打聽那位外交官同學。沒想到她當天就回覆了，說她可以馬上聯繫朋友。她聽上去冷靜、理性，似乎變了不少。

兩天後，他收到了芙蕾達的回信。她的朋友查看了他的案子，得知註銷他護照的決定來自國內，中國駐美國的外交機構只是執行上面的命令。他能重新啓動護照的唯一方式，就是去北京的國家安全部。姚天已經被列入黑名單，他必須讓自己從黑名單中除名，之後領事館才能給他發護照。姚天根本不懂這中間的官僚迷局，哪怕只是想一想，都讓他不寒而慄。

這些天芙蕾達常給他打電話，現在他不得不回她的電話。她也給他發很長的短信。在通話中，她告訴他，她要回中國，因爲她的學生簽證只允許實習，不能全職工作。回國後她會去天津父母那裡。要是她找不到自己眞正喜歡的工作，最終可能還是辦理移民，回到北美。「有一天我可能會回來找你，」她寫道。「別忘了我。」

她仍然讓他感到緊張，但直覺上他覺得她一旦回到中國，或許能給他幫上忙。所以他試圖對芙蕾達友好，甚至問了她，等她回去後，有無可能幫他拿到新護照。她總是說她認識北京的高層人士——他聽得出這可能是吹噓，但他嘴上只說她很有本事，搞得定事情。

「當然，」她在電話裡對他說。「你是我朋友。再說，一夜夫妻百日恩嘛，是不是？」她引用了這句諺語，他聽了彷彿當頭挨了一棒。

她離開之前，他們約好每個月他給她轉帳，請她幫助他媽媽。然後，她會將這筆錢換成人民幣，用來照顧他母親。芙蕾達甚至答應親自去大連，找合適的人來照顧她。天津離大連不是很遠，坐高鐵只要四個小時。她的熱心感動了他，他甚至懷疑自己是不是對她太苛刻了。儘管芙蕾達輕浮，但她有愛心，也很忠誠。他不得不承認她在內心深處還是一個好人。離開紐約之前，她給他發最後一條短信是：「姚天，珍惜你的才華！快別做裝修了！你的領域應該在舞臺上。」

他不知道是不是應該讓舒娜知道他和芙蕾達之間的約定，但最後決定不這麼做。這可能讓事情複雜化。他只告訴舒娜，他找到了一個辦法，雇了兩名當地婦女來照顧母親。舒娜沒有追問什麼。幸運的是，母親退休前是大連稅務部門的公務員，所以醫療費政府都會報銷。

二十六

俱全家裝公司遇到了麻煩。他們剛翻新了河邊大街上的一棟老房子，但掛牌出售前，得先接受昆西市政府的審查。工人們把房子裝修一新，室內所有東西都換掉了，只有地板沒動，但也用砂紙打磨，塗上清漆，看起來像櫻桃木那樣又光亮又典雅。福妮讚嘆個不停：「眞是豪宅啊。」確實，從房屋內部看，新櫥櫃、新浴缸、新廁所、新天花板，一切都精美絕倫。弗蘭克著實花了一大筆錢。

審查員來了，是一個身材魁梧的男人，留著濃密的一字鬍，臉曬得黝黑，穿一件短袖襯衫。他腰帶繫在鼓鼓的腹部下方，粗壯的手臂上長滿了汗毛。他在樓上樓下各個房間裡進進出出，查看了暖氣、所有的窗戶和洗手槽。他還這裡拍拍、那裡推推，好像想看看一切是不是結實牢固。然後他走進地下室。他看到頭頂上的聚氯乙烯管道，對弗蘭克說：「要求你們都知道，可你們沒有遵守規定。」

大家一時沒聽明白，所以沒人答話。他們回到一樓，審查員對弗蘭克解釋說：「房子裡所有洗手間和廚房水槽的底下都檢查了，沒有一個管道上有紫色痕跡。你們沒有遵守規定，不明白嗎？」

姚天把這些話翻譯給弗蘭克聽，弗蘭克臉上的肌肉在抽搐，似乎想努力微笑，結果那怪相只顯得痛苦。審查官又說：「按規定，你們得在所有管道和別的聚氯乙烯零件上使用紫色底漆，否則我們怎麼知道你們有沒有用正確的產品，或其他任何底漆？」

「我們該怎麼辦？」姚天問。

「所有管道重做。」

弗蘭克看上去很迷惑——他似乎第一次聽說這項規定。他拉拉姚天的袖子，讓他請審查員借一步，跟他們到外面去談一下。他們來到前門，就他們三個人時，弗蘭克拿出一張簽了名的兩千元支票，抬頭印著他的名字和家庭住址。他說：「請讓我們通過吧，先生。已經有買家在排隊等著看房子了。」他努力擠出笑容，兩隻眼角堆出魚尾紋。

姚天照樣翻譯了。那傢伙接過支票，瞄了一眼，說：「這是我的名片。重做管道後通知我。」名片上寫著托馬斯・格拉申，市政府特聘建築審查員。

再無廢話，他邁步走向他的福特小卡車。弗蘭克看起來崩潰了。翻修這個房子他已經花了十八萬多。他必須趕快回本，才能做下一個項目。春天是房地產行業一年生意的開始，特別忙碌，耽擱不起。他給水管工打了電話，問紫色底漆是怎麼回事。這個人告訴弗蘭克，這個規定已經過時，現在很少有人願意費事去遵守，但如果審查員非把這個條款扔你臉上，你也只能照辦。

姚天沒想到就連弗蘭克，這個裝潢行家也不知道有這個舊規定。儘管弗蘭克手藝一流，但他在房屋裝修這一行並不完全受到尊重。在與說英文的顧客交流時，他看起來反應很慢，甚至傻傻的。

亞斌與美國人打交道有經驗，所以他開始代表他們公司與審查員溝通。最擔心的是弗蘭克給那人的支票，有可能成爲賄賂的證據。顯然，像這位審查員這樣的人不待見這麼多的亞洲面孔出現在昆西的房屋裝修行業，想打擊一下這個趨勢。姚天注意到當地有不少華人和越南人創辦的家庭維修小公司，但僅僅只做某項業務，比如地板、廚房臺面、屋頂、籬笆、車庫門、園藝。他們的工作質量可能不太達標，但收費也低很多。

最終，他們別無選擇，只能重做房子的管道。三名管道工一起忙活了整整一天，在所有管道的接頭處塗上紫色底漆。格拉申沒有再提那張支票，他批准了這幢房子後，過兩個禮拜，支票兌換了。荒謬的是，弗蘭克卻因此感到解脫。他恨恨地說，有些美國人是貪得無厭的禽獸，吃人不吐骨頭。

亞斌的女朋友勞拉很憤怒，說這是種族歧視。她認爲，如果塗紫漆這個規定已經過時不用了，就不該對弗蘭克的房子吹毛求疵。審查員欺負了他們兩次——既然他接受了錢，就該讓房子通過第一次審查。結果他們不但重做了管道，還獻出了兩千元。勞拉要給《波士頓環球報》寫信投訴，但弗蘭克阻止了她，因爲接下來可能還會和格拉申繼續打交道。「還是別過河拆橋吧，那樣做不聰明。」亞斌說。

姚天母親的病情惡化了。幾天來，她一直昏迷不醒，看護給她做了流質食物，也餵不進去。她只能靠輸液維持生命。醫院給舒娜發了一份病危通知——說她的婆婆可能隨時會去世。舒娜把通知發給了姚天，說她自己馬上去大連。這個星期剩下的課程，她會請兩名同事代她教完。她不在家的時候，婷婷會去鄰居家吃飯。

姚天絕望極了，卻也找不到任何辦法回國。通常，如果不同政見者的父母即將去世，中國政府會給他們發一張一次性簽證，讓他們回去與家人團聚，見最後一面、參加葬禮。但姚天的情況特殊：他的護照被註銷了，即使他設法回去了，又會被困在中國。他悲痛欲絕，第二天都不能上班，只能待在家裡，一想到這事就不停流淚。能爲奄奄一息的母親做點什麼都是好的，但他卻什麼都不做不了！

每天晚上他和舒娜通電話。每次都是越聊越絕望。舒娜確信他的母親沒有多少時日了——她已經在準備壽衣、計畫葬禮。姚天覺得舒娜的安排都好，但他還是認眞考慮要回去參加葬禮，也不管以後是不是還能回到波士頓。雖然他的護照被註銷了，但上面正式的無效日期是一個禮拜後——他可以利用這幾天，趕快回家。舒娜堅決反對這個想法，她說如果知道姚天冒這麼大的風險，哪怕他媽媽都不會情願他回去。

「她不是叫你永遠別回來嗎？」舒娜問他。

「但我想見她最後一面——」

「她已經神志不清了，誰也不認識。姚天，我知道你傷心難過，但爲了你的安全，你只能待在美國。我相信你媽媽也希望你這麼做。」

後來姚天把舒娜的話告訴了亞斌。亞斌搖搖頭，長嘆一口氣。「我父親去世時，我也沒有回去，」他說，「那時我在福坦莫大學念MBA，要參加一個大考。有人告訴我，他很多天晚上都不肯躺下睡覺——就怕夜裡躺著去世了，再也見不到我了。他在最後時刻，都一直在叫著我的名字，就好像拼命維持心跳，只為了等我見最後一面。他去世後，我感覺到他的眼睛到處在盯著我，眼神裡燃燒著痛苦。有時我懷疑我們的生活是不是對的，我們所有的犧牲是不是必須的、合理的。為什麼我們中國人就得對付生活中這麼多坎坷啊？」

姚天很有同感，「而且都是人為製造的。」

「就是啊。從出生開始，我們就被各種各樣的規矩束縛著，那些規矩變成了我們的生活方式，甚至成了我們自身的一部分。我簡直認為這些已經被編進我們的基因裡了。」

「我恨這個無情的國家！」姚天哭了，突然被一陣怒火罩住。

亞斌無言地點頭表示同意。

兩天後，姚天的母親去世了。她的屍體被送到當地的火葬場，在一個小禮堂舉行了葬禮，去的主要是她生前的法輪功朋友。幾個鄰居也去了，但他們都躲著相機鏡頭，不願意被拍到，怕和法輪功團體扯上關係。婷婷也去了奶奶的葬禮，姚天知道後感到欣慰。母親的骨灰被留在火葬場，按慣例，兩個月後再下葬。舒娜給姚天發去了葬禮的照片，照片上有他母親的遺像，旁邊擺著十幾個花圈，來悼念的人每人都胸前戴著小白花，胳臂上套著黑箍。舒娜還在隔壁房間安排了一些食物，大家可以一起分享一頓簡餐。

姚天對舒娜為他母親做的一切非常感激。舒娜堅忍能幹，凡事安排得很好。她常說：「沒有過不去的坎兒。」

然後舒娜發現婆婆幾乎沒有留下任何遺產。法輪功朋友們賣掉了她的公寓來支付醫療費——因為她是學員，她原來的退休人員醫療保險被取消了。舒娜很失望，以為奶奶能給婷婷這唯一的孫女留下點什麼。姚天也不高興，但他知道只能賣房子了。母親的公寓很破舊，只賣了六十萬元，勉強支付了她的醫療費。對當地法輪功朋友們對母親自始至終的照顧，姚天也覺得虧欠了他們的人情。

姚天注意到波士頓地區的異議者不多，移民或華僑中的政治活動更少。然而，天安門大屠殺二十三週年的日期臨近時，任職於學術界的一些不同政見者，還是在準備紀念。除非被邀請，姚天從不主動參加此類活動，所以過去兩年他沒在六四紀念會上露過面。今年，在當地波士頓學院任教的一位異議人士，找到姚天，請他在紀念會上表演。姚天心中正充滿怨恨，他答應了。哈佛大學也將舉行一次研討會，有一位叫羅琬娜・何的年輕教授在哈佛開了一門關於天安門民主運動的課程。姚天從閱讀中瞭解，這位教授決意要維護這段歷史，部分原因是她看到中國學生對這場悲劇幾乎一無所知。中國政府成功製造了一次集體失憶，讓大多數年輕人不知道這場大屠殺。有些學生最多也就是隱約聽說過這件事。於是何教授開設了這個以天安門屠殺爲主題的歷史研討班，課上座無虛席。起初，很多華人學生，尤其是來自中國的學生，不相信曾經發生過這樣的流血事件，甚至表示他們不會被老師的講授說服，但隨著課程的進行，越來越多的學生開始看到眞相，瞭解到各種各樣的證據：個人講述、照片、影視片段、受害者穿的血衣、現場目擊者。有些學生在課程快結束時情緒崩潰，從沒想到政府會如此殘忍。老師提醒他們，一九八九年的學生示威者當時的年齡和他們現在一樣大。研討班很成功，但何教授遺憾地說，據她所知，哈佛是唯一開設這一課程的學校。姚天記得十年前去世的岳父曾說過，勇氣可以體現在每天的日常工作和生活中。然而，姚天在亞斌和勞拉面前流露對這位教授的欽佩之情時，他們看起來挺冷漠。勞拉甚至說，這女人一定是閒得無聊，精力過剩。「回想起來，我認爲鎭壓叛亂是必要的，」勞拉不動聲色地說。「天安門暴動平定之後，才有了中國經濟奇蹟般的發展。」

「這不是暴動！」姚天幾乎喊出來。

勞拉不說話了。姚天覺得他也許不能再把他們當成朋友了——顯然，他們和他有不同的世界觀。他平靜地說，「共產黨政府希望人們忘記，但我選擇記住，也要做一些事情讓別人記住。我們不能讓那段歷史像煙霧一樣消失。」

兩人都搖搖頭，笑而不語。姚天想知道爲什麼原本長期持有異議的亞斌改變了他對這件事的立場——也許他聽到太多關於那些逃到西方的前學生領袖腐敗墮落的故事。他們中有人接受賄賂，有人貪污，把爲支持異見人士家庭而募集的資金裝進自己的口袋，還有一些人甚至祕密為中國政府工作。

六月三日星期天，姚天來到波士頓公園參加紀念會。早上下了一場小雨，下午的陽光很溫和，他到達時，那裡已經聚集了兩百多人。他有點失望來的人不算多，他也明白為什麼亞斌今年不想來了。亞斌似乎已經感到公眾對民主運動失去興趣，勞拉也對他產生壞影響。

一些放大的天安門屠殺照片在一個臨時搭建的平臺前一字排開。兩名前學生領袖出席，包括柴玲，她就住在當地的劍橋市，看起來比三年前略胖。她說了民主運動二十三週年的重要性，要求中國政府承認罪行，公布死者姓名，懲罰兇手，並補償那些遇難學生的父母。另一位雄辯的講者是哈佛的一位社會學家，他臉頰寬闊、額頭飽滿，他重複了同樣的要求，也補充說，事後看來，學生們太溫順了，他們應該也武裝起來，因為他們的敵人野蠻又冷血，殺人時從不猶豫。

一個年輕學生走上前去，講述了她和她的同齡人在中國是如何被洗腦的，他們最終在這裡的課程中才睜眼看到眞相。她繼續說：「我母親是鄧小平的英文翻譯，可她一個字都從沒跟我提過這場流血事件。在何教授的討論班上瞭解到眞相後，我給家裡打電話，問我媽媽那個血腥的夜晚她在哪裡。她說她和鄧小平在一個地下掩體裡，因為共產黨高層領導害怕政府會被推翻。她知道，每個人都知道，共產黨犯下了可怕的罪行！」這個女孩情緒激動得哽咽起來。

她的話震驚了姚天。他從未想到共產黨政權會如此脆弱。難怪許多高層領導人在瑞士有銀行帳戶——他們隨時準備逃離這個國家。

「爲自由中國而戰！」一個年輕人喊道。

一些觀眾也舉起拳頭，跟著喊口號。

「民主必勝！」那個人又喊道。

更多人異口同聲地喊著，一隻隻手臂舉向空中。

然後一名美國記者，五十多歲的高個子男人，穿一件棕色夾克，走上前去說起他在一九八九年六月三日晚上親眼目睹的情境。他看到行人被亂射的子彈擊中，兩個老百姓被一輛裝甲車碾過，還有醫院門口令人毛骨悚然的情景，幾十具屍體排在那裡，等人來識別和認領。

「那個夜晚摧毀了我對中國的憧憬，」他說。「我曾在華盛頓大學滿懷激情地學習中國歷史和文學，夢想成爲一名研究中國文化的學者。天安門廣場的槍聲和流血殺死了我腦中想像的中國，粉碎了我年輕的夢想。我就是忘不掉那些殘酷可怕的景象。我想對全世界大喊：別忘了天安門！」

他的演講結束後，表演開始了。姚天是第一個，他唱得很深情，無所保留地投入。他半閉著眼睛，開始演唱〈我不能忘記〉：

媽媽，我還記得你唱的搖籃曲。

當你的聲音在我耳邊回蕩，

我依偎在你的懷裡，睡著了
媽媽，你甜美的歌聲給了我
美麗的夢想和一生的祝福，
但現在你已不在這裡。

媽媽，現在我遠離家鄉，
但我仍聽到你夜晚的喃喃自語。
每當我想起你，我就眼含淚水。

當他唱歌的時候，他看到了自己母親滿是皺紋的臉，和藹親善，充滿愛意。她時而微笑，時而皺起眉頭，時而精神閃熠。淚水順著他的臉頰流下。他幾乎控制不住自己，但還是唱完了這首歌。

出於習慣，他沒留下來看完節目，怕別人搭訕他或想和他合影。他在人群中總是不很自在。他的喉嚨仍然很緊，太陽穴一直在跳動。他可以看出這次紀念集會沒有達到預期的效果。事實上，這些年來，這種努力或多或少地縮小到僅僅是跟學術有關，公眾似乎變得越來越不感興趣，越來越健忘。他匆匆往邊上走去，到公園街地鐵站，跳上回昆西的火車。

當地中文媒體報導了這次在波士頓公園舉行的紀念活動。一篇文章讚揚了姚天的表演，說他全心全意地投入到這首歌中，顯然是一個虔誠的愛國者。這位作家甚至說：「姚天一定是把歌曲中的母親當成了祖國的形象，雖然這祖國已經把他和別的孩子遺棄在外國，但他們仍全心全意地愛著她。」

「多麼愚蠢的陳詞濫調！」他想。有天安門大屠殺這樣的歷史，中國對他來說更像一個老巫婆，如此衰老和病態，甚至要靠吃孩子的血肉來讓自己存活。在他的腦海裡徘徊著一個他還不知道答案的問題：如果一個國家背叛了一個公民，這個公民難道不能背叛這個國家嗎？

這篇文章也讓他反思，在歷史記憶的語境中如何安置自己的個人情感。他的表演是出於自己對母親的哀悼，但他的悲痛被解釋爲跟歷史事件的記憶有關，是一種集體情感的體現。沒人知道他的歌聲其實有多私人——大家都認爲這是他愛國的表現。這是一種誤讀，但他不能說這是一個錯誤——這只能表明個人的經驗和歷史是如何融合在一起的。

二十七

舒娜告訴姚天，他母親的看護都拿到了報酬。芙蕾達也在一封電子郵件中給他看了他給她的錢是怎麼花掉的。從那以後，他和她一個多月沒再聯繫。然後他又收到了芙蕾達的來信。她寫道：「你母親去世，我很難過。如果還有別的事需要我幫忙，我都樂意效勞。」

她在天津沒有找到合適的工作，她現在在北京一個叫做「雙向街」的民間文化協會做事。她在那裡舉辦了一系列講座，也負責廣告部門。她喜歡在首都生活和工作，儘管她掙的錢不太夠花銷。那裡除了小飯館、小吃店裡的食品還算便宜外，別的都很貴，特別是房租高得離譜。

他母親的骨灰還存在火葬場。她去世已經兩個月了，讓她在外面待得夠久了，現在是讓她回家的時候了——給她下葬，入土爲安。應該送她回老家，和姚天的父親、妹妹以及祖父母安葬在一起。他之所以還沒讓舒娜把母親的骨灰帶回他的老家，是因爲他一直在考慮立一塊墓碑。他的家族墳墓前只有一塊木板，他覺得自己應該趁這個機會立一個石碑。但這會是一筆大花銷——一塊刻字的石碑至少要一千五百美元。

他決定先把母親和家人葬在一起。舒娜同意親自把他母親的骨灰帶到鄉下，確保她的骨灰盒與他父親和安吉的葬在一起。他的老家在大連以東約六十哩處，這一次連去帶回舒娜花了兩天時間。她沒給老家送任何口信就出發了，因爲老家已經沒有活著的親戚了。姚家大多數人去了南方沿海地區，那裡工作報酬更高，生活也更加豐富些。舒娜找到他家的祖墳，雇了一個村民來挖開。然後把他母親的骨灰盒放在他父親和妹妹的旁邊，還有他祖父母的，最後填好墳墓，恢復原樣。舒娜拍了些現場照片發給姚天。墓園看起來像一個遍布山坡的微型村莊，一些墳墓像小號寺廟一樣精緻。他家的挺寒酸，不起眼。這更讓他決心要爲他們立一塊像樣的墓碑。

但他不敢要求舒娜爲這塊碑付錢。他已經五個月沒給妻子寄錢了，現在他媽媽已經去世，他知道是時候再給妻女匯款了。他確信不管自己怎麼說，舒娜一定會反對現在給他家立一塊墓碑的想法，不認爲這是個合適的時機。她會說石頭總可以等，而女兒的教育更重要。舒娜已經爲婷婷雇了兩個輔導老師，一個教英語作文，一個教數學。此外，她還要支付週末舞蹈課的費用。從她的立場看，現在應該是姚天爲他們的小家盡一些經濟義務的時候。這一切他都無法反駁。然而，他還是忍不住去想那塊他欠家人的墓碑。

他決定請芙蕾達幫忙。她看起來很有辦法，在中國東北認識很多人。另外，她也瞭解他母親的事情。讓他欣慰的是，她同意幫他看看。兩天後，她回覆了郵件，說她能找到一個好墓碑，幫他立在他家墓地前面。他很高興，把兩千五百美元匯進了她在匯豐銀行的帳號，包括工人工資、運輸和其他費用。他誇獎她，說會感激她一輩子。

她回信說，「甜言蜜語就免了。最好有一天你用實際行動表明你是多麼感激我。」

他回答說，「當然。謝謝你幫我這一次。」

其實他不知道能爲她做什麼。現在，他的直接目標是履行自己對家庭的責任。「放心，」芙蕾達說，「我會給你的家人找一個好墓碑。你一定會稀罕的。」

他很感激欣賞她的能力和意願，但她的熱心也讓他有點緊張。不到一週，她給他發了一張精緻的大理石板的照片——一塊光滑、略帶粉色的石材，看起來很貴。他很高興，說就是它吧。然後他把父母、妹妹和祖父母的名字，以及他們的出生死亡年分告訴了她。

很快另一張照片寄來了，所有文字和數字已經在石板上刻好了。芙蕾達說她會讓人把石碑運到他老家，然後親自開車去那裡看著人把它矗在他家墓地上。姚天太佩服了——她處理這事的效率就像她已從事殯葬業多年一樣。他倆的交流越來越頻繁，也不再令他焦慮。

八月底，墓碑就位了。芙蕾達甚至讓人在石碑兩邊對稱地各種了一株矮柏樹。從她發給他的照片上可以看到，石碑前放著一隻小小的黃銅罐，裡面插的香正在冒煙。前面還有一堆紙錢在燃燒。墳墓現在看起來打理得很好、很體面。這項任務芙蕾達完成得太出色，如果她人在美國，姚天必須用一份厚禮才能答謝她——一張郵輪票或前排的歌劇票。好在她離得這麼遠，他暗自鬆口氣，他並不知道如何跟她相處，也不知道該如何適當地報答她。甚至她或許以爲，他仍把她看成女友。而姚天開始一點一點地與她保持距離，不再像以前那樣隨時回覆她的信息和電話。

芙蕾達似乎被姚天的疏遠激怒了，指責他別忘恩負義。但她越盯緊他，他就越謹慎小心，絕不能讓她誤以爲他們之間還有親密的可能。另一方面，他也不能讓她覺得他只是想利用她。他很感激，把她當朋友。要是他知道如何恰當地回報她就好了。

很快，舒娜知道了他與芙蕾達仍保持聯繫。她寫來郵件：「你和這個女人現在到底是什麼關係？她爲什麼還在干涉我們的生活？」

他吃了一驚，解釋說：「我和芙蕾達確實有聯繫，但我們一點也不親密。我媽媽在醫院的時候，我請芙蕾達幫她找看護，因爲我離得這麼遠，你也忙得不可開交。我給她錢付給看護工資。我沒騙你，這是實話。」

他以爲他的解釋能安撫舒娜，但她回信時更生氣了：「別對我撒謊。你媽四個月前去世了，可你還在給芙蕾達寄錢，不是嗎？爲什麼？你又和她上床了嗎？她給我看了她的十年美國簽證——我知道她隨時可以去那裡和你會合。」

這太離譜了。他不知道芙蕾達獲得了十年簽證，看起來她確實打算再回美國。他想到舒娜的指責，悶悶不樂地思考一天後，姚天意識到一定是芙蕾達直接把這個消息告訴了舒娜——她似乎決心要攪亂他的婚姻。

現在他只能和舒娜說實話了。更多的模稜兩可只會引起更多的誤會。他打電話告訴舒娜買墓碑的事——他如何請芙蕾達幫忙、花了多少錢。舒娜聽瞭解釋，更加光火煩躁，她嚷道：「墓碑可以等。我不是告訴你了嗎？」

「我不這麼想，」他說。「墓碑是我欠家人的最後一份責任。我想讓他們安息，也讓自己對得起他們。」

舒娜憤怒得哭起來，「你知道我和婷婷這一年過得多辛苦嗎？你媽媽去世的時候，我去大連辦她的葬禮，然後把骨灰帶到村子裡，和你家人埋在一起。我向你要過一分錢嗎？你難道不知道這些都要花錢嗎？你給我寄過一塊錢嗎？我已經完全沒錢了，婷婷差點被預科學校開除──我不得不跟我哥哥借學費。我從來沒在錢上讓你爲難，但你卻不告訴我，直接花兩千五百美元買墓碑。你要我說幾遍？晚點立墓碑，對死人有什麼傷害？但我們現在要養孩子，必須供她上大學。」

他啞口無言，沒理由反駁。他知道自己錯了，不該匆忙立墓碑。或至少應該讓舒娜知道，和她討論這件事。

這場談話讓他的情緒陷入低谷。他無助地一直走到了北邊的海灘，在水邊徘徊了許久。陽光逐漸晦暗，海水即將退潮，寬闊的海面上沒有一道波浪。西面，昆西海濱大道旁的水泥堤岸上，有行人沿著海灘漫步。天氣悶熱，周遭靜謐無聲，這時他開始唱歌，試圖以此來驅逐心中的悲傷。他在沙灘上走來走去，有時兩手叉腰站著，他一首接一首地唱歌，直到月亮露出水面，照射出柔和的光線。一艘渡船在遠處發出汽笛聲，突突地開走了，船上的燈光在黑暗中一明一滅。

站在海上吹來的涼爽微風中，他繼續唱了兩個多小時，直到筋疲力盡。

二十八

這些天，他全職爲弗蘭克工作。秋天，他們公司在沃爾瑟姆市中心承接了一個項目。廣東有個商人打算在那裡開一家按摩院，買了一幢破舊的小樓，以前是一家服裝廠，現在要改造一番。他們的工作是要把這幢兩層樓的房子改造成十六個房間，做按摩單間。這個項目讓姚天有些疑慮——根據平面圖，每個房間裡都有一個完整的洗浴空間，對按摩院來說似乎沒有意義，看起來更像一個地下妓院。這位投資商最終可能會移民，他不明白弗蘭克爲什麼要捲入這樣一樁可疑的生意。但另一方面，這個項目能讓公司所有人在整個冬天都有活幹。如果弗蘭克拒絕的話，也總有別的公司接手。

沃爾瑟姆市在昆西西邊十五哩，去那裡主要得自己開車，到那裡的通勤火車每天只有幾班。所以每天早上他會和福妮一起離開。她有一輛豐田小轎車，開起車來像個熟手——她以前送過外賣。她早上上班的路上去接他，晚上也順路載他回來。他想付汽油錢，但她不要，說有他沒他，自己每天也得去沃爾瑟姆。她常誇口說，等她有天發財了，要買一輛寶馬。她精力充沛、我行我素，天不怕地不怕的。

沃爾瑟姆那個項目的拆除工作很費勁，但姚天看到這幢建築物的內部結構，感到很有趣——比如它的建築構造、建築材料，以及水電系統和下水道怎麼鋪設。他被老房子迷住了——毫無例外，老房子都比現在的新房子造得更好。早期的建築者沒有節省木材、磚塊或別的材料。所有一切都爲了讓建築能一直使用下去。舊廠房裡面，連地下室的牆壁都是實木的。所有東西都很難拆掉，他們總共六個人，還是設法用斧頭、撬棍和斷線鉗逐漸把房子拆卸了。弗蘭克會過來檢查工作進度，確保新材料按時送到。亞斌也偶爾露面，主要處理文書工作。一次偶然的機會，他告訴姚天，他想當房地產經紀人，覺得能通過賣房子賺更多的錢。「當房產經紀人得上課，還得考執照吧？」姚天問道。亞斌笑著說，那個小菜一碟，網上就可以搞定。

姚天和同事們相處得很好，但他最近幾個月都沒有公開演唱，心裡感到擔憂。雖然每天早上上班前，他都多少做一些聲樂練習，但他想在舞臺上演唱。他變得焦躁不安，就好像身上的皮膚變小變緊了，身體裡有什麼東西在不停地抓來抓去，拼命要往外掙扎。幸運的是，他喜歡這份家裝工作，每天在舊廠房裡的體力活，很容易讓他到下班結束時已筋疲力盡。

拆除房子內部後，他們開始把地板分成小單元。做隔牆時，沒用木板而是使用了鋼筋。工人們開玩笑說，簡直像在造牢房——不管轉向哪邊，都是鐵欄桿。他們常議論那個廣東商人爲什麼希望按摩室用鋼結構，明明比木頭貴多了。「也許他有一個很能花錢的女人，以後會是這裡的老闆娘。」一個工人說。大家哈哈大笑起來。

不過他們中大多數人還是認爲有錢人把財富轉移到美國是明智之舉，這裡是腐敗官員和商人藏匿金錢和財富的天堂。因為美元堅挺，也有可靠的法律體系保護私產。他們中有一個叫宋兵的人，是個戴眼鏡的瘦子，以前在湖南當橋梁工程師，笑起來露出一口黃牙。他說要是他，寧可開一個賣酒的小鋪子，或是加油站——按摩院這個行當形跡可疑。姚天同意他的觀點。宋兵六十出頭，精明世故，但健康很糟糕，又有痛風又高血壓，一句英語不會說，是這裡唯一做兼職的。他打算工作半年賺點錢，然後就退休回長沙養老。

工作很辛苦，但姚天還是很高興現在有穩定的工作。年底的假日季又來了，但神韻沒聯繫他。他給辛迪·王打了電話，想知道他們是否還會再邀請他，但一直沒有回音。

自從舒娜為墓碑的事和他吵了一架後，姚天又開始每月給她寄一千美元。考慮到他每小時只掙九塊五美元，這超出了他所能分擔的範圍。弗蘭克不付加班費——沒有一家中國建築公司付工人加班費。姚天沒有途徑掙更多的錢，積蓄也快花光了。他唯一的辦法是縮減生活開支。他有時覺得自己被困住了——有時甚至後悔結婚、生孩子。現在無論如何，他都得想辦法供女兒上學。他終於明白了為什麼有那麼多年輕人寧可單身。的確，為什麼要考慮延續香火之類的事呢？生活中一定有比生兒育女、養家活口更有意義和更重要的事情。

十二月中旬，福妮的室友搬去矽谷，她在假期很難找到人來跟她合租，這種時候一般人們不想搬家。福妮知道姚天的租約很久以前就到期了，隨時可以搬出來，所以她想說服他來租空出來的那個房間。她還說，既然他們現在都在沃爾瑟姆那個項目幹活兒，這麼安排兩人一起上下班更容易了。一開始，他覺得一個年輕女人找一個男人當室友太荒唐，但是亞斌和勞拉嘲笑他，說男女合租套間很常見，尤其在那些很貴的城市裡。姚天想了想，覺得有道理。如果他和福妮一起住，房租減半，水電費也會大大減少。更大的好處是，她那裡離他常去的華盛頓街公共圖書館很近。所以他同意了。福妮高興地說，「我們住在一起，你的生活一定會變得更輕鬆。」她馬上到二十九歲，表現得像個持家的好手。

她的話讓他有點尷尬，但他還是努力笑了一下，說感謝她的幫助。他和房東結清這個月的房租後，福妮開車過來幫他搬家。他幾乎沒什麼東西，只有一對手提箱、一些餐具和炊具、大約一百本書和幾十張音樂專輯。福妮的前室友留下一些家具，包括一個床墊，所以姚天只需要搬一個五斗櫥過去。福妮很壯實，姚天把櫃子的抽屜拿掉，兩個人合力把五斗櫥搬進她的車裡。

她的公寓比他的好多了。這裡乾淨明亮，各方面都打理得很好。他進屋後，必須脫下鞋子，換上拖鞋。他提醒自己要注意，不要亂放東西，也不要把鞋底的土帶進屋來。為了慶祝他的到來，福妮做了牛肉餛飩。他揉了麵團，但沒有主動去調餡，不想讓福妮知道自己挺會做飯。但他還是參與了包餛飩。晚餐香噴噴的——他好久沒吃過這麼美味的家常飯了。他準備洗碗的時候，福妮把他攔住，說她來洗。他就很聽話地早早回到自己的房間，查看電子郵件，在網上看新聞。他很喜歡一個加拿大中文網站叫「萬維讀者網」——那上面的新聞往往更客觀，經常從第三方的角度報導。

做福妮的室友確實讓他的生活輕鬆了一些。每天早上他和她一起去上班，有時她也為他準備午餐，說她有多餘的麵包和肉。午休時，兩人經常一起分享準備的食物。公司在按摩院項目上有進展，但進程並不順利。有些工作外包了出去，所以他們常常不得不停工，等外包工作完成後才能繼續自己的工作。從聖誕節前開始到春節結束後的假日期間，大約從十二月下旬到二月中旬，有些工人不能每天上工，要去很遠的地方和家人團聚，所以福妮和姚天成了工地上最固定的人手。因爲電工還沒安裝電線和插座，室內沒有燈光、供暖，也沒有牆壁，所以四處透風，非常寒冷。休息時，兩人經常鑽進她的車裡，發動起來，享受一會兒車裡的暖氣。這些天來，爲了不讓姚天感到不舒服，福妮不再吸菸。他們也開始在她的車裡吃午飯、喝茶。她專門帶了一個保溫瓶裝熱茶，固定放在車後座的一個角落裡。

春節轉眼就要到了。節前的一個週末，福妮主動提出和他一起去購物。他們住在離金門超市大約一哩遠的地方，波士頓南區的許多移民都去那裡買東西。一些美國人也會去那裡買新鮮蔬菜和海鮮。姚天正要跟她走，卻改變了主意。他又怕被人認出來，以爲福妮是他的新女友或情婦。他受不了再來一次醜聞。所以他說他要去參加一次排練，請她給他帶兩個午餐肉罐頭、一小瓶泡菜和四袋速凍水餃，豬肉捲心菜加韭菜餡的。

今年只有三場當地的節慶活動請他去唱歌。往常二月是他最忙的一個月。也許他唱歌的方式不再流行了。或者，在公眾眼中，他仍然是那個拋妻棄子、暴打情人的惡棍，所以像神韻這樣的團體不願意雇他。整整一年，他都在勤勞地做裝修工作，沒有很多空閒時間做聲樂練習，所以他擔心自己的聲音也可能退步了。所有這些委屈和擔憂，他沒和任何人訴說，甚至包括舒娜。他告訴自己，等生活穩定下來，他必須花更多時間來提高自己的演唱水平，要讓自己的歌聲更溫暖生動。他絕不能在家裝行業待太久時間。

弗蘭克請沒離開去過節的幾個工人一起聚聚。總統廣場剛開張了一家餐館叫「中國明珠」，他有一位房客在那裡當廚師，所以他選在那裡請客。這家餐館的早茶很有名，一到週末，客人特多，停車很難，雖然飯館前後都有大停車場。

廚師專門為他們這桌做了很多菜品，有好吃的海鮮和各種美味的肉菜，但姚天沒有胃口，也感覺不到節日的快樂。他想家，想舒娜和婷婷。亞斌和勞拉去了多倫多，看望她的表兄。圍在一桌的人都興致勃勃、高聲談笑著，唯獨姚天卻只想掉淚。他努力克制自己的悲傷，開始質疑自己移民到這裡的決定。按理他知道自己應該感到幸運——許多人從來都沒有機會走出他們生活的窠臼。和他們不一樣，他可以翻開人生新的一頁，但他從未想到這個過程會如此艱難，充滿這麼多不確定因素，又如此孤獨。

福妮給他夾了魚、蝦和鴨肉，叫他多吃。不管誰舉杯祝酒，他都一飲而盡，他們喝的是五糧液。一杯接一杯下肚後，他很快醉了，眼前的東西開始出現重影，蒙上了一層薄霧，桌旁的每張臉都模糊不清。然後他的胃一陣翻騰抽搐，他吐在了地板上。他醉到不知道羞恥的地步。一個服務員馬上拿著掃帚和簸箕走來，後面跟著另一個敦實的服務員手拿拖把，姚天的兩個同事把他扶到角落裡的一張長凳上，讓他仰面躺在上面。他開始昏睡，而餐桌旁的人們繼續大聲喧鬧著。

後來，福妮開車把他帶回家，扶著他一路爬樓，回到他們的公寓。她脫下他的冬靴，把他送上床，給他蓋好羽絨被。然後她給他關燈，退出他的房間，說了句「姚天，晚安。」

二十九

「我可以教你開車。」一天清晨，兩人在上班的路上，福妮對姚天說。

「我沒有車。」他說，不知道要不要接受這個提議。

「就用這輛。」她拍了拍方向盤。「這裡車便宜。兩、三千美元就能買到一輛不錯的二手車。不會開車，你不覺得好像被困住了一樣嗎？」

她說得對——每次要去一個大眾運輸不方便的地方，他都覺得自己很無能。在中國時，他既沒有自己的車，也沒學過開車。他意識到應該接受她的好意。「當然，」他說，「如果你願意教我，那太好了。」

前方的高速路上斑斑駁駁地撒了鹽，右邊出現一座座辦公樓。其中一幢正在施工中，窗戶還沒裝玻璃。姚天知道，以後舒娜和婷婷來了，他可能得爲家人當司機，因爲她們也不會開車。

那個週末，福妮帶他去海邊的墓地練習。她說這裡安靜，沒別的車，也沒有警察，以前弗蘭克就是在這裡教她的。不過，姚天還是得小心，不要撞到墓碑或樹木。

他喜歡在墓地裡開車，覺得操控汽車沒那麼難，於是鬆了口氣。他開始沿著狹窄蜿蜒的小路輕輕鬆鬆地緩慢駕駛，但福妮堅持讓他認眞開車，就像在眞正的道路上一樣。所以每到十字路口，他都必須停下來，就像遇到了紅燈或停車標誌一樣。他認爲她有點太過分了——畢竟這裡只有死去的靈魂。但福妮不肯退讓，說：「要是你從一開始就不養成好習慣，等眞正上路，會發生事故的。」

「好，我一定小心。」他嘟囔了一句。

想不到她一換到駕駛教練的角色，脾氣就開始變得可怕。她厲聲衝他喊著指示，要是他犯了錯誤，她甚至對他大叫大嚷。他拿到了駕駛學員許可證，她仍把他看成一個新手，就好像他對交通規則一無所知似的。這讓他惱火，但他告訴自己要耐心，努力乖乖地遵照她的指示。他曾和亞斌抱怨過福妮的脾氣。亞斌笑著說，教別人開車時，人們就特別容易發火。他經歷過同樣的事，以前他試過教一個女友開車，結果女友受不了跟他分手了。「要是你教別人開車，汽車就像一個火藥箱——你會變得很敏感，隨時會爆發。」他搖著一頭微卷的頭髮說。聽了亞斌的話以後，每次福妮在副駕駛座上對他大聲發號施令的時候，姚天都試著讓自己更寬容些。

他們經常去的另一個地方是瀑布大道附近的購物廣場。晚上九點多，那裡像沙漠一樣荒涼，在那裡練三步掉頭和平行停車最安全。福妮要讓他掌握路考的所有技能，他也盡全力練習。黃昏時，他甚至偶爾一個人開車去墓地。她現在不去那裡陪他了，要是他自己去海邊墓地，他來回只會走車輛很少的小路。他跟她保證，沒有她在身邊，他絕不去任何繁忙的道路，他說到做到了。

一天晚上，他們沿著爐溪公園路向昆西中心往回開，不知怎麼搞的，他不斷越過柏油路中間的黃線。路上沒有其他車輛，所以他輕輕鬆鬆地在兩車道之間蛇行。突然，福妮抓住方向盤，把車轉向右邊的車道。他有點不高興，問他，「你幹什麼？」

「你這樣開車很危險。」

「不至於吧。」他說。

「你以為你就要拿到駕照，就是好司機了？你給我聽好，你要是這麼不小心，會把自己和別人都害死的。」

「我很小心了，我還會更小心的，行不行？」

「你這是找死！壞習慣一旦養成，想甩脫就沒那麼容易了！」

「就你永遠正確！我白從跟你學駕駛，你就一直對我態度這麼差。我受夠了！」

「蠢豬！」她罵了回去。

他停車、下車，砰的一聲關上門。「晚安——我現在不想看見你。」他大步走上一條小道，從那裡可以抄近路回昆西中心。

一秒鐘都沒耽擱，福妮滑進駕駛座，開車離去了。從搖下一半的車窗中飄出她的咒罵，「滾蛋！去死吧！」她就這麼走了，姚天震驚無比。

天氣溫暖，空氣中瀰漫著春天的氣息，樹枝上覆蓋著毛茸茸的樹葉嫩芽，在一陣陣的微風中搖擺。他走著走著，想唱歌了，就拐向南邊，去了那個廢棄的採石場，那裡的水面上不斷有蛙聲此起彼伏。一隻鷹展開雙翅，滑過天空，消失在一排烏青色的雲朵後面，下方是一片茂密陰森的樹林，有杜松和落葉松。他走進那片幽暗的地界，開始放聲高歌，偶爾歌詞唱錯了也不在意。他興致勃勃地唱著，有時甚至不唱歌詞，只啦啦唱著曲調。面前沒有一個觀眾，他想怎麼唱就怎麼唱。此時所有的青蛙也都安靜下來，似乎在側耳傾聽。他唱啊唱，唱了將近一個鐘頭。

回到公寓時，已將近午夜，燈都熄滅了。他沒刷牙洗臉，直接爬上床，沉沉地一覺睡到天明。

第二天早上，他還躺在床上，福妮在客廳裡喊他：「姚天，該上班了！」

他下床，套上牛仔褲，衝到浴室刷牙。他一邊用毛巾擦臉一邊走出來時，福妮說：「快點，我們要遲到了。」

他一上車，她就拿出一個貝果三明治給他，裡面有雞蛋和波隆納香腸。「你的早飯。」她平靜地說。

「謝謝。」他咬了一口。味道很好，煎蛋還是熱的，燻香腸裡的香料剛剛好。他大口往嘴裡塞，狼吞虎嚥地吃起來。

「你給我聽著，姚天，」她接著說。「你不識好歹。不要以爲你曾經是名人，別人幫你就是應該的。我要是教別人開車，他們至少得每小時付我二十美元。」

這是眞的——他也曾提出要交學費，但她拒絕了。她把自己的車托付給他這個新手，他應該心存感激。一陣羞愧向他襲來，他這一路一聲不吭。

從第二天起，她讓他開車載兩人上下班。這意味著他每天至少在高速公路上行駛三十哩，他的信心與日俱增。路考在四月下旬，就差兩週，他得多練習，尤其是平行停車。他一次就通過考試，連一個小錯都沒犯，福妮欽佩不已。她坦承自己考了三次才拿到駕照。他請她去「中國明珠」吃廣式早茶。她喜歡吃那裡的鳳爪和蒸小龍蝦。他喜歡吃那裡的水晶餃，餃子皮是半透明的，裡面包的是蝦或蔬菜餡。「中國明珠」的點心比他以前吃過的粵式早點更傳統、地道，很多菜品對他來說都是新鮮奇特、很美味。他和福妮坐在一張靠窗的桌子旁。每當餐車推過，他都會讓他們停下，讓福妮再拿點什麼。他們也點了百威啤酒和普洱茶。

他們吃飯時，福妮老實說這是第一次有男人帶她來餐館。姚天吃了一驚。她雖然不是絕色佳人，但她能幹、健康、陽光，眼睛亮亮的，頭髮濃密。她這麼年輕活潑，應該能吸引到一些男性的注意。

「你沒有過男朋友嗎？」他問道。

「有過兩個，但我們在鄉下。如果我們出去，我們就在小吃攤上吃——一碗米粉或幾個肉包。窮人嘛，不會去眞正的餐館吃飯。」

他試圖讓話題輕鬆一些。「那你現在跟老家的鄉親們比，算是富人啦。」

「其實，我在國內的家人和親戚現在都過得挺好的。我也沒那麼渴望在這裡掙錢。不管我工作多努力，我都不可能成富人的。我去過韋斯頓鎮和林肯鎮送外賣，看到過那裡富人的生活。我永遠不可能像他們那麼富有。但我喜歡這裡簡單平靜的生活，還有自由。只要不違法，好好納稅，沒人會把你踢來踢去的。但我其實想要的是結婚生娃。我常夢到我有兩個小嬰孩，奶水足足的。唉，再過幾年，我就會太老了，什麼都不會有了。」她的聲音裡有一絲想往和惆悵。

一時間姚天不知道怎麼回應。然後他想起了弗蘭克的妻子薩米。「你表姐不能幫你找個男朋友嗎？」他說。「我肯定這裡的中國男人比中國女人多。」

「薩米有一次跟我介紹過一個傢伙，但我看不懂那個人。一個山東人，古怪得很，想讓我跟他一起去阿拉斯加。」

「是嗎？那他最後自己去了嗎？」

「也許去了吧。第二次約會後我就跟他拜拜了。他身上有些東西讓我怕怕的。」

「他爲什麼要去阿拉斯加？」

「他說他要去那裡吃阿拉斯加帝王蟹和大捲心菜。」

姚天大笑，說：「眞是個人物啊，是吧？」

「我覺得他有一些無法擺脫的東西。他必須去一個沒人認得他的地方。也許他得罪了政府，或欠了人家很多錢。」

「或者他逃稅了。」

「像個逃犯。想法也很瘋狂，像一個長一口爛牙的流浪漢，鬍子拉碴，還留著長髮。」

「我們都是某種程度上的流浪者吧。我也經常有這種感覺——渴望去一個沒人認識我的地方。沒人管我——這才是自由的本質。」

「哇，聽上去好深刻。你會是個了不起的老師。」她用餐巾擦手指。

福妮對那個怪男人的描述讓姚天沉思。他意識到許多移民處在類似的情況，儘管程度各有不同：他們都試圖掙脫過去的某種束縛，想去一個遠方重新開始。但很少有人能預見這這樣做的代價，以及隨之而來的痛苦和艱難。

三十

已經是五月下旬了，空氣中還有很多花粉。姚天對花粉不過敏，但福妮從四月中旬開始就一直很悲慘。她會不停打噴嚏，鼻子又紅又腫。她的臉浮腫，使她顯得比實際年齡更老。爲了讓她多休息，姚天開始當司機每天開車上下班。

一天晚上，姚天正坐在餐桌旁和妻子打電話，福妮在洗碗池洗碗。她突然大聲打了個噴嚏，然後咳嗽了兩聲。

舒娜聽到聲音，在另一頭停了下來。「那是誰？」她問他。

「我的室友，福妮。」

「你從來沒告訴我你有個女室友。」

舒娜聽起來很不高興，她的聲音尖銳，所以他站起來，走進自己的房間，好私下說話。

「是的，」他繼續說，「我是福妮的室友。我搬進來和她一起租這套公寓，這樣我能省下一些錢。」

「你爲什麼一直瞞著我？」

「我告訴過你我要搬家，和一個同事共租一套公寓。」

「但你沒說室友是女的。」

「你聽到我可以省錢，就很高興，支持我搬家。你看，我現在每天都累得半死，天亮去上班，天黑才回來。」

「這不是藉口！你和一個女人一直住在一起。這不正常。」

「這裡不一樣。異性合租很常見的，可以僅僅是室友。」

「你們還共享什麼？在一個鍋裡吃飯，還是在一張床上睡覺？」

「別扯了。我們只是同事。當然，她對我一直很好，開車捎我去上班。你知道我沒車。」

「這些都不是你和一個女人住在一起的理由。一個年輕女人，是不是？」

「她二十九歲。我和她差不多是兩代人。你放心，不會有事的。」

他越想讓舒娜相信他和福妮只是同事和室友，她卻越激動，說他背叛了她，因爲她一直對此一無所知。她讓他搬出公寓，要不然就會讓婷婷知道她爸爸已經在美國和一個年輕女人同居了。他很困惑，不明白舒娜作爲一個教授，爲什麼不能明白他這麼做的理由。他感到困惑，不再爭辯，告訴她，他會給她寫郵件好好解釋。

第二天晚上，他給她寫了一封長長的電郵，告訴她這邊的事實，因爲她在世界的另一端看不見。他比福妮大了將近一代，他們之間沒有火花，不可能發展出親密關係。爲了說服舒娜，他附上了弗蘭克那次春節聚會的照片。照片裡，福妮咧嘴笑著，左手夾著一支還沒點燃的小雪茄。舒娜可以看出她是多麼普通，這麼沒有魅力的女人不可能對她造成任何威脅。通過與福妮合租一套公寓，姚天每月可以省幾百美元，然後把這些錢寄回家——這是他能給舒娜和婷婷寄錢的唯一方法。他一個小時只掙九塊五美元，還要付很多帳單，其中房租是最大的開銷，他必須盡可能降低房租。最重要的是，這是一種在異鄉生存下來的方式。在這裡，移民們經常分享資源，住在一起，這樣他們就可以忍受生活的艱辛和孤獨，互相幫助。

這時，舒娜已經鎮靜下來了。她回答說：「小心福妮。她看起來很野，一定是個菸鬼。」事實上，照片上的小雪茄是一個木匠給福妮的，現在她很少抽菸了。姚天不喜歡舒娜的評論，但沒有爭辯。他最好維持他們之間的和平。

按摩院快完工了，但弗蘭克又遇到麻煩。在沃爾瑟姆的一些居民看來，要在他們鎮中心搞這樣一個不正當的生意，實在令人厭惡。最近幾個月，甚至有人抗議這個項目。然後鎮裡就這件事組織投票，反對方贏了。這位廣東商人別無選擇，只能放棄整個計畫。幾天來，工人們一直在談論這場意想不到的損失，他們認爲那位商人可能買了某種保險——否則他不會這麼容易就放棄這個生意。但大家確信弗蘭克沒有這種保護。

正如工人們預測的那樣，弗蘭克現在手頭沒有現金了。他盡最大努力支付了工人的工資，但所有花在建築材料上的錢都血本無歸——廣東商人拒絕支付費用。其實也是那個商人跑路不見了，弗蘭克聯繫不到他，這個爛攤子讓家裝公司自己去對付。弗蘭克和薩米被打垮了，說他們可能必須把自家的住房抵押給銀行，才能弄到錢繼續做生意。不過，這場慘敗沒影響到亞斌，他剛通過了房地產考試，即將開始做房地產經紀人，充分利用他的多語言技能。在過去的兩年裡，他和當地的越南移民混在一起，現在能說一點越南語了。姚天猜想亞斌是不是預見了他們公司即將發生的災難——亞斌眞的善於生存，似乎對危險有第六感。這些天他經常建議姚天，「是時候改變了。你屬於舞臺，不屬於家裝行業。」

弗蘭克讓他的員工去別的地方找工作。他說他不知道自己什麼時候能重新站起來。但跟別人不同，他自己總能找到活兒幹。姚天懷疑弗蘭克可能會放任公司倒閉，然後自己脫身單幹。作爲一名手藝嫻熟的能工巧匠，確實有很多人需要他。他擁有的兩棟多單元房屋也能賺取可觀的租金。儘管如此，他還是向他的員工道歉，尤其是姚天。他說：「姚先生，你英語說得這麼好，你應該找一份眞正的賺大錢的工作，或者當中間人賺提成。你不用像我一樣靠賣力氣謀生。」

姚天回答說：「如果我能選擇，我寧可做一個像你這樣靠手藝吃飯的人。」姚天說的是實話，但弗蘭克搖了搖他那張稜角分明的臉，說姚天天生不是幹體力活的，不要總以爲別人家鍋裡的飯更香。兩人都笑了。

福妮也開始去別的地方找事情。她想去波士頓市區找工作——她常說昆西對她來說太小了。但她沒有查看招工啓事，直接跳上了去唐人街的紅線地鐵。一到那裡，她就挨家挨戶問他們要不要雇人。姚天和她開玩笑說：「你一定臉皮厚得像個要飯的。」

她搖搖她圓圓的下巴說：「我還能做什麼呢？我需要工作，這是生存的問題，我可閒不起。」

「我其實眞佩服你的膽量。」他眞誠地說。

「如果在中國，這種事我絕對做不出來。我寧可在家帶孩子。但在這裡，那是不可能的了。」

「我要以你爲榜樣，永不言棄。」

「別拿我開玩笑了。我有選擇嗎？」

第二週，她在唐人街一家超市的倉庫找到了一份工作。他們雇她主要是因爲她會說一點英語，還會開卡車。此外，她力氣夠大，搬得動成麻袋的蔬菜或板條箱。她需要學習操作叉車，但她說叉車不難——她已在現場試了一次。她對這份工作很興奮，每小時能掙十一塊兩毛五美元。更讓她滿意的是，超市還付加班費，有福利，包括醫保和退休計畫。從各方面來看，這都像是一份眞正的工作。

與此同時，姚天對自己能做什麼毫無頭緒。他有駕照，可以送貨，但這種工作對他沒有吸引力。他喜歡做家庭裝修，可他除了製作紗門紗窗，別的手藝也不擅長，也不知道去哪裡找這樣的工作。有一天晚上福妮建議說：「爲什麼不去賭場唱歌呢？上次我在那裡的時候看到一些人在表演。他們雇了不少中國人。許多服務員是中國來的，甚至一些發牌的也是中國人。」福妮說的時候聽起來很認眞。

「你說的是哪個賭場？」他問道。

「康乃狄克州的雙水域。許多中國人在那裡工作，從皇后區坐車通勤過來。你應該試試。」

他拒絕了這個建議，對這樣的工作不太情願，但這個想法一直揮之不去。他開始糾結，掂量利弊。他以前去過那個賭場，還挺喜歡——那裡的自助餐很豐盛。早上，會有一輛公共汽車停在昆西的總統廣場，接人去賭場，晚上送他們回來。大多數乘客是老年人，都結伴去賭場。公共汽車上的售票員，一個年輕的華人女性，會代表雙水域賭場，給每人發六十美元的優惠券，鼓勵他們去賭博，也可以用一半的優惠券在自助餐廳免費用餐。對這些老年人來說，這次旅行很划算，可以和別人一起度過快樂的一天。汽車票來回十塊錢，一些老乘客們非常感激，往往主動多付五美元給售票員和司機當小費。

想了一個星期後，姚天決定去賭場碰碰運氣。他給雙水域打了電話，那裡的娛樂總監傑西和他聊了很久。他讓姚天把他的簡歷寄給他，姚天立刻照辦了。三天後，傑西在電話中會試了他，說他問了那裡的一些中國員工，大家都說姚天是中國一流的歌手。會試進行得非常順利，傑西邀請他去雙水域做一次「小型試演」。姚天很高興地接受邀請。去之前，他練習了自己拿手的幾首民歌，甚至還學了幾首新的流行歌曲。

三十一

「我們的節目單上或許可以添加一位經驗豐富的歌手。」傑西說。他是一個美國印地安人，身材魁梧，有著迷人的棕色眼珠，顴骨很高，戴一個平頂草帽。姚天沒想到他這麼年輕。在星期五的電話會試中，傑西聽起來老多了，聲音有點沙啞。

「你叫姚天，還是天姚？」傑西問。

「天是我的名字。中國人把姓放在前面，所以我姓姚名天。」

「姚天，你能給我們看看你唱歌有多好嗎？」

「我會唱流行歌曲。」姚天說。他說話時，注意到兩個年輕的亞洲音樂家坐在附近。一個拿著單簧管，另一個拿著電吉他。他們在賭場的非正式娛樂區，叫做「中庭」，這裡也有一個吧檯。地方很寬敞，到處放著一些小扶手椅和咖啡桌，外面是一圈圍欄。

「如果你願意，你可以去宣布我的名字，」他對傑西說。「中國客人會知道的。」

「好。要是他們喜歡你唱歌，我們可能就會雇你。」

傑西走開去宣布姚天名字的時候，姚天轉身和兩位樂手聊天，他們都會說中文。一個從福州來，一個在美國出生，德克薩斯州長大。他們知道他，似乎對他出現在這裡感到不解。

他說，他需要賺錢供女兒上學。他們理解地點點頭。他問他們會演奏什麼歌，他們說了常演的曲目，包括許多流行歌曲和電影歌曲，有中國的，也有美國的。那就好——他放心了。

大約三十個人，大多數是亞洲人，離開了他們的酒吧凳和扶手椅，聚集到小舞臺下面。有人舉起手機想要拍照。「我唱歌前請別拍照。」他懇求道。

一個五十多歲的女人笑著調侃道：「哎呀，你不會怯場吧？」

傑西回來告訴姚天可以試唱幾首歌。兩人走向後臺時，姚天說他更喜歡用中文唱歌。

「沒問題，只要觀眾能聽懂。」傑西說。

姚天走到小舞臺上，站到短小的臺口後邊。他對觀眾說：「我跟大家分享幾首歌。第一首名叫〈面向海洋〉」。

人群聚集得更近了。樂手們開始演奏，他唱起來：

我獨自站在岸邊，
凝視著海浪的盡頭
你消失在那裡。我想說
一些事，卻不知
如何開始。我所有愛的話語
都隨風而逝……

結束時，人群中的掌聲零零落落的。他意識到這首歌可能失敗了。他對觀眾說：「對不起，這首歌可能太悲傷了。我為大家唱首快樂的歌吧。下面這首歌可能更有意思。」他轉向樂手問道：「你們會演奏〈相思爬上心底〉嗎？」他們倆都點頭，然後開始演奏那首輕鬆調皮的臺灣歌曲。

他開始唱，隨著音樂搖擺著：

相思好比小螞蟻
爬呀爬在我心底
尤其在那靜靜的寂寞夜裡
它就在我心游移
啊　叫我好想你啊……

姚天沒想到許多觀眾都知道這首歌，大家一起跟著節奏拍手。他以前認為這首歌挺低俗，但最近他開始從歌詞中看到一些真摯誠實的東西，以及音樂中鮮明的情感，淳樸又活潑。現在這首歌在賭場裡大受歡迎。他剛唱完，掌聲就響起來了，還有人喊再來一首。

既然觀眾們歡迎這類歌曲，他又唱了另一首風格類似的歌〈老鼠愛大米〉。幸運的是，樂手們也配合得很好，姚天盡自己最大努力讓歌曲變得喜樂親切，同時傳達出歌詞的眞實感情。觀眾沸騰了。當他唱到最後幾行時，一些人開始跟著一起合唱：

我愛你　愛著你
就像老鼠愛大米
不管有多少風雨
我都會依然陪著你
不管有多麼的苦
只要能讓你開心
我什麼都願意
這樣愛你

他現在經歷到一種久違多年的興奮。他的眼睛濕潤，從脖頸到脊柱都在發麻。左邊的長廊變得朦朧不清，臺下人群的面孔搖來晃去，有一陣子也變得模糊。他的靈魂似在飛翔。

他又唱了兩首歌，一首臺灣的，一首香港的。他一下臺，三個中年婦女，顯然是國內來的遊客，拿著宣傳冊圍上來請他簽名。他小心地照做了。然後傑西出現了，微笑著說，「哇哦，姚天，你也會唱英文歌嗎？」

「我知道一些，我也可以學更多。我會唱〈*Country Road*〉、〈*Pack Up Your Sorrows*〉和〈*My Heart Will Go On*〉。」他並不很喜歡最後那首，但這會兒他能想到的也就這些。

傑西點點頭說，「你能到我辦公室來一會兒嗎？」

姚天跟他一起走到走廊盡頭一個玻璃牆的房間。傑西走進辦公室，開燈。螢光環一個個發出砰砰的聲音接連亮起來。傑西拽過來一把折疊椅，說：「姚天，歡迎來到雙水域。」他咧開嘴笑著，伸出手。

姚天跟他握了手。傑西握手很有力，但手掌很小，姚天覺得有趣，這與他的大塊頭身材很不相稱。傑西說，他還得和市場營銷主管談一下，因爲他自己沒有人事聘任決定權。但他看到了觀眾對他表演的熱情反應，他很樂意邀請他來這裡工作。一週之內他會讓姚天知道最後結果。

姚天心情愉快地回到昆西，告訴福妮他去雙水域的經歷。她相信他們會給他一份工作。「這對他們來說絕對是意外收穫，」她說。「那裡的中國員工一定會告訴他們你有多出名。你肯定能給賭場帶來更多的知名度。」

「我不知道。」他說完嘆了口氣。

她提到他以前的名聲，這只讓他心酸。他說，如果他得到了這份工作，會幫她留意找個男友。她拍拍他的肩膀，說沒有男人她也能過得很好。內心深處，他感激福妮給他出了這個主意，他渴望每天都有機會唱歌。

現在福妮每天坐地鐵上班，她讓他白天用她的車。有一輛車供他使用，他感到特別振奮，想去哪裡都很容易。他告訴妻子他去賭場試演了，但她不甚激動，只說當份臨時工還行。顯然她仍然認爲他是個明星。她不明白他在這裡有多難，他的事業已經陷入泥潭。

他還告訴她，他拿到了駕照。這事倒比賭場的試演更讓她高興。她告訴他開車的時候要小心，說他總是笨手笨腳。如果她在這裡，姚天想，她就能親眼看見他多麼能幹，會裝吊扇、換門鎖、塡平車道裂縫、安裝瓷磚和地板，做的紗窗比專業的一點也不差。

他記得以前舒娜說過，他只有兩件事做得最好：唱歌和做飯。然而毫無疑問，他還有其他潛力。而這些潛力，如果他沒有機會去觸及到，並且發展之，恐怕別人無從知曉，連他自己也可能意識不到。移民，顯然也是一種自我發掘的方式。

「你有車嗎？」舒娜問。

「沒有，我開福妮的車。她現在坐火車上班，白天不用開車。」

「哦，你和福妮眞的分享很多東西。」

「好了，別這麼挖苦。她對我很大方。沒有車，我沒法去別的地方。」

「我希望你別佔人家很多便宜。」

「當然不會。」

這樣的談話，他不想繼續了。最近她那些含沙射影的話讓他不舒服，似乎在埋怨他。

「告訴婷婷我愛她。」他說，結束了他們這天的談話。

星期五下午，傑西打電話給姚天，告訴他他們決定雇他。這是一份全職工作，每週工作五天，具體時間根據他們的演出需要變化。週四晚上，他會在賭場最大的場地——雙水域劇院與一些專業歌手和樂手一起唱英文歌。其他幾天，他會在中庭或酒吧休息室表演，他想唱什麼就唱什麼。他們每週付給他五百美元，還有他可以在自助餐廳免費用餐。待遇裡還有其他福利以及基本的健保。姚天高興地接受了這份工作。傑西聽起來也很滿意，又告訴他，他們本來只打算雇他做兼職，或者按每場演出付錢，但賭場的一些中國員工說服了他們，說姚天能給雙水域帶來知名度，所以他們才決定全職雇他。「我很感激，」姚天說。「這份工作對我很重要。」

雖然姚天的工作安排比較隨意，但他看得出自己的演出在賭場的每日娛樂項目中是一個重要的組成部分。他平時在酒吧休息室的小舞臺上演唱，週四在賭場的劇院唱歌，一起演出的還有其他一些專業表演者，甚至有一些流行歌星。在休息室裡，總會聚起一群人來聽他唱歌。期中大部分是亞洲遊客，去那裡賭博只是爲了休閒娛樂，或陪伴朋友家人。有一次，一位中國老太太告訴他，「我在中國聽過你唱紅歌，沒想到你流行歌和英文歌也唱得這麼好聽、這麼有眞情。」她的讚美觸動了他，他意識到自己跟過去已經不同了。其實，他唱英文歌並沒有很大自信，覺得自己只是勉強唱出來了，但他的中國歌迷也都熱烈捧場。他唱過〈*I won't Last a Day Without You*〉，〈*My Favorite Things*〉，〈*My Own True Love*〉。傑西和別的美國同事也會鼓勵他，如果他們特別喜歡一首歌，總會大大誇獎他一番。

姚天喜歡漢克・威廉斯，有一次唱了他的〈*I'm So Lonesome I Could Cry*〉，但結果卻是小小的失敗——他模仿不出威廉斯深沉、撕裂般的喉音，而他如此平滑地唱這首鄉村歌曲，似乎只讓聽眾覺得困惑。傑西笑著說：「必須得說你唱得太甜了。」姚天感到很難爲情，再也沒有嘗試威廉斯的歌了。

他在雙水域工作了兩個月以後，關於姚天在一家賭場工作的消息傳開了。人們圍繞他展開了熱烈的討論。有人認爲他在賭場工作是一件很丟臉的事，也有人說這只不過是他暫時的一份工作，移民都得適應環境，他自然也得先在美國生存下去。廣州的一家週報報導了他在賭場唱歌的事情。文章題爲〈姚天的困境〉，隨文配了兩張照片，把他唱歌的身影疊加在一張網上隨處可見的花裡胡哨的賭場大廳圖像上。文章還把姚天的工作描述成一種自甘墮落——純粹爲了賺錢和取悅那些賭徒而表演。這位作者暗示，姚天自取其辱，他放棄在中國的輝煌事業，去美國當了一個卑微的娛樂別人的人。「姚天選擇資本主義而不是社會主義，」文章總結說，「我們可以看到他的悲劇，也可以從中吸取教訓：凡是拋棄了祖國的人，絕不會有所成就。」然後《人民日報》的國際分支機構《環球郵報》也發表了一篇類似的文章，拿他舉例警告別的中國人：「任何人如果不爲我們的祖國服務，甚至對著幹，遲早就是這個下場。姚天就是個例子，哪怕走錯一小步，人生都會釀成惡果。」

《環球郵報》的文章被許多其他的新聞網站轉載了，在讀者中引發一些爭議。有人在「萬維讀者網」上寫了一篇反駁文章，對《環球郵報》的那位作者說，「姚天自己可能不像你所想的那樣。也許他享受一個人誠實地生活。也許他寧可當一個自由的窮人，而不願做一個財富來路不正的權貴。他靠個人奮鬥自食其力，我看不出這有什麼悲慘之處。」一個讀者在同一篇文章下評論道，「我們不該都譴責他，我們反而應該欽佩姚天的個人選擇和他的勇氣，我們應該祝他好運。」但也有另一位讀者說，「這是姚天活該。任何背叛我們國家的人，遭受羞辱都是自找的。」有人對姚天的沉淪和失敗抱有同情；有人哀嘆任何一個中國藝術家一旦走出中國的文化領域，生存是多麼的艱難；有人支持姚天離開中國的決定，因爲他們認爲自由是必須的，就像新鮮的空氣和乾淨的水；有人宣稱，沒有人有資格評判姚天的境遇——只有穿鞋的人自己才知道鞋子合不合腳。

《北京新聞》的一名記者給姚天打電話，問他對那篇文章的反應。他只是說，「我仍然是一名藝術家。不管我在哪裡唱歌，我可以唱出我的心聲。我覺得自己解放了，因爲我在唱自己喜歡的歌。在中國，我經常只能唱我討厭的宣傳歌。就算我表面看起來光鮮，我也有明星的名聲，但我心裡其實很痛苦糾結。所以我不後悔移民。我目前的艱難是我未來成長的必要一步。」他趁機加上一句，「我和家人已經分開四年了。他們不允許我妻子來看我。這完全是獨斷專制，不講理的——我們在毫無意義地受苦。我呼籲當權者同情我的家人，允許我的妻子來跟我一起！」當然，報紙一個字都不會刊登他關於與家人分離的話，儘管這位年輕的記者確實告訴他，她喜歡他說的話。

亞斌也爲捍衛姚天盡了力。他在文學城網站上寫了一篇很長的文章，說姚天只是過著誠實的生活，人們應該欽佩他適應新環境和面對逆境的能力。「你們都必須記住，」他說，「姚天是一個丈夫和父親。如果面對同樣的挫折，你們中有多少人，還能繼續盡一切努力養家糊口？我們應該爲他的正直和堅韌喝彩！」

亞斌的文章發表後，大部分負面的議論都消失了，雖然姚天懷疑人們仍會私下談論他的恥辱和墮落。

三十二

八月的最後一個星期天，亞斌來看姚天。他正面臨一個危機：勞拉在北京的父親被抓了。他曾在一家國有銀行負責外幣業務。在過去的十年裡，他接受了數千萬美元的賄賂——幫助房地產公司或別的大公司從銀行拿貸款，他再從中得到回扣。他還接受了別人作爲禮物贈送給他的十幾套公寓，都在中國的主要大城市裡。正式的指控還沒下發，他就被帶走了，家人都不知道他被關在哪兒。顯然，他的案件也涉及到一些其他的受賄高官，所以他現在徹底被祕密隔離。家人唯一知道的是，扣留他的是黨中央紀律檢查委員會。全家人都確信他正在受審，甚至可能遭受酷刑。勞拉的母親懇求來調查他的人，給他帶去家人的口信：無論發生什麼，家人都會留在他身邊。

姚天覺得這位妻子的態度相當不同尋常，因爲有許多貪官，一旦被抓去審問，就被他們的情婦、家人和朋友拋棄了。但姚天在稱讚勞拉母親的時候，亞斌反駁了他。他們坐在火車站附近的星巴克裡，亞斌說：「沒那麼簡單。會有很多我們無法預見的後果。」

「他們不會判他死刑吧？」姚天問。「勞拉父親犯的是經濟罪，不是暴力或叛國罪——他可能會坐幾年牢，頂多終身監禁。」

「但勞拉面臨著她要去哪裡的問題。」
「顯然她回不去了。」姚天說。
「她家人讓她留在美國，開始申請移民。」
「你是說投資移民？」
「對。」
「那她起碼得需要投進去五十萬美元，是嗎？」
「那不成問題。姚天，這個你別告訴別人。她家裡已經給她轉了一大筆錢了。不知道多少，但應該夠她用一輩子了。就算她兩個兄弟都來北美，也不用擔心錢的問題。這是我從勞拉那裡得到的印象。」
「那她應該不難決定。」
「是的，她應該盡快移民，但她不知道要不要把錢留在美國。中國政府和白宮正在達成一項協議，把非法財富返還中國。如果這個協議簽訂了，勞拉住在這裡可能不安全。」
「放心，白宮不會那麼配合中國政府。」
「當然會配合，因爲美國可以扣下百分之三十的非法資金，剩下的返還中國。有錢能讓鬼推磨嘛。美國很可能會和中國警方非常積極地合作。」
「那勞拉有別的計畫嗎？」姚天問。
「有的，她可能會帶著錢偷偷去別的國家。其實我懷疑她可能已經在別的國家有銀行帳戶了。」

「瑞士?」

「還有加拿大、維京群島或別的地方。」

「那她應該不用太擔心。」

亞斌嘆了口氣，喝了一大口摩卡。「她的確不會有事，但這給我帶來了一個難題。她想讓我跟她一起走。」

「哦，那你愛她嗎?」姚天覺得提這樣的問題很傻。亞斌的確和勞拉在一起很久了，這在亞斌而言是非常罕見的。在姚天的腦海裡還縈繞著另一個問題：勞拉的錢不是誠實賺來的，不該屬於她。所以他並不特別著急幫亞斌想辦法。他不願意看到他的朋友和這樣的女人糾纏太久。

「我喜歡她，」亞斌說。「她對我很大方，很愛我。我對她是認真的。」

「你能想像和她共度餘生嗎?」

「坦白說，我也不確定。」亞斌搖搖頭，大眼睛眨了眨。

「你知道她要你跟她去哪兒嗎?」

亞斌搖搖方方的下巴，咧嘴一笑。顯然這個信息他不願意分享。他說：「肯定不是巴黎，否則我也不會這麼糾結。要是巴黎，我立刻就跟她一起出發。」

「你已經在美國扎根了，不是嗎?你的房地產生意正在好轉，我相信你在這一帶會成爲一個成功的房地產經紀人。你能放棄你在這裡已經擁有的一切嗎？」

「這就是我一直在猶豫的事。」他無力地嘆口氣。「她給我很多許諾。」亞斌用手指梳理他濃密的頭髮，露出了一些白髮。

姚天沒繼續追問詳情。他的朋友變了很多，不再是一個無憂無慮的登徒子——也許是因爲勞拉讓他嘗到了金錢可以買到的奢侈生活，或者因爲他現在快四十歲了，感到累了，渴望安定下來。但姚天確信勞拉不像是一個能在感情上佔有亞斌的人，他很難想像兩人會相親相愛。姚天覺得亞斌不太可能和勞拉一起離開美國。

十月下旬的一個晚上，辛迪・王打來電話。問姚天能不能再次加入神韻的假日巡演。兩年前他們解雇了他，他心裡仍有一絲怨恨，但他認眞聽了她的提議。辛迪說，他們聽說了他在雙水域唱歌的事。人們稱讚他在那裡的表演，甚至說他唱得比以前更好。東海岸的一些中文報紙報導了他的新風格，說他的藝術向前發展了。

「我知道你可能還感到受傷，姚天，」辛迪平靜地說。「但我的同事們都尊重你，知道你受委屈，兩年前的指控很荒謬。我們這裡的新會計認識這個女人——她叫什麼來著？」

「芙蕾達・劉。」他說。

「對，我們會計說她特別難纏，誰招惹到她都會倒霉。」

他不願意在背後說芙蕾達的壞話，所以他只能說：「我得先和賭場的老闆談談。我在雙水域做的是全職工作。」

「理解。你不用現在做決定。我只是給你一個提議。」

這對他來說是個好消息。這個劇團現在更有名了，甚至時不時去國外演出。雖然沒有護照，他去北美以外的地方旅行不方便，但他可以持難民證去加拿大或墨西哥。毫無疑問，辛迪給他的這次機會他不應該錯過。

他和傑西談了他在雙水域的工作能不能改成兼職。傑西說，賭場實際上更喜歡姚天兼職——他們名單上不少樂手就是這樣的——但姚天需要想清楚，不能反悔。傑西還說，如果姚天做兼職，他們會按小時付薪水，但傑西會盡力給他討一個好價。還有作爲兼職，公司不會給他提供健保和其他福利。這讓姚天猶豫到底要不要減少工作時間。他雖然很健康、精力充沛，但他還是需要一些基本保險。

他也跟舒娜商量了，而舒娜看過中國媒體上關於姚天在賭場工作的流言蜚語之後，心有餘悸，她讓姚天完全辭掉賭場的工作。但姚天不願意這麼做，因爲這是全年的工作，而神韻只在冬天表演。他也與辛迪商談，問能不能不跟藝術團一起旅行，單獨去他們表演的城市加入他們，然後他的差旅費是否能報銷。回答讓他高興，她說可以，以前就有幾個成員這樣做過。只要他在演出前準時出現，就沒問題。所以他決定把他在雙水域的每週工作時間減少到十八小時。這樣的安排讓他可以參加神韻的表演。舒娜聽到這個消息後很高興。她一直說，「你必須把自己當成一個藝術家。如果你自己都不看重自己，怎麼指望別人尊重你呢？」跟姚天不同，她總能從更廣闊的視角，甚至更長遠的角度來看問題。但她卻並不眞正瞭解他現在眞實的生活處境。

他打電話給辛迪，告訴她他決定重新加入藝術團。辛迪很高興，保證說這是一份長期工作，意味著從現在起，每年十二月中旬到二月底，神韻的巡演都會請他。

「聽說你要來，整個劇團都會很激動的。」辛迪告訴他。

他想這大概是眞話。

亞斌最終下定了決心。他會在感恩節前和勞拉一起去加拿大，然後可能在那裡永久定居。他不願透露他確切的目的地，姚天懷疑可能是在魁北克的某個地方，因爲最近幾個月勞拉和亞斌去了蒙特婁好幾次。姚天知道勞拉的錢來路不正，但錢就是錢，沒有味道，可以幫助一個人過上舒適的生活，甚至在世上感到比別人更優越。他不知道如果同樣的機會給自己，他會不會做同樣的決定。大概不會。三年前他不是拒絕了四百萬美元嗎？

然後他想如果他們給了他四千萬而不是四百萬，他會怎麼做。他不得不承認，那樣可能會讓天平傾斜。他知道他的原則不是無限度的，所以他不能在道德上認爲自己比亞斌更優越。像別人一樣，亞斌也一直在努力解決同一個問題：如何獲得安全感。

然而，姚天想起了很久以前亞斌告訴他的話，自由的代價就是生活的不確定性。對此，姚天附和說，「確定性當然不是人生應有的生存狀態。」就在三、四年前，他倆似乎都有意志和力量在美國尋找出路，實現人生理想，取得他們預想中的成就：姚天成爲一名偉大的歌手，而亞斌成爲一名白手起家的成功人士，一名爲自己國家的人權問題而奮鬥的著名活動家。回憶起那些充滿希望的日子，姚天爲朋友現在改變了人生方向感到遺憾。

姚天一直懷疑金錢是一種腐蝕性的力量，會破壞一個人追求理想的決心。顯然，亞斌選擇了金錢而不是繼續努力。他甚至告訴姚天，他的房產中介資格證再也用不著了。姚天心裡明白，過一個無需付出努力的生活是沒有意義的，但他不能告訴他的朋友這一點。他只是提醒自己不要像亞斌一樣迷失在金錢中。

但亞斌和勞拉的離開還是讓他陷入了輕度抑鬱。從前每當他遇到麻煩時，亞斌是他唯一可以求助的眞正的朋友。現在他感到更加孤獨，更隔絕，好像還沒有準備好獨自面對未來。

第四部

三十三

姚天再次加入神韻巡演後，生活變得更穩定了。他不外出時，會每週兩、三次坐公車從昆西去雙水域。他一般星期三和星期六去唱歌。現在有了兩份收入，他可以過得很充裕，每月能寄一千美元回家。這年冬天，他的銀行存款大幅增加。他有能力給自己租一套獨立的公寓了，這也是他一直想要的，但這些天他卻猶豫起來。他喜歡和福妮一起住的感覺，她的存在給他一種陪伴感，不管這感覺可能多麼模糊或虛幻。他對自己的這種情感變化也頗爲困惑——他曾經一直喜歡獨立和獨處。

兩人現在各自進入了不同的新工作圈，但福妮和姚天仍相處和睦，沒什麼大分歧。他不會不事先告知就亂碰她的任何東西，也總是按時繳付自己的那部分租金及水電費。他們有時接連三四天彼此碰不到面。只有在節假日，比如新年或中秋節，他們才有機會一起吃一頓便飯，要麼兩人一起下廚，要麼從餐館買些飯菜。福妮不挑剔，幾乎什麼都喜歡吃——姚天常開玩笑，說她是「典型的廣東人」。聖誕節和春節她去弗蘭克和薩米家過。弗蘭克、薩米和福妮都信佛，佛祖和觀音生日他們也慶祝。但兩個月前她和薩米大吵了一架，不去她家了。姚天不知道他們之間發生了什麼。

一天晚上，他問福妮爲什麼和她表姐鬧翻。福妮情緒激烈地說，「薩米太貪心，信佛都是假的。她一直在炒股，虧了幾萬塊。弗蘭克想阻止她，但她每天買進賣出的簡直跟有癮一樣戒不掉。虧的越多越不甘心。她甚至想讓弗蘭克賣掉他們在水鎮的房子，好拿更多的錢去網上交易。這些天她一直嚷嚷著要買比特幣。」

「好可怕呀。沒辦法阻止她嗎？」他問。

「都沒用。我建議她去看看心理醫生，她反而大發脾氣，窩囊了我一頓。說我跟弗蘭克調情、丟媚眼。還說弗蘭克喜歡肉多的女人。我說她胡扯。如果我能勾引到弗蘭克這樣的男人，我早就結婚了。」福妮笑起來。「她眞應該珍惜她現在所有的一切——一個家、一個老公，和三個那麼好的孩子。」

最近幾週，薩米打來電話時，福妮甚至都不接。有次姚天接了電話，福妮做手勢讓他說自己不在。她說她和薩米越少來往，對大家都越好。「我希望她別把自己的家和婚姻都倒騰沒了。」福妮嘆氣說。

那倒不太可能。姚天知道弗蘭克還是挺有主見的，不會在財務問題上任薩米亂來。也許弗蘭克早把她的銀行帳戶和股票交易金拿走了。

五月的一個晚上，姚天近十一點才到家。客廳亮著燈，福妮已經睡了，她的房間完全黑著，門下沒有一絲光亮。他去給自己泡一杯清喉利咽的甘草茶，正往杯子裡倒開水時，他聽到了她的呻吟。起初他以爲她是花粉過敏。後來她又呻吟了一聲，聲音低沉，像是憋得喘不過氣來。
他敲了敲她的房門，「福妮，你沒事吧？」
「有事，」她喘息著說，「進來，我需要你幫我。」
他走進房間，打開燈。她趴在床上，臉埋在枕頭裡。他看到她的身體似在痛苦地扭動，他站住了。然後他又一步跨過去拍拍她的脖子。她抬起頭，一臉汗，面色蒼白。
「怎麼了？」他問。「哪兒不舒服？」
「肚子，」她虛弱地說。「我尿血了。去洗手間看看就知道了。我肚子裡像著火一樣，快要疼死了。」
他衝進浴室，看見馬桶裡的血水。天哪，她在流血！他跑回她的房間，說：「我們必須立即去醫院——你得去看病。」
他回到廚房，把甘草茶拿給福妮。甘草也有消炎的功能，可能會減輕一點她的疼痛。
「我們現在就走。」他堅定地說。
「你確定醫院這個時候還開門嗎？」她說完，抿了口茶。
「肯定。每家醫院都有急診中心。你能走路嗎？」他一邊幫她起床一邊問。
「能。」她把腳伸進一雙健步鞋，小心翼翼地走到門口。在樓梯上，他支撐著她，兩隻手抓著她的左臂和手肘。因爲腹痛，她微微彎著腰。
他把車停在醫院旁邊，攙扶她走向那座巨大的磚房。他們走過自動門來到前臺，一名接待員跟他們打了招呼。

福妮不能完全聽懂接待員問的問題，所以姚天爲她翻譯。她出示了她的健康保險卡，然後手上被套了一個塑料手環，上面寫著她的名字和出生日期。候診室裡還有四個人，看到別人，福妮和姚天平靜了一些。

不久，一位金紅色頭髮的護士出現，把福妮帶進一個檢查室。姚天和她一起進去，當她的翻譯。量完身高體重血壓後，護士給了她一個小塑膠杯，讓她去取尿樣。護士對她說：「甜心，我們這裡有一個特別的房間給你。」她指指檢查室裡的洗手間。

福妮腋下夾著一疊病號服走了進去。過一會兒，她換上背後繫帶的淺藍色布袍走了出來，手裡端著半杯粉紅色的尿。看見自己尿的顏色變淺了，她似乎高興了一點兒，對姚天說：「我現在感覺好多了。應該沒事。」

十分鐘後測試結果就出來了。福妮得的是常見的泌尿道感染。醫院工作的速度讓姚天驚訝。金醫生，一個三、四十歲的男人，看起來精力充沛，皮膚曬得黝黑，他安慰兩個人說不用太擔心，福妮的病情很快可以控制住。姚天爲福妮翻譯了。醫生用手指按壓她的腹部，問她以前有沒有類似病史。她搖搖頭說沒有。

醫生說：「我給你開一種非常好的抗生素藥物，叫賜福力欣膠囊（Keflex）。「你一天吃三次。通常四天內症狀就會消失，但我希望你服用一週。以防感染擴散到你的其他器官，比如腎臟。第一次吃兩片藥，雙倍劑量。之後一次一片。」

福妮能聽懂一些基本英語，她感激地點點頭，姚天也鬆了一口氣。

「你是中國人還是韓國人？」金醫生問福妮。

「中國人。」她說。

「有些韓國人也姓『余』。」

醫生轉向姚天，但實際上是和他們兩個人說話。「下週你們不能同房，」他認眞地說。「泌尿道感染有時是由性行爲引起的，所以抗生素藥吃完以前你們要控制。」

姚天很尷尬，福妮也臉紅了，把臉轉向牆壁。顯然她聽懂了金醫生的指示。

紅髮護士給了福妮拿來了一杯水和兩顆賜福力欣膠囊，膠囊一半深綠，一半淺綠。福妮仰頭呑下了藥。護士告訴姚天，「明早到你們的藥房取藥，讓她一天吃三次，一次一粒。」

他們謝了護士，走去停車場。他們能聽到九十五號州際公路上往來的微弱車聲。月亮就像一隻大香蕉。遠處，一架直升機在星空中轟隆隆地穿行，空氣都跟著震動。

第二天早上，福妮打電話請病假，但她的腹痛幾乎已經消失了。她的尿液看起來也已清澈正常。姚天去了邵氏超市旁的藥店，給她買了賜福力欣膠囊。她告訴他，她現在感覺挺好，已經在好轉，所以不用再擔心。

在去賭場的路上，姚天又回憶起他們的醫院之行。金醫生顯然以爲他是福妮的男人，她的病跟他有關。這件事讓姚天心裡不踏實，想和福妮談談。

第二天晚上，他們兩人在廚房喝茶。姚天問她：「你有男朋友了嗎？」

她搖頭。「沒有。你爲什麼問這個？」

「金醫生以爲是我讓你生病了，你的泌尿道感染可能是性行爲引起的。我當然希望他是錯的。」

她低下頭，「我聽到他勸我們禁慾一段時間。一定讓你難堪了。眞對不起。」

「不用——我只是不想被誤認爲是你的男友。」

她做了個怪相，問道：「我有那麼糟嗎，讓你這麼難堪？」

「當然不是。只是我有家庭，不想被別人誤解。」他頓了一下。「你最近是不是和什麼人上床了？」

「你在審問我嗎？」她喊起來。「走開！」

「不說就算了，我無所謂。只是別告訴別人你尿血了。攔不住別人胡亂聯想。」

她嘆口氣，然後眼淚汪汪地說，「我是和一個男人有關係，有一陣子了。你要知道更多嗎？」

「不用了，但我祝你好運，」姚天眞誠地說。「希望你男朋友愛你。」

「他不是我男友。丹尼斯只是我遇到的一個喜歡的人。他以前也爲弗蘭克工作，現在在中國城做事。他結婚了，還剛生了一個小孩。」

「福妮，這太危險了。你不能當人家的情婦。他是你的什麼上級嗎？還是你爲他工作？」

「不是，他在中國城當警察。我常遇到他。我知道我不該和他這樣有老婆的男人在一起。但我控制不住自己。只要他來倉庫找我，我就跟他走。他讓我覺得自己挺賤。每次我都恨自己，但就是沒辦法分手。我知道他也就是和我玩玩。」

「這種關係不會有好下場。你最好趕快脫身。」

「我希望我能，但我有點絕望。」

「絕望什麼？」姚天被她的懺悔弄糊塗了。她原來一直給他一種無憂無慮、心平氣和的感覺。她在家的時候幾乎沒什麼動靜，他有時候甚至意識不到公寓裡有兩個人。

「我需要一個男人，」她說。「我怕我老了，變成沒人要的老姑娘。我只想抓住眼前的東西。」

「你還年輕，不要急著發展這樣的關係。」

「姚天，你眞好。你理解像我這樣女人的感受。你能保證別告訴別人嗎？」

「當然，一個字都不會說。」

「連舒娜都不說。」

「就到我爲止。」

「謝謝你的幫助和好意。那天晚上我覺得自己快死了。」

「我們是朋友，理應互相幫助。」

她的坦白讓他後來開始變得疑神疑鬼的。每天晚上下班或長途旅行回來，他都會檢查一下自己的房間或公寓裡的其他一些地方，看看有沒有丹尼斯留下的痕跡。但他沒發現什麼。

可能他們在波士頓市區有一個房間。福妮似乎和以前一樣平靜、勤快。而且，姚天發現她現在對他更友善了。他不在家時，她會幫他檢查郵件，記下給他打電話的人的留言。她借閱他的《波士頓環球報》，看完新聞後，會把報紙在廚房的儲物架上放好。她一直在努力學英語，現在可以看報紙了。要是他離家超過一週，福妮會幫他不時打掃一下房間。

有一次，她說，等他的家人來了，她很樂意給他們家當保姆，給他們做飯做家務，如果他們用保姆的話。姚天驚訝地笑了，說自己不太可能發財或再次出名了。他們兩個應該是互相平等的朋友，問她怎麼會這麼想。她說：「和你在一起，我覺得安寧。你讓我平靜。」

「你怎麼知道我會是個好老闆？」

「我知道你是個正派人。」

她的話在某種程度上打動了他。中國有句俗語：「男人不壞女人不愛」。意思是男人的善良和誠實往往被視爲軟弱和愚蠢。而福妮欣賞他是個好人。他很高興，儘管他很少表露出感謝。現在兩人之間產生了友誼，但姚天還是打算彼此保持一定的距離。

三十四

神韻夏天沒有巡演，但姚天開始收到別的城市的邀請。他很激動，覺得自己又像個專業歌手了。最近幾個月，他常遇見譚麥，她現在的公演也更多了。他倆甚至偶爾一起出現在同一場演出。譚麥的琵琶演奏到處受歡迎——大家認爲她拓寬了琵琶的領域，讓琵琶的表現力更豐富了，甚至可以演奏當代音樂。她的節目通常是重頭戲，她是個眞正的藝術家。有時她會返場兩次，經常得到觀眾們起立鼓掌。

然而譚麥的成功也讓她開始變成一個靶子。中國政府資助的一家總部在溫哥華的報紙說，譚麥「目中無人、不通情理」。因爲一年前，中國最高領導人胡錦濤訪問歐巴馬總統，她竟拒絕去白宮演奏。接著許多人開始在網路或紙媒上附和這種批評和譴責。有人說，她眞是自以爲是：就算成功了，也不能忘記她不過是個藝人，跟以前在茶館裡拉胡琴、敲竹板的說書人沒什麼不同。沒有祖國多年的養育和支持，她什麼都不是。然而，也有別人爲她藝術家的正直和她反對共產政權的立場而鼓掌。譚麥似乎陷入了交叉火力中，但她一直保持沉默。中國官媒似乎想通過整治她，警告別的海外藝術家，不管在哪裡，都應無條件爲祖國服務。後來《環球郵報》的一名編輯，更公開、直白地把這種要求表達爲：「在祖國面前，你應該永遠是個孝子。」

姚天在報紙和網上都看到了譚麥惹上的麻煩。拒絕白宮表演是這麼回事，有位中方官員找到譚麥，說胡主席來訪，請她去國宴上表演，同臺演出的還有一支美國爵士樂隊。譚麥深感榮幸，不假思索接受了邀請。但她看到曲目時，驚訝地發現讓她演奏的是〈我的祖國〉。這首歌是一個電影插曲，關於二十世紀五〇年代韓戰中一場上甘嶺戰役的，歌詞裡有明顯的反美意味：「朋友來了有好酒。若是那豺狼來了，迎接它的有獵槍。」譚麥問她能不能演奏另一首曲子，但這位中國官員粗魯地回答說，她沒有資格選擇。於是她取消了演出。後來他們請鋼琴家郎朗演奏這首歌，郎朗高興地答應了。宴會上的美國人完全不知道這首歌的內容，他們為郎朗的精湛表演熱烈鼓掌。胡主席對演出成功非常滿意，甚至擁抱了郎朗。後來臺北的一家報紙報導了這次中國對美國的戲弄，標題是：「共產黨暫時佔領白宮」。

現在，譚麥拒絕在國宴上表演的消息傳了出去，她在網上遭到了一群「五毛」的攻擊——這是中國政府雇傭的網軍的綽號，因為他們每發一個帖子的報酬是五毛錢。這群人成千上萬，如蝗蟲一樣玷污著互聯網。一些是剛畢業沒找到全職工作的大學生，一些是不認同西方價值觀的人，或是國家主義狂熱分子。姚天想支持譚麥，於是他給一直在刊登譚麥事件的《中國新聞報》寫稿。他以同事的身分說：「藝術家跟所有人一樣，應該為祖國服務，但這個服務不是無條件的。沒有哪個人可以不分善惡地盲目為國家服務。如果你的國家是一股邪惡勢力，與人類世界的和平為敵呢？如果你的國家一直對你和你的家人殘酷無情，讓你生活痛苦不堪呢？如果你的國家野蠻地壓迫剝削它的人民呢？如果你的國家故意要把你們變成螞蟻或機器呢？總之，如果我爲我的國家服務，我必須有自己的原則，因爲我是公民，而不是哪個國家順從的奴僕。沒人可以違背良心做事。」

他的信立刻引發了一堆炮火般的口誅筆伐。有人說他是中國的叛徒，沒資格在這兒辯論。有人說藝術家就是娛樂大眾的，誰付錢誰就有權決定曲目。有人甚至說姚天已經是美國人了，不許他干涉中國事務。他被激怒了，在網上公開與他們吵起來。他爭辯說：「如果你的國家雇你去害人，你也去嗎？人必須有自己的原則，有些底線絕不能跨越！」

爲了反駁他是美國公民的謊言，他在網上貼出了自己的中國護照，封面右上角被剪掉，說明已經被中國註銷了。他寫道，「我在這裡沒有護照已經快三年了，所以我不能去北美以外的地方旅行，我的歌唱事業也被他們毀掉了。如果換成你，你是什麼感受？你不也只能努力成爲美國公民嗎？我們的國家應該讓我們感到自由，像家一樣安全。可以說，等我拿美國綠卡超過五年，我一秒都不會多等就入美國籍。你們可以說我是中國的叛徒，但中國先背叛了我。」

想不到這麼一來，譴責停止了，很多人支持他成爲美國公民。有人甚至戲謔地引用了馬克思的話：「工人階級沒有祖國。」有三個人附和說，他們去中國領事館延期護照時，護照也被沒收了。保安把他們趕出大樓。有人甚至罵道，「去他媽的中國！既然這個國家不要我，我也拒絕它。」另一個人說，「中國只是我過去穿的一雙鞋，現在早就不合腳了。」第三個更誇張，「中國是吃人不眨眼的野獸！」第四個寫道，「他們說祖國是母親。錯！人民才是國家的父母！」第五個說，「國家應該像物業管理公司，我們定期繳納費用。如果它不能滿足我們的需求，我們可以換掉它。自由意味著你可以把國家當成一種服務，隨時解除。」這些更尖銳的評論反而讓姚天擔憂起來，他沒有繼續跟進。當然，這些激進的評論無一例外都遭到了五毛黨們的詛咒和謾罵。

譚麥注意到姚天爲她辯護遭到了批評，他們在芝加哥再次見面時，她向他表示了感謝。他們一起在酒店的吧檯喝咖啡。她變老了一點，但還很健談，表情和四年前初見時一樣活潑。她聊到自己家庭最近幾個月遭遇的問題，主要是和她十幾歲的大兒子。這孩子不肯去週日中文學校，說討厭寫漢字。不知從哪兒聽來的，孩子深信是漢字讓中國人缺乏原創，變成習慣性的模仿者。人們抄寫了幾千年漢字，進化成了複製機器，而這種模仿的基因代代相傳。譚麥和她的丈夫認爲這種觀點沒有道理，可還是說服不了孩子回中文學校去念書。

姚天也不同意這個觀點，但他很同情這個男孩。他對譚麥說，「反正不經常用漢字，到最後也會忘。或許他可以去中國或臺灣住幾年——這樣能幫助他學習和鞏固中文。」

「他根本不想離開家，完全被寵壞了。我覺得一點辦法都沒有了，不知道怎麼對付他。他小時候我們眞不該那麼慣著他。」

「現在他已經大了，有自己的感受和見地了，」姚天說。「就讓他自己做主吧。」

「但我們還得付他的大學學費和生活費。」

「誰讓我們爲人父母呢，對吧？」

譚麥的困境讓姚天也想起了自己的家庭——舒娜和婷婷也鬧矛盾了。女兒似乎在大部分課業上都懶懶散散的。她不肯做功課，最近一次數學考試不及格。幸虧她喜歡英語和讀書，他們不用像譚麥那樣逼孩子學外語。婷婷不去舞蹈學校了，舒娜倒也鬆了一口氣，明白自己的女兒無論如何也成不了一個卓越的舞蹈家。

姚天擔心妻子和女兒正處於一場情感拉鋸戰中。每次家教老師告訴舒娜，孩子抗拒不肯學習時，母女就會吵一架。婷婷說媽媽是控制狂，她繼續不做作業，也不能眞正進步。數學家教告訴舒娜，「婷婷不學習，我也沒辦法。我不能爲了工資就敷衍工作，再說，學生教不好，對我的名聲也有影響。」

但婷婷有自己的想法。姚天跟她通電話，想爲她媽媽辯解的時候，婷婷不肯讓步。她說：「你們知道我要去美國上大學，我只要SAT和托福考好就行了。我得集中精力學英語，特別是聽力和閱讀。這些對我們中國學生最難。我的數學考SAT已經足夠了。只要我英語看得快，數學我能應付。」

他說不出什麼來，因爲他對美國入學考試不熟悉。在中國，大學錄取全看一年一度的高考。幾門科目的總分加起來決定學生上什麼樣的大學。每年有不一樣的分數線，根據這個選拔和淘汰學生。如果分數線是六百，考五百九十九也不行，所以一切只爲了考高分。而SAT考試是姚天和舒娜都沒經歷過的。但舒娜還是不放心女兒按自己的意願學習——她和中國多數父母一樣，都認爲大學考試是一輩子生死攸關的事。

舒娜告訴姚天，學校有個男孩喜歡婷婷，兩人常待在一起。舒娜對這個男孩評價不高，說婷婷是浪費時間，應該更專心學習，所以她想要干預。如果舒娜不讓他們打電話，他們就改成發短信。一天晚上，舒娜去洗手間時，看見女兒房間的燈還亮著，就悄悄走進她的房間，看到女兒在桌子旁睡著了。已經快凌晨兩點，電腦螢幕上是一篇正在寫的文檔。舒娜瞟了一眼，是個虛構故事，像是模仿香港作家梁羽生一些武俠小說的風格。她不明白——婷婷以前從未對這樣的寫作感興趣。這時，婷婷被驚醒了，問媽媽在這裡做什麼。舒娜反問女兒爲什麼要寫這個蠢故事。婷婷說是爲了讓賈維開心——物理老師前天批評了他，他回嘴了，後來很不開心。舒娜沒忍住，衝女兒吼起來，說她不珍惜時間，還有一週就要期中考試了，應該專心準備功課。母女倆爭執了兩個多小時。最後樓下的鄰居不得不上來請她們安靜。

姚天被夾在中間——他不瞭解賈維，也不能僅僅因爲婷婷有男朋友就批評她。他對這件事的態度挺開放。如果賈維這個年輕人不錯，對婷婷也好，那婷婷跟他約會也沒什麼不能允許的，再說這樣的關係，未來都還難說。但姚天辯不過舒娜，她說非干預不可，婷婷現在交男朋友太早，談戀愛一定會讓她學習分心。

「他倆沒人對這場感情認眞。」舒娜在電話裡說。

「你說得對，」他附和道。「所以我們反而不必刺激他們。」

但他內心並不確定。他說舒娜明年暑假可以帶女兒來美國參觀一下大學。如果婷婷心中有了具體的目標，也許會更有動力。爲了婷婷去美國上大學，舒娜同意去給兩個人申請護照。姚天也和女兒聊了聊。女兒很喜歡這個主意，盼望著上大學以前去美國旅遊一番。那他現在要爲母女二人的造訪做準備了，這一趟花銷不會便宜，但以他目前穩定的收入，應該能負擔得起。

然後，舒娜又提出讓姚天辭掉賭場的工作，說雙水域是個「墮落的地方」，他一定要趕緊離開。但他不願放棄這個工作。他在電子郵件裡跟她解釋說，「賭場的樂隊很像樣，我自己是不可能找到樂隊的。只要我還能感受到現場演唱的快樂，半吊子的場合我無所謂。」姚天在雙水域的同事都很友好，給他安排的靈活的工作時間也讓他可以去外地演出。儘管他現在在每小時收入只有十二塊七毛五，他也不再有醫療保險的福利，但這畢竟是一份固定收入，這很重要。也許別人說起他在賭場唱歌，舒娜覺得沒有面子，但他們不知道美國的情況，體會不到一份穩定的工作多麼來之不易。

最近幾個月，舒娜也在跟他抱怨學習英語太難。她說原以爲英文只是另一門外語，就像她精通的日語。「我學日語從來不背單詞，但學英語簡直像薛西弗斯推石頭。很多單字看了就忘，根本記不住。還有發音也太難了，我喉嚨痛死了。也許我太老了，學不動了。」聽到這些，姚天嘿嘿笑，鼓勵她堅持下去，說她的努力會有回報的。

三十五

福妮看見姚天往茉莉花茶上倒開水直接衝泡，說：「你應該把茶洗一下再喝。」

「什麼意思？」姚天不解地問。

「你看著。」她拿出一個鋼制的小過濾器，把茶水倒進去，過濾掉水，留下葉子，然後又沖洗了一下，把葉子重新放回他的杯子裡。「中國產的茶葉很可能殺蟲劑超標，沖泡前最好用開水洗一下。」

「難怪我這幾天喉嚨癢癢。一定是喝了不乾淨的茶葉。」他半開玩笑地說。

「我剛跟我老闆學的。他更喜歡臺灣茶，但也更貴。」

她把壺裡剩下的開水倒進他的杯子裡。「現在你可以喝了。」

他記住了，從現在起，他只會買臺灣茶。

有時候，尤其是週末，他會和福妮一起坐下來喝壺茶，聊會兒天。他們談起彼此的過去和他們在美國的經歷。因爲姚天以前的工作，他有時會變得傷感，後悔離開中國，想像自己如果留在中國是不是會更成功。但多數時候，他更相信自己移民是正確的選擇，不用再擔心冒犯官方的諸多禁忌，將一些瑣事拋諸腦後。他明白自己現在已離開中國，不會回去了。他以前的位置也補上了別人——沒有他的空間了。患得患失是愚蠢的，姚天應該感激有機會重新開始。在這裡他可以掌控自己的生活。而且這兒沒人會因爲一個人工資低，沒有房子或豪車就鄙視他。更重要的是，他可以唱任何自己想唱的歌。不過，他沒有和福妮談論他對藝術自由的想法——她對他的職業生活和追求並不熟悉。福妮則從不後悔移民美國——她高考失敗了，就算考上，家人也負擔不起學費。在她的老家，廣東連平，大多數年輕人都去沿海大城市找工作。如果在中國，她最好的結局也就是在工廠當工人。「我在這裡工作不錯，日子過得也舒服，」她說。「不像你，姚天。我就是個普通人，很容易滿足。如果我能再有一個家庭，兩三個孩子，我就很幸福了。」

她說得那麼誠懇，姚天只能無言點頭。她已經三十歲了，還是單身，而且可能還和唐人街的那位警察丹尼斯在一起。如果不是馬上結婚，她可能沒那麼容易得到她夢想的生活，生幾個孩子。最近她看上去不太好，下眼瞼浮腫，臉色灰白。在他們廚房微弱的燈光映照下，她的臉越發顯得沒有血色。

然後有一天，他正在做早餐，聽到她在浴室裡乾嘔。一陣馬桶沖水的聲音過後，他聽見洗手檯那裡傳出流水的聲音。她走出來時，他跟她開玩笑，「你不會是懷孕了吧！」

她看上去很震驚。「是的，」她說，「我是懷孕了。」

他接不上話，有幾秒鐘他們只是互相盯著對方。他試圖笑笑，但感覺臉上肌肉僵硬。他好歹開腔了，「怎麼回事？你打算怎麼辦？」

「我要留下孩子。」

「你怎麼養孩子？和丹尼斯？」

「也許不會。」她坐下來，從他的盤子裡拿起一片烤麵包，舀了一勺草莓醬放在上面，咬了一口。「從現在起我要多吃點。」她竟還笑得出，腮幫子塞滿食物變了形，眼睛裡似有淚水。

他們常分享食物；不過他吃福妮做的飯，比福妮吃他的要多。他繼續問，「什麼意思？他不會跟你一起養孩子？」

「他想讓我打胎，但我不想。我已經三十了，再要孩子對我來說不容易。」

「但你想過沒有獨自養孩子的困難？」

「我可以當單身媽媽。」她說，然後卻崩潰得哭起來。她趴在桌子上，臉埋進胳膊裡。

他拍拍她的肩膀。「這很難，我知道，還是理性一點吧。」別的也說不出什麼了。

他匆匆吃完早餐，到總統廣場去趕雙水域的公共汽車。他付了十美元來回車費，在前排找了個位子坐下。在路上，他反覆思考福妮懷孕的事。他越想越替她擔心。他偶遇過兩次丹尼斯，覺得這個人不太可靠。福妮將成爲單身母親，而孩子從小就沒有父親。現在她可以在倉庫工作，懷孕後那個工作還能繼續多久？她能掙足夠的錢養活孩子嗎？也許她應該考慮找個人結婚，這樣孩子可以有一個完整的家庭。她有綠卡，有些新移民可能會願意跟她結婚。

他不敢告訴福妮這些想法，怕顯得自己太多管閒事。她每天早上仍像往常一樣去上班。

幾個星期後，他注意到她已經不再晨吐，看起來狀況好一點了。他不知道她是不是還一定要留下孩子，或者她和丹尼斯已經想出了一個計畫。他想遠離她的麻煩，就跟舒娜提到了這件事。舒娜認爲，如果不能結婚，福妮應該墮胎。「想想沒有父親的孩子，一生會多困難。」她的回答是他們這代中國女性的典型反應，很少有人將胎兒視爲生命。關於生命是否始於受孕的爭論對她們來說是陌生的。因此，姚天沒有告訴福妮舒娜的看法，他自己對墮胎也沒有主意，他明白這個話題在美國的語境中是多麼重大。

一天傍晚，福妮給他打電話，雖然他倆住在一套公寓裡，房間只隔著兩堵牆。她喘息著說：「姚天，你能不能進來幫我一下？我在流血。」

他衝進她的房間，看見她躺在雙人沙發上，臉色蒼白，嘴唇發青。一看到他，她指著自己的床，床上有一塊血漬。他問道：「怎麼回事？」

「我一定是流產了，」她呻吟著，捂著腹部，咬著下唇。「我今天在倉庫裡搬了好多箱蔬菜。」

「我們馬上去醫院！你能動嗎？」

他扶起她，把一件法蘭絨夾克披在她肩上。她需要用個護墊，於是轉身進了洗手間。姚天從客廳的書架上抽出一本《二〇一二年美國最佳詩歌》，等著她。

他們從大樓的後門出去，他去開車的時候，他讓她靠牆站著。她的米色連帽大衣敞開著，牛仔褲前面又滲出了血——剛換上的護墊也沒用——但除了趕快送她去急診室，他不知道怎麼幫她。那天是星期五，交通擁堵。柏油路上散落著樹葉，時不時對面一陣風吹來，把樹葉揚起又落下。他們路過一個小操場，邊上種著一溜白樺樹，樹葉閃著微光。大部分枝幹都光禿禿的，在漸暗的暮色中一動不動。

他們走進醫院的大門，姚天去推來一個輪椅。他把福妮推到前臺，和接待員說話。

「她的產科醫生或產科護士是誰？」一個胖女人和藹地問。

他轉向福妮，翻譯了這個問題。她搖搖頭。他告訴接待員：「她沒有產科醫生或護士。」

「她沒有進行過產科檢查？」

「她說她沒有。」他說。

接待員精心描畫的眉毛揚起來。「你是誰？不是父親？」

「哦，不是，我是她室友。」

「你能陪她太好了。她這時候需要有人在身邊。」

一位名叫凱倫的圓臉年輕護士領他們進了急診中心的內部。在曲折的走廊裡拐了兩個彎後，姚天推著福妮進入了一個檢查室。護士扶她躺在一張移動手術床上，在福妮的食指上夾了一個小夾子測量她的血氧。又在福妮舌頭下放了一個體溫計。輸入檢查結果後，她往福妮的胳膊上纏了一副量血壓的臂套，按下按鈕看她的血壓和脈搏。

做完生命體徵檢查，一切正常，護士對福妮說：「親愛的，醫生馬上就來。你會沒事的。」她轉向姚天說：「就讓她這樣躺著。」

現在他得趕緊爲福妮塡表，問她一個又一個問題。她現在更虛弱了，流血還在繼續，但她看起來很平靜，也清楚地回答了問題。她簽完名後，他在她名字下也簽上了自己的名字，作爲她的委託人。

希金斯醫生進來了，她一個頭髮亞麻色的女人，臉白白胖胖，戴一副黑框眼鏡。姚天站起來，不知道要不要出去，但福妮請他別走，需要他當翻譯。醫生檢查完福妮，對她說：「我現在去聯繫一個產科醫生。你今天可能要做手術了。你還在流血。」

姚天翻譯完後，福妮點點頭。他問希金斯醫生，「您是說她保不住孩子了？」「大概。眞抱歉。」她對他說話的語氣彷彿他是孩子的父親，但他沒有糾正。聽到這裡，福妮用英語呻吟道，「我要保住孩子！」

醫生摸著福妮的肩膀說，「我們還不能決定。產科醫生會給你檢查一下，然後我們會決定怎麼做。」

姚天爲福妮翻譯了醫生的話，福妮點了點頭，平靜了一些。

幾分鐘後，一個年輕的華人女性出現了。她看起來像一名大學生：留著齊肩髮，穿一件咖啡色呢子斗篷外套。她說自己是醫療翻譯，有人叫她來爲一名病人服務。於是姚天退後一步，她走到姚天的位置，把醫生的話翻譯給福妮。姚天沒想到醫院這麼迅速周到地安排了翻譯，他正擔心要是福妮進了手術室，他們怎麼辦。現在他鬆了一口氣，不用陪福妮做手術了。剛才醫生說要給福妮一個D&C，他不懂，也不好意思問，後來才知道是「刮宮手術」。

他摸摸福妮的頭說，「勇敢點。我在外面等你。要是你需要我，就讓他們來叫我。」

福妮點點頭。「謝謝你，姚天。」

走出檢查室，他看到了凱倫，告訴她他會待在等候室。「福妮出來的時候請通知我，」他說。「我好把她送回家。」

「當然。她需要你的幫助，」凱倫說。「你一定是她的好朋友。」

「我們是室友。」

他選了一個位置坐下，正對著門，看到病人坐著輪椅被推進推出。他爲福妮難過，但長遠來看，他又揣測流產可能對她更好。看來丹尼斯拋棄了她。多麼不負責任的行爲！眞是個混蛋！姚天連聲嘆氣。

福妮曾說過，她在美國最大的遺憾是沒遇到一個願意娶她的好男人。然後她又糾正自己說：「其實在中國，我也很難。我不認識什麼人，父母也沒有權勢。我長得不好看，也沒什麼才能。我就會幹活兒。」姚天告訴她，她所擁有的比什麼都珍貴。他說他認識一個新移民，有兩個幼子，和一個體弱多病、常臥床不起的太太。這位丈夫開玩笑說，要是他能再次選擇，他會娶一個一頓飯能吃二十個煮雞蛋的女人——一個能幫他分擔家庭重任，和他一起能在這裡發財致富的強壯妻子。福妮笑說如果這個男人沒結婚、還過得去，她可以試試。姚天說她不需要吃那麼多雞蛋，只需要告訴那個男人，她在倉庫工作，每天搬很重的箱子和麻袋，再給他瞧瞧她有力的手掌和胳膊。

門開了，福妮躺在手術床上被推了出來，旁邊有凱倫和那位女翻譯。姚天起身，走到她們身邊。護士告訴他，嬰兒保不住了，她們正前往手術室，產科醫生在那裡準備流產手術。大約需要一個小時，但程序並不複雜。福妮年輕健康，不會有事的。

他把手放在福妮的胳膊上，說：「別怕。這裡的醫護、翻譯都很專業，你會沒事的。」

她臉上淚痕斑斑，一言不發地緊握著他的手，眼睛盯著他，好像要把他一起拖進去。他陪她一路走到手術室。她們進去後，門就關上了。他轉身回到等候區。接待員說福妮好了就會給他打電話。她也給他看了費用，扣除保險，個人還需繳付一百一十美元急診費。他用自己的信用卡支付了這筆錢。然後他坐在角落裡的座位上，摸了摸外套的口袋，這才發現詩集忘在車裡了。他閉上眼睛，希望能打個盹兒。

三十六

他們晚上十點才回家。福妮因麻醉而昏昏沉沉，但在吃了姚天為她煮的牛肉麵後，恢復了一些。姚天催她去睡覺，她照做了。他也累壞了，一上床就睡著了。但他睡得不很踏實——總覺得福妮可能隨時需要他的幫助。

天快亮時，他做了一個夢，夢見什麼東西在撓他的門。他開門的時候，一隻披著厚厚米色毛髮的獅子狗一溜小跑進來，圍著他嬉戲，深情地舔著他的腳踝。姚天醒來後回憶這個夢，不知道是不是隱含了什麼神祕的意義。傳統上，夢見脾氣相投的狗象徵著友誼或朋友的到來。姚天在美國雖有一些熟人，但眞正的朋友並不多。

第二天一早，福妮雖然很虛弱，臉色蒼白，但照常起床了。姚天給兩人做了早餐，米粥和火腿炒蛋。他說，要是她需要他在家裡陪她，他可以請一天假。福妮說自己能行，如果需要他幫助，一定會告訴他。吃完早飯，姚天遵照產科護士的指示，去藥房拿了一些泰諾。醫生說家裡要備一些這種藥，如果福妮有腹痛就服用，沒有就不吃。

從藥店回來，姚天無意中聽到福妮在打電話請假。她答應主管週一回去工作。姚天給了她泰諾，告訴她只有疼痛很嚴重時才服用。然後他出發去總統廣場趕去雙水域的汽車。

那天是星期六。姚天在車的右邊找了個位子，因爲左邊會曬到太陽。他在手機上看了些新聞，發了幾條短信。然後他在腦子裡溫習了兩首剛學會的歌，打算今天唱。兩首歌是〈時間去哪兒了〉，還有〈我怎麼哭了〉。他也複習了一遍〈懷念戰友〉，那是一首好歌，一位大師級的作曲家上世紀六〇年代初寫的，他女兒後來也成了一名作曲家，有自己的成就和貢獻，曾是姚天的朋友。這位作曲家四〇年代早期去日本學音樂，後來回中國，爲一家電影製片廠寫歌。他也爲音樂劇作曲。他所有的作品最後都成了經典。賭場裡有一些中國來的遊客，曾要求姚天唱一些經典紅歌，他斷然拒絕了，但他現在覺得可以妥協一下，滿足那些客人，唱一些五、六〇年代寫的還不錯的歌。但超越政治的作品沒幾首，〈懷念戰友〉是其中之一。

他在公車上時不時地打一會兒盹，昨晚的忙碌還讓他覺得疲倦。

他想到了福妮。現在她生孩子的希望破滅了，她怎麼才能實現當媽媽的夢想呢？她會和丹尼斯恢復戀情嗎？那個男人似乎不太可能再出現在她的生活中。姚天越想越覺得福妮的遭遇又不幸又棘手，也不知道自己和她保持怎樣的關係才合適。他可以做她的朋友，對她和善體貼，需要的時候就幫襯一下。但除此之外，他無能爲力。

大約一個月後，他在中國城的公園廣場遇到丹尼斯，當時他正穿著警服在巡邏。姚天走上前，打了招呼。丹尼斯很驚訝。他認出姚天時，表情有點愧疚，臉色蒼白，張著厚嘴唇。

「你知道福妮流產了嗎？」姚天說。

「我……我聽說了。謝謝你幫她。」丹尼斯吸了吸鼻子，一隻嘴角歪上去。

「她親口告訴你的嗎？」

「算是吧。她打來電話，留了一條信息。我答應妻子不再見福妮，所以我和她之間結束了。姚先生，您是個好人，我相信她在你身邊會好起來的。」

姚天心中騰起一腔怒火，他說：「你給我聽著，我只是她的室友。至少你應該付給我我為她付的一百一十美元急診費。你不能就這麼甩手走了。」

丹尼斯半天沒接話，看起來很吃驚。他摸摸口袋，然後從夾克裡面掏出一本支票簿。他寫了一張支票，說：「這是六百一十美元，收款人是你。如果我給福妮，她會撕了的。請把你的一百一十拿走，剩下的給她。這樣我會感覺好一點。」

姚天猶豫了一下。丹尼斯真夠小氣，只給了她五百美元。儘管如此，姚天還是收下了支票，然後在自己的錢包裡放了很久。後來，福妮問他急診費的事情，他說丹尼斯付過了。福妮不明白，讓他解釋。但他正急著趕去休斯頓的飛機，說回來再說。最終，他把丹尼斯的錢給了她，她說不要，不想再和那個混蛋有任何關係。但姚天把五百塊錢裝進信封，放在廚房的桌子上。

舒娜和婷婷終於拿到了護照，一家人開始計劃這次大學之旅。婷婷學校六月底放假，母女倆打算七月初動身。儘管離她們來還有三個月，姚天還是很激動。他和福妮吃完晚飯，常一起議論這次旅行。福妮手術一週後，才發現姚天的廚藝原來比得上一個廚師，所以她時不時請他爲他倆做一頓飯，尤其是海鮮。

一天晚上，他們聊天時，他自說自話，是不是應該爲家人另找一套公寓，哪怕只是一個月。

「沒必要。」福妮說。她笑的時候一雙圓眼睛瞇了起來。

「但我不能讓她倆都住進我的房間。」他說。

「她們待多久？」

「最多一個月。期間我們會去不同的學校參觀旅行。」

「那樣的話，婷婷可以在客廳沙發上露營。」福妮咯咯笑著，好像她剛開了一個玩笑。福妮見他沉默不語，知道他擔心女兒不喜歡這個安排，便補充說，「別費心去找別的地方了。你們三個可以用這個公寓，我去和薩米住。」

「你確定薩米會同意？」他問道。

「弗蘭克和薩米尊重你，如果你要求，他們甚至會讓你的家人住他們家的。我侄子和姪女也一定很高興我過去。」

他接受了這個提議，但有點驚訝，因爲他知道她和薩米還沒有和好。姚天現在已經挺瞭解福妮了，憑直覺信任她會在接下來的時間裡，跟表姐把事情商量好。他感激地拍拍她的手。

現在，無論在經濟還是情感上，姚天和福妮在許多方面都越發相互依賴。福妮晚上下班回家時，她會盼望在公寓裡看見他。如果他碰巧爲他倆做了什麼飯，她會高興得像個孩子。她驚呼，舒娜嫁給了這麼優秀的廚師，眞是幸運。姚天在賭場工作到很晚，將近半夜回到家時，他也知道福妮會給他留一盞燈。偶爾，她會在鍋裡或碗裡爲他留些東西，比如煮紅薯、蒸螃蟹或炸蝦。餐桌上會有一張紙條，告訴他要趁熱吃。然而，儘管他們關係變得更親密了，他並沒有被她吸引，只是把她當成一個穩定的朋友。他猜她對他應該感覺也差不多。也許在她眼裡，他只是一個過氣的名人。

三十七

姚天和婷婷的電子郵件聯繫不很固定。女兒常常懶得回覆爸爸，但姚天一收到女兒的郵件總是立刻就回信。沒想到，通過女兒，他聽說了芙蕾達。婷婷有一次無意中跟他提到了她的大學申請中介老師，叫芙蕾達・劉，說很喜歡她。姚天立刻去社交媒體上搜尋芙蕾達，驚訝地發現她現在在北京的一家教育機構工作，幫中國學生申請國外大學，包括準備考試、塡申請表格，還有其他文書工作。憑她在美國的經驗，芙蕾達成了教育機構的專家。他不敢相信這個巧合，讓婷婷給他發一張她輔導老師的照片，說可能認識她。

兩天後婷婷回信，附上一張照片，照片上就是他認識的那位芙蕾達。女兒解釋說：「爸，沒必要這麼偷偷摸摸的。芙蕾達知道我是你女兒，說會盡最大努力幫我進入一所好大學。她很佩服你。」姚天驚呆了，問婷婷：「你媽見過芙蕾達嗎？」

「當然。我們都喜歡她。」女兒說。

他更震驚了，但沒有繼續追問。他擔心這個女人又鑽進了他的生活。然而他抑制住自己的疑慮，因爲他記得是芙蕾達幫他爲他的家人立了墓碑。爲此他會永遠心存感激。

舒娜從未跟他提過芙蕾達。也許她內心還有傷，也可能覺得這個話題太彆扭，讓兩個人都不舒服。姚天也閉口不談。只要芙蕾達能幫婷婷順利完成申請，他也許還是不要干涉爲好。因爲他們的「友情」，她甚至可能會對他的女兒更上心。他應該樂觀一點，多想想積極的一面。

七月初，姚天的妻女終於到達波士頓，他開車去洛根機場接她們。他家人在這裡的時候，福妮讓他用她的車，所以他把那輛豐田皇冠汽車清洗了一番，裡面也吸塵打掃了，他想自己的駕駛技術一定會讓妻女對他刮目相看。他在E航站樓等到了她們。雖然長途飛行十八個鐘頭，舒娜和婷婷看起來都還精神，兩人都穿著長袖T恤、瑜伽褲和皮涼鞋。母女倆還各背了一個天娜牌（Tignanello）皮包，婷婷的小一號。他們三個人擁抱在一起時，彼此頭靠頭好一陣子，他的眼睛裡溢出了淚水。女兒現在比媽媽都高了，也比以前苗條多了。舒娜看起來老了一點兒，笑起來時，鼻子兩側的法令紋像兩個括號一樣，前額的劉海中也夾雜了幾根白髮。

他們去行李傳送帶取行李，是兩只海藍色的大行李箱和一個淡黃色背包。這些箱包都帶著輪子，顏色鮮艷，看起來像是要去什麼海濱度假勝地。他開玩笑說，她們兩個好像要去威尼斯。

他們拖著行李從自動門裡出來，過街來到車庫。看到銀色的轎車，婷婷問爸爸：「這是我們的車嗎？」

「不是，是我室友的。你們來的時候，她讓我用。」
「她眞好。」
他們都進了車子，婷婷坐在後座。
舒娜扣上安全帶，問：「這是什麼味道？」
「福妮抽菸。」他說。
舒娜和婷婷都沒再多問車的事，顯然她們不再關心。天暗下來，城市更加擁堵，街道上車輛川流不息，建築物在靛藍色的天空下若隱若現。他們向南行駛時，清晰地看到天上有許多星星，還有一彎鐮刀狀的月亮，時不時劈開屋頂和樹梢。姚天在車流中穿行的能力讓母女二人驚異。然後他們上了九十五號州際公路，南行的車輛仍然很多，但交通暢行無阻。二十分鐘後他們進了昆西，婷婷問，「這是到了縣城嗎？」
「不是，這只是一個小城市，」他說。「是波士頓的一個衛星城。」
「看起來像一個村莊。」
他笑了。「是的，白天你就會看到這個村子有多大。其實一點也不像農村。」
他把車停在公寓樓前，大家下了車。舒娜彷彿自言自語地說，「這裡的空氣眞清爽呀。我好久沒呼吸到這麼新鮮的空氣了。」
「眞的是。」婷婷同意道。
姚天說：「昆西靠海，總有微風讓空氣流通。」

他們正卸行李時，一隻蟬開始在一株山毛櫸樹頂鳴叫起來，聲音細弱而懈怠。母女倆停下來傾聽。婷婷說：「我好多年沒聽到知了叫了。」

另一隻動物也在遠處發出一種急切的鳴叫聲。「那是什麼？」婷婷問，她側過頭聽。

「大概是樹蛙。」姚天告訴她。

「長什麼樣？」

「淺綠色吧，大概是北京普通青蛙的一半大小。」

去弗蘭克和薩米家之前，福妮打掃了公寓。薩米家也在附近的一條僻靜小路旁，路兩邊全是楓樹。姚天去接妻女前在家裡已準備好了晚餐——米粥、鹹鴨蛋、一些泡菜和炒筍絲。這會兒他又打開了一袋蔥油餅，放在微波爐裡加熱。舒娜和婷婷看見這樣的家常菜都吃了一驚，一切都是地地道道的中式食物。她們以爲他大部分都吃西餐：麵包、火腿、香腸、牛奶、奶酪什麼的。他說，他晚飯故意做得清淡，知道長途旅行後一般不太想吃油膩的東西。她們都很感激，說的確沒有胃口，但看到這些食物，就想吃了。婷婷吃得很香，這讓舒娜和姚天都很開心。

晚飯後，母女倆都洗了個澡就上床睡覺了，婷婷睡在福妮的房間，舒娜睡在姚天的床上。他洗了碗，在沙發上坐下，開始讀馬克·斯特蘭德（Mark Strand）的一本詩集，他最近對他的作品很有興趣。他喜歡讀他的詩，特別是這本幽默詩集《更黑更暗》（*Darker*）——姚天喜歡這種超現實主義風格，輕快的調子，深刻的智慧，以及詩裡有趣的意象。

舒娜從他的房間走出來。「我睡不著，」她說。「現在是北京的早晨。」

「我以爲你累了。」他說。

「是累，但我也清醒得要命。」她伸出手拉他。「來，我們上床吧。」

他一走進房間，她就抱住他的脖子親吻。她圓圓的臉上帶著笑，兩頰紅撲撲。她拍拍他的褲襠，然後脫掉了自己的上衣、睡褲和內衣。他也脫下T恤、褲子和內褲，跟在她身後滑進被子裡。

他們顯然顧不上說話，彼此熱烈地觸摸和愛撫著。兩人都被急切的飢渴驅動，恨不得馬上做愛。他們很快變得更加激烈；她一條腿勾住他的後背，好像怕他會滑脫，另一條腿在微微顫抖。他三年多沒和女人睡過了，缺乏練習，不能更好更久地把持自己，雖然她熟悉的味道和喘息聲刺激他能夠有力地運動，然而三、四分鐘後，他到了。他喘著氣，想說抱歉，但忍住了。

「怎麼了？」她問。

「我大概生疏了——對不起。三年多沒碰女人了。」

「好吧，沒什麼對不起的。你潔身自好，我也很感激。那我們睡吧。」

好久他們沒再說話。他聽到她嘆息了幾聲。她可能記得芙蕾達說過他什麼，說他在床上的雄風和耐力。雖然舒娜很容易讓他興奮起來，但四年前他對她的那種親密的激情和痛苦的愛，好像不見了。這種奇怪的平靜的情緒在機場就開始模糊地籠罩著他，他見到女兒十分高興，但需要刻意提醒自己多招呼舒娜，不然都怕她感到被冷落。他覺察到自己和舒娜之間產生了某種無形的障礙。現在他們短暫的做愛讓他更疑惑他們之間究竟發生了什麼。也許需要時間，兩人再多過些日子，舊日的激情才會重來。

他離家後，她和那位白教授，或別的男人有過曖昧關係嗎？也許她有了，但他永遠不想問。舒娜以她自己的方式吸引別人。她機靈、聰明過人。站在講臺上的時候，更加容光煥發、表情活潑、眼睛閃閃發亮。他有位同事說舒娜是天生的老師。她也告訴過姚天，她的一個研究生，一個三十多歲的男人，對她產生了好感，最後她只好避免和他單獨在一起。每次在辦公室見他時，都要把門敞開著。現在她升上了正教授，有三名博士生。除了與白教授合著教科書外，她馬上還要出版一部關於明朝貨幣制度的新作。她的事業正蒸蒸日上。

儘管妻子在身邊均勻地呼吸，他還是感到身心疲憊，彷彿剛跑了長跑，還沒恢復過來。在糾結的思緒和回憶中，他睡著了。

第二天早上，福妮帶著一隻黃色的拉布拉多犬過來，說她在幫薩米遛狗。這隻狗叫拉里，長一張像是掛著淚痕的臉和一雙下垂的大耳朵。牠不停地嗅著姚天的腳，似乎很高興見到熟人；牠的舌頭不時舔舔黑色的鼻孔，尾巴搖個不停。婷婷看到狗兒那麼喜歡姚天，也蹲下來撫摸拉里的背。

舒娜對福妮很熱情，感謝她對姚天的關照，好像福妮是姚天的上級似的。她對福妮說，「我以爲你是富家女，就像你的名字那樣。我們非常感謝你這麼多年來對姚天的幫助，你還讓我們用你的車。」

「福妮」聽起來也像「富妮」，後者聽起來其實有點土。姚天在想舒娜是不是在取笑他室友的名字，福妮看起來不好意思，說：「不，不，姚天才是幫助我的。他對我很有耐心，我在很多事情上依賴他。他每個星期四早上都會把垃圾和回收垃圾桶拿出去。」

她最後一句話讓他有點彆扭，但舒娜似乎也沒注意，沒什麼反應。她一定不知道這裡是怎麼扔垃圾的。

姚天看到兩個女人彼此很友好，挺高興，至少她們表面上客客氣氣的。也許福妮樸素的外表讓舒娜感到放鬆。他的妻子看得很清楚，他對福妮沒有興趣，兩人只是朋友。舒娜從櫥子裡拿出一隻紅色的小包裹，遞給福妮。福妮打開薄紙，是一枚沉甸甸的玉鐲，她舉起玉鐲朝著陽光，彷彿在看它是不是眞的。然後，她有點羞赧地說，「太好看了，但對我沒什麼用——我每天開叉車。這個應該給婷婷。」

「她有她的，」舒娜說。「我們希望你拿著。你對姚天這麼和善慷慨。我們都很感激。」

後來，舒娜說福妮似乎値得信任。她很滿意姚天沒有和一個妖裡妖氣的女人待在一個屋簷下，或者用她的話說，「一隻狐狸精」。知道福妮和薩米、弗蘭克一起去了一個佛教寺廟後，舒娜更放心了。姚天也沒多議論福妮的事，不管是她的麻煩還是優點。舒娜納悶福妮爲什麼還單身時，他只是開玩笑說，在這兒扎根太費力了，最終很多移民都成了太監和尼姑。

聽了這話，舒娜若有所思地笑了笑，似在琢磨裡面的含義。

三十八

舒娜和婷婷都想去參觀常春藤盟校，但姚天不太確定。他知道以他女兒的考試分數和各科成績，能進排名前五十的大學都算幸運。但她們給他看想去的大學名單時，他也沒反對。不管怎樣，他反正要帶她們去觀光。

他們去了哈佛、耶魯、哥倫比亞和普林斯頓。在大多數學校，都是婷婷和舒娜跟著導遊手冊遊覽，姚天跟在母女倆後面。普林斯頓大學和耶魯大學宏偉的哥德式建築讓母女倆大為驚嘆，但在姚天看來，那些樓房只是看起來昂貴而宏偉。哈佛不太一樣，也很輕鬆——他們坐紅線地鐵去那裡，然後在裡面閒逛。姚天在那些紅磚建築和雄偉的懷德納圖書館前給妻女拍了些照片。他們也去了一些婷婷不太感興趣的學校，比如波士頓大學、塔夫茨大學、布蘭代斯大學、麻薩諸塞大學愛默斯特分校，還有姚天最喜歡的衛斯理女子學院。這些天他沒去賭場工作，這讓他有點緊張，雖然傑西給了他兩週假期，但他沒告訴舒娜和婷婷他的擔心。他目前的主要工作是讓她們開心。

婷婷每天晚上都睡得很晚，熬夜用谷歌。谷歌在中國被屏蔽了，只能用百度，但這個搜索引擎很糟糕，會自動審查過濾信息。她給男朋友賈維的電子郵件常被中國互聯網系統攔截，因為她用了一些敏感詞。所以她早上給他打電話——舒娜設了一個國際電話帳戶，婷婷可以無限制地使用。

姚天和女兒聊起了大學。女兒說不想去女子學院，學校裡沒有男生一定很無聊。他想知道她是不是擔心賈維，還有他們是不是打算待在一起。女孩搖了搖她齊下巴的短髮說，「我只是喜歡有男孩在旁邊，那樣生活更讓人興奮。」

他有點不解，但沒有再往下追問。內心深處，他很高興她坦誠說自己喜歡男孩。他可以看出，她已經下定決心反抗舒娜和他，尤其是在她的個人問題上。她經常批評中國使用防火牆的網路控制手段，每年都管控得更加嚴格。在去瓦爾登湖的路上，婷婷在後座上說，「如果我理科強，我就申請麻省理工學院，學習怎麼幹掉防火牆。」

「幸虧你理科不行。」她母親打擊她。

那天下午，瓦爾登湖空曠無人。湖邊樹木枝葉茂密，到處是蜿蜒的小徑。溫暖的陽光投射到水面，湖水平坦而寧靜，四周環繞著布滿卵石的白色沙灘。姚天一家沿著水邊的步道走著，時不時地碰到一兩個垂釣者。後來他們在梭羅的小屋原址逗留了一會兒，現在那裡是露天，只有一堆石塊和九根短石柱圍著一個壁爐的遺跡。他們讀著牌子上的銘文，想像著一個半世紀前梭羅在這樣一個僻靜的地方生活會是什麼樣子。從這裡他們可以望到整個湖景，但在梭羅的時代，這番景象一定更加寂靜，或者孤獨。

婷婷問爸爸：「他有家人嗎？」

「沒有，他單身。」姚天回答。

母親插話說，「他一定對女人不感興趣。」

「我佩服他，」姚天說。「他這麼超脫，能專注於自己的內心生活。」

他們繼續沿著水邊走。舒娜很驚訝一路沒有蚊子跟著她們。他們正要往東時，一列通勤火車經過，有節奏地叮噹作響。婷婷看見火車很興奮，她從來沒見過這麼老式的車型，又慢又短，只有六節車廂。她跳起來朝乘客揮手。火車很快消失了，鐵軌又變得寧靜，在森林裡幾乎隱沒不見。他們繼續向東走。出現了一群大雁，掠過湖面向北飛去，其中一隻鳴叫了一聲，翅膀懶洋洋地拍打著，其他大雁跟著效仿，也發出低沉的叫聲。突然，整個雁群好像一起受到了什麼驚嚇，如同被同一個大腦操控似的，動作整齊劃一地轉了個彎，向對面的小山飛去。那裡樹葉稠密，在夕陽下閃閃發光。母親和女兒都同意，這裡是眞正的鄉村，但如果讓她們在這裡過一輩子，她們恐怕無法享受這樣的生活。這裡如此與世隔絕，晚上一定感到特別荒涼。

過了瓦爾登街，在仿建的梭羅小屋，姚天又給婷婷和舒娜拍了幾張照片，她們都站在那位隱士的青銅雕像前，握著他的手。女孩然後轉向小屋，推開了門。沒上鎖。她走進去，躺在窄窄的木床草墊子上，讓姚天給她拍照。一股刺鼻的薰香氣味瀰漫在狹小的空間裡，彷彿居住者剛離開，隨時會回來。姚天抬頭查看天花板，有數根樹幹當橫梁，每根有三英寸粗，上面還覆蓋著鱗片狀的樹皮。舒娜坐在塗了油漆的小搖椅上，閉上了眼睛。

姚天看到梭羅床下有一個裂開的夜壺。他問女兒說，「我們把你留在這裡吧？」

「行，我就在這裡一個人活，一個人死。」婷婷板著臉說。

「那好，現在再見。」舒娜站起來朝她揮揮手，向門口走去。婷婷也趕緊站起來，跟爸媽出去了。

他想，婷婷說的「我就在這裡一個人活，一個人死去」是不是也曾在梭羅腦海中閃過。這位隱士一定也想過他會在這個地方待多久，以及他的生命是否會在這裡結束。在回去的路上，婷婷大聲問，梭羅爲什麼一個人住在這個湖邊。舒娜說：「他想和社會保持距離。他一定熱愛大自然中的生活。」

「可他爲什麼要遠離別人呢？」女孩堅持問。

「他對自由的概念是純粹和絕對的，」姚天說。「孤獨的確是通往自由的道路，爲此你必須接受發生在你身上的一切，包括飢餓、疾病，甚至死亡。你將對自己的一切，包括身體和靈魂，負責。」

「天哪，眞行，」舒娜說，轉向婷婷。「瞧，你爸現在是哲學家了。」

「要不然呢？」他回嘴說。「你們以爲我在美國待了這麼久，連這麼一兩件事都沒搞明白嗎？」

大家都笑了。

舒娜和姚天討論如果女兒來美國上學，她的學費怎麼支付。他們參觀過的大多數學校都不給本科國際學生獎學金。他們可能要為婷婷的學費和生活費支付每一分錢。這個話題讓姚天緊張——他不可能賺到足夠的錢來資助女兒在這裡受教育。

「我們可以賣一套公寓。」舒娜抿了一口咖啡，實事求是地說。她似乎已經想好了。

「賣公寓的錢夠嗎？」姚天問。他們有兩套公寓，都又老又小，兩套值多少錢他不清楚。

「醫院旁邊的那套大概值兩百萬，」她說。「現在賣最合適——北京的房地產又漲了。」那套公寓離舒娜的學校很遠，他們幾乎從未在那裡住過。在房市下跌前賣出是有道理的。

然而，姚天很驚訝，沒想到那套小公寓值這麼多錢。最初他們只花了舒娜提到的十分之一的價格。現在這個價錢，相當於大約三十萬美元，足夠支付婷婷在這裡的學費了。姚天雖然不敢相信他們的那套舊公寓是否眞的能賣這麼高的價錢，但一種如釋重負的感覺湧上了他的心頭。他建議舒娜一回去就把它賣掉。她說會雇一個好的房產中介。

舒娜也聊了她對美國的印象。她喜歡他們參觀過的大學，特別是這裡的圖書館，都資源豐富、仔細歸檔，供讀者使用。在哈佛的燕京圖書館，她看到許多善本和古籍，有些已有數百年的歷史，任何學生和教師都可查閱。可是，她無法想像自己能在其中任何一所學校教書——她必須用英語講課和寫作，她覺得自己太老，學不了這種語言，這完全超出她的能力範圍。此外，她已經是清華大學的正教授和中國明史研究會的副會長。這些顯赫的頭銜是大多數中國研究歷史的學者做夢也想不到的。所以，儘管在美國做學術研究沒有各種限制，教授們可以在課堂上和會議上暢所欲言而不受懲罰，工資更高，可以住在郊區，有自己的洋房和花園，她也喜歡那些小小的大學城，但舒娜還是認爲她已經在中國扎根太深，如果搬到這裡，她的職業生涯將會中斷，甚至失去。出於各種原因，她應該繼續在清華大學工作。

姚天聽了很失望。因爲這幾天，他隱約感覺出她對他們的移民持保留態度，不相信自己能學會足夠的英語在這裡開始新的教學生涯。她的話讓他警覺起來。他原以爲她遲早會加入他，他們會一起在這裡重建他們的生活和家園。他來這裡的目的就是爲了日後妻女來而先行鋪路。

她建議他試試在波士頓和北京兩個城市生活，這樣他也可以在中國恢復他的歌唱事業。然而這個想法對他來說太荒唐了——他甚至不知道自己還能不能再拿到中國護照。事實上，他很快會申請美國國籍，這樣他就可以在國際上旅行。

「你拿到美國護照後，就可以像世界公民一樣在中美兩國之間通勤。」她說。

他告訴了她真相。「不太可能。」據他所知，一旦被中國政府列入黑名單，除非中國政權更迭，否則就是永久禁止入境。「世界公民」的想法只不過是一種自欺欺人的幻覺。然而姚天不願多言，只對舒娜說，「我們也許會想出辦法。現在還是別過早操心這件事吧。」

儘管他說了些安撫的話，他還是感到難過，甚至有一種被背叛的感覺。多年來，他們一直計劃移民，這樣他們就可以重新開始，靠自己的力量和能力在美國建立新的生活。他一直住在這裡，試圖爲他們的家庭建立一個基地，但舒娜現在已經太依戀她在中國的生活，不敢拋棄那些來和他會合。因此，他們之間橫亙著一個國家，這個國家將把他們隔離得越來越遠。他認爲自由是他生活的必要條件，而舒娜跟他不一樣了，她仍然把自己的存在定義在她的工作單位、教授職位、微信圈子和中國政府的體系中，她會繼續固定在那裡。彷彿她和他已成長爲不同的物種——她不願爲自由和獨立付出更多代價。他之前爲什麼沒有預料到這一鴻溝？

三十九

母女倆飛回北京的那天，姚天沒開車送她們去機場——福妮的車沒有通過年檢，化油器必須清洗和調整。於是他們坐地鐵。在昆西中心等火車的時候，姚天看到了那個經常抱著吉他在站臺上唱歌的街頭藝人。他是個五十歲左右的愛爾蘭人，身材魁梧，有點駝背，脖子很粗，留著金色的短髮，眼睛炯炯有神。最讓姚天觸動的是他溫和的神情。每當有人往他放在地上的吉他盒裡扔一兩塊錢時，他都會感謝地點點頭，然後繼續唱歌。他的聲音不太好，但他很自信，歌聲頗有魅力。

「他是乞丐嗎？」婷婷問姚天。

「不，他只是喜歡唱歌。」

一個年輕的女人走過來，往地上的琴盒裡放了一塊錢，裡面已經有一小堆鈔票。舒娜說：「很顯然他挺掙錢。」

「很多藝術家像他一樣在街頭表演謀生，」姚天也掏出自己的皮夾。「我也看過一位著名的中國作曲家在紐約的一個廣場上拉小提琴。這只是一種生存方式。一些中國移民在火車站拉二胡。他們坐在一個小凳子上，拉呀拉。那種樂器在室內演奏聲音太大，太刺耳了，那個我不喜歡。」他掏出一塊錢，放進了吉他盒。

那位歌手朝姚天點點頭，琥珀色的眼睛眨了眨。他繼續用腳打著拍子唱歌，他的聲音突然充滿了嚮往，「哦，看那些山脈，那些古老又年輕的山脈……」

在機場，姚天幫妻子和女兒拿了登機牌，行李超重又付了八十六美元。舒娜給她的朋友和同事們買了很多禮物，而婷婷只給賈維買了一雙耐吉運動鞋，他打籃球。姚天帶她們去蘭瑟姆的暢貨中心，在那裡他們見到許多中國遊客。他和兩個中國年輕人聊了聊，那兩個年輕人站在一大堆名牌購物袋前——有博柏利、Polo、凱文·克萊、布魯克斯兄弟。其中一個告訴姚天，他的同伴把他們買的東西交給他們兩個人看管，又去商店裡買更多東西了；他們都屬於江蘇省的一個旅遊團，集體乘一輛大巴來的。姚天看到商店裡的促銷人員，都揮舞著打折券，看到來自中國的購物者十分高興。舒娜在那裡買了一些珠寶和兩個手提包，一個蔻馳和一個凱特·絲蓓，每個都兩百多美元。兩個包都是她在大學的領導請她代購的——她們給她每個包四百美元的預算。她說，她的領導一定會很高興只付一半價格就買到了真正的美國名牌。

在國際航班的E航站樓，舒娜和婷婷準備進入等候區，只有有票的乘客才能進去。姚天緊緊地擁抱著女兒，囑咐她好好學習，SAT考個高分，明年能在這裡見到她。最後他擁抱了舒娜，舒娜小聲說，「保重。考慮考慮我昨晚說的話。」

「我會的。」他點頭，停下腳步，望著她們排隊過了安檢。她們不時轉身朝他揮手。舒娜大聲說：「快回去吧。再見。」

很快他的妻子和女兒消失在人群中，他轉過身，走向返回火車站的銀線公共汽車。前天晚上，舒娜和他談到了他在這裡的生活。她建議他身邊有一個女人，因爲她意識到這裡的生活對他來說有多艱難。姚天老實地告訴她，他感覺很好，正享受著他的新自由，再也不用做國內那些無休止的政治學習，也不用如履薄冰地應付那些官方規則。「但是你需要一個能幫助你的人，」她認眞地說。「我眞希望我能給你做一個更好的妻子。」

現在，他開始對舒娜說這番話的動機產生了懷疑。他可以看出，這一次她對自己的建議是認眞的，因爲她可能最終無法來美國和他團聚。也許她在北京已經有了另一個男人。他們都意識到這個婚姻出了問題。她來了以後，他們雖然每晚都親熱，但激情和熱情已經不在了。每次都是幾分鐘內完成。她肯定不高興，因爲他記得以前在北京時，她是多麼喜歡她曾經開玩笑說，他最好小心一夜情，因爲任何和他上過一次床的女人就會黏著他不放。現在，他不能像以前那樣和她做愛了，他所能做的就是嘲笑自己，說需要多練習才能恢復他的能力，移民一定讓很多人變成性冷感。或者他只是變老了。另一個他不願向任何人透露的事實是：自從他與芙蕾達短暫的風流韻事後，他一直保持警惕，不願再和任何女人糾纏不清，擾亂他的生活。

在內心深處，另一種變化也讓他不安。他曾經能體會舒娜所有的感覺，若她覺得難過或受傷，他也感到痛苦。哪怕她悄無聲息地走進來，他也能覺察到她，如果她在廚房裡大叫一聲，他也心驚膽戰。不管是肉體還是情感上，他們曾經眞的合爲一體。但現在他不再感到舒娜的痛苦，卻可以爲婷婷傷心。這種情感上的變化讓他非常擔憂。更糟糕的是，他和妻子將再次分開很長一段時間，他們已經沒有機會重建親密關係，以及那種和對方感同身受的能力。

妻子和女兒離開後，福妮搬了回來，恢復了平靜的生活，就好像他佔據了公寓沒給她帶來任何干擾一樣。他再次感謝她給他這次機會時，她問舒娜是不是不贊成。

「不贊成什麼？」他問。

「不贊成你和我住在同一個屋簷下。我怕她可能想讓你搬出去。」

「哦，她不介意。她眞的很感激這些年來你對我的幫助。」

「哪裡，根本是你幫了我更多。」福妮看上去很羞愧，像小狗一樣的扁鼻子抽了抽。

他在這間公寓裡感到平靜和自在。他和福妮就像是偶然停泊在同一個碼頭的兩只小船。最終，他們每個人會走自己該走的路，但現在這是一個合情合理的安排，他沒有愧疚。

自從流產後，福妮就像自己保證的那樣，似乎和那個男人斷了關係。姚天知道薩米一直想把她介紹給幾個年輕人，但福妮沒去見他們。他曾經提醒她，她不是一直夢想成個家嗎，但她只是笑笑，說自己有一份穩定的工作和這個棲身之所，已足夠幸運。他猜測她的態度也許和她加入的那個佛教團體有關，他們週末常常聚會，一起做冥想和祈禱。他希望自己也能像她一樣平靜。

幾個月來，他忙於工作，希望盡可能多賺錢，好負擔女兒的教育。婷婷剛參加了SAT考試，成績不錯，儘管她只得了一千三百四十分，不太可能拿到頂尖大學的錄取書。舒娜很失望，她以爲女兒一定會考上哪所常春藤大學。但對姚天而言，只要婷婷進一所還不錯的學校，在那裡學習她自己喜歡的專業，他就會爲她高興。他沒和妻子爭論這一點，只說應該給女兒更多的自我發展空間。現在，婷婷和爸爸交流的次數比以前多了。她現在用Hotmail，所以女兒的大多數郵件他都能收到，不過還是有一些電子郵件被網警刪除或攔截了。

婷婷沒有讓她媽媽知道，卻跟爸爸透露了她的男朋友也在申請美國大學。賈維想主修經濟學和哲學，準備以後當領導——從政或者在哪個公司當首席執行官。賈維的父親擁有一個智囊團機構，但姚天覺得這挺虛假——在中國很少有獨立的思想家存在，這樣一個機構可能什麼目的都達不到。儘管如此，這個孩子的野心還是讓姚天很欣賞。他不願看到女兒嫁給一個會逃避挑戰或只想著賺錢的傢伙。婷婷還透露，她和賈維想去兩個比較近的學校，所以對她來說，頂尖大學並不重要。她想學習藝術史，這聽起來不切實際，但姚天沒有反對她。他覺得文化實用主義已經耽誤了中國幾千年，限制了人們的視野和追求——這一定是中國在歷史上科學不發達的主要原因。只要婷婷開心，姚天就開心。

第五部

四十

這一年的冬季節日期間，姚天再次加入了神韻藝術團。現在他學會了許多年輕一代的流行歌，演唱受到了很多好評。神韻的聲譽也不斷提高。他們也招募到了譚麥，她和姚天成了朋友。不過在工作以外，他們並沒特意聚會過。神韻還請到了一名出色的古箏演奏家，現在開始有人讚譽神韻的表演是「眞正的中國藝術」。某種程度上，他覺得自己的職業生涯又回來了。也許在不久的將來，他能再次全職唱歌。不過在此期間，他不會辭去雙水域的兼職工作。如果女兒秋天來美國，他一定需要錢。他每週坐巴士去賭場至少兩次，非常珍惜傑西批准他的靈活的時間表。

今年三月，舒娜賣掉了他們的另一套公寓，售價一百八十九萬元人民幣，約三十萬美元。姚天終於安心，女兒在美國上大學的學費夠了。但婷婷很快收到了她最想去的學校的拒絕信。姚天後悔沒有幫女兒潤色大學申請文書。他看到了芙蕾達幫女兒寫的文章，覺得還行，但他現在意識到申請人的文章應該盡可能原創，越非正統越好。剛有報導說，南京一名高中生被美國一所頂尖大學錄取，寫的文章是關於自己喜歡的泡麵品牌。姚天遺憾自己沒有多盡力。因爲他怕招惹芙蕾達，終於沒能爲女兒的大學申請出點力。

與婷婷相比，賈維好一些。他被達特茅斯和布蘭代斯都錄取了。所以婷婷也想來波士頓上大學了。但她現在不得不等她申請的最後一批學校的結果。

四月初她才收到麻省大學波士頓分校和密西根大學的錄取通知。最初她申請密西根只是因爲賈維申請了，但賈維沒被錄取，所以婷婷決定放棄那所學校。舒娜氣壞了，說婷婷一定要去密西根。但最後賈維選擇了布蘭代斯而不是達特茅斯時，婷婷就準備接受麻省大學波士頓分校。母女倆關於這個吵了起來。姚天支持婷婷，告訴舒娜，波士頓的學校能省很多錢，因爲他很快會入籍，而且他成爲住在麻省的美國公民，婷婷就只需要支付本州居民的學費，是國際學生的三分之一。聽了這話，舒娜在電話那頭更加激憤起來，「錢，錢，你就知道錢！美國什麼時候讓你變得這麼物質了？我希望我們的女兒上最好的學校，付多少錢我都樂意。」

後來婷婷給姚天寫信抱怨媽媽，說：「她好像所有頂尖大學都是我們家開的。我跟她不一樣。我知道自己能力多大，我不在乎做個小人物。」

「別說你媽媽的壞話，」他回信道。「她只希望你得到最好的，你還是應該感激。」

「我知道什麼對我自己最好。她簡直失去理智了，是個只崇拜書的老古董。」

他換了個話題，怕女兒說出更過分的話。舒娜上的是北京大學，而姚天的本科學校也是個小學院的英文系。在中國，名牌大學畢業是巨大的特權，就像從此加入了一個人脈遍布各地的小圈子俱樂部一樣。他估計美國也差不多。

他從未見過一個哈佛、耶魯或普林斯頓畢業的人，沒有一個體面的工作。但婷婷好像就選定麻省大學波士頓分校了。舒娜甚至說女兒傷透了她的心。姚天雖然覺得舒娜有點過分，但沒有過多反駁。婷婷似乎對理科或獎學金都不感興趣。考慮到她必須克服的所有困難，如果她能在麻省大學順利完成本科學業，也是幸運。光英語一項就能讓一些中國學生輟學。有報導說，兩個月前，一個長沙來的大二學生從巴爾的摩的一棟公寓樓跳樓了，因爲焦慮、絕望和抑鬱。姚天想起一名在西海岸留學的中國學生的詩，結尾是這樣的：「我來到了一個我的祖先從未聽說過的地方，／我必須培養一種新的堅強。」

還有一個辦法可以說服舒娜。想想有多少中國學生不得不爲了高考而拼命死記硬背！而他們的父母負擔不起送孩子出國上大學、接受眞正的教育。姚天和舒娜已經夠幸運了——他們碰巧住在北京，房產比別的城市貴很多。姚天曾遇到一個在波士頓學院讀書的年輕人，父母是吉林市的中學教師。他告訴姚天，他家人得賣掉四套公寓才能支付他在這裡的大學費用。他說：「我父母很幸運，很多年前房產還便宜的時候買的。」他們這樣幸運的人的確是少數。中國農村還有數百萬兒童，他們上的學校，門窗就像只是在牆壁上挖個洞。除了破爛的課本，他們沒有別的書籍。他們的教室冬天沒有暖氣，體育課只有足球，因爲器械最簡單，只需要一個球。這些孩子能高中畢業都很少，對他們來說，上大學是天方夜譚，就像長出翅膀、學會飛行一樣不可能。從各方面來說，婷婷都已經夠幸運了，舒娜不應該對女兒只願去美國一所普通的大學發脾氣。

在姚天心裡，其實還有另一個他不願跟妻子透露的動機：他希望女兒離他近一點。雖然他幾乎肯定，舒娜憑直覺可以瞭解到他的祕密願望。但她似乎下決心要把婷婷和賈維分開，她說賈維是「公子哥」。姚天不確定自己是否相信她對這個男孩的判斷，他沒見過賈維，也不能形成自己的看法。

今年夏天，姚天的手掌又長了水泡。以前在中國，他看過幾個皮膚科醫生，從沒人診斷出是什麼原因。一位醫生以爲他是對麵筋過敏。所以有一小段時間，姚天嘗試了無麩質飲食，但這些食物在中國很難找到，維持這種飲食很難。而且也沒有治好水泡。今年，他又老是感到莫名其妙的肩膀痛。然而他沒有醫保，也不願爲這些看似輕微的不適去看醫生。婷婷馬上要到了，他還要爲她做準備。

八月中旬，女兒和她的男朋友一起到波士頓來上大學。姚天去機場接他們。賈維給他的印象是一個開朗友好的年輕人，個頭兒挺高，頭髮濃密，鼻梁挺直，眉毛英氣地指向太陽穴。他穿一件綠色T恤和一條黑色斜紋褲，腳蹬白色運動鞋。雖然飛行時間很長，但他看起來還很活潑，一直咧著嘴笑。賈維一眼就認出了姚天，大概從他的音樂專輯封面或新聞照片上看過他。男孩子在婷婷身邊跑來跑去，似乎隨時準備爲女友效勞。看見她的行李從傳送帶上出來時，他一把抓起兩個箱子，拖到婷婷和姚天面前。賈維似乎很體貼婷婷，表現得已經像個男人了。姚天主動提出送他去學校，但一輛布蘭代斯的中巴車已經在候機樓前等著接國際學生。姚天把婷婷的行李放進後備箱，開車離開前，賈維跟他淺淺鞠了一躬表示感謝。父女兩人一起回了昆西。

那天晚上女兒睡爸爸的床，爸爸睡地板上的一個氣墊。起初他提出父女倆出去租一套公寓，這樣女兒就可以和爸爸一起住，但女兒想住校，尤其在大一時候。姚天沒有堅持，因爲她媽媽會幫她付住宿費。不像舒娜，姚天希望女兒學會管理自己的生活。

第二天早上，福妮做了一頓豐盛的早餐——煎蛋捲、培根、吐司、米粥、瘦肉炒榨菜絲。她甚至親自給他們夾菜。姚天很感動。他謝了福妮。福妮低聲對他說，「我喜歡你女兒。」

但婷婷似乎不知如何應對福妮的熱情——她甚至可能懷疑她這麼做的理由。她夾起一條亮晶晶的煎肉片，問福妮，「我喜歡吃這個豬肉。叫什麼來著？」

「Bacon。」福妮說。

「我是說中文叫什麼？」

「培根。」福妮重復道。

姚天插話說：「我們中文裡沒有這個詞，因爲沒有這種做法。也許你可以說『燻五花肉』。」

「那就『培根』好了，」女孩說。「我記得在一家酒店餐館的菜單裡看到這個名詞。」

婷婷喜歡煎蛋捲，裡面卷了蝦米和辣椒丁。她問父親，福妮是不是每天早上都這麼給他做飯。

「怎麼可能，」他回答。「福妮是把你當成了特別的客人。」

早飯後，他要帶婷婷去她在校園裡的宿舍。福妮給婷婷拿了六包橘子汽水和一小箱泡麵，還告訴婷婷煮麵條時要在湯裡加兩個雞蛋。女孩看了一會兒，不知道要不要接受這些食物，但姚天告訴她有必要帶走。她的學校每週只提供十四頓飯，所以她有時候會需要給自己做點吃的。

他們上高速之前，婷婷問他，「爸爸，福妮是你女朋友嗎？」

「不是，她只是一個朋友，一個室友。怎麼想到這個？」

「媽媽說福妮對你很好，你們兩個可能會像一家人一樣親密。」

「荒唐。你媽還說了福妮什麼？」

「她說你可能需要一個女人照顧你。」

「我可以照顧自己。她有沒有說福妮的什麼不是？」

「沒有。她說福妮的水很深。」

「你看她的外表就知道，她很簡單，只是天性善良、可靠。」

他懷疑舒娜讓婷婷監督福妮。不過即使母親對女兒做了這樣的安排，他也不太擔心——婷婷不會發現福妮任何不好的事情就報告給媽媽。婷婷最多只能說福妮很古怪，對她很好。

四十一

十月，姚天歸化入籍了。在儀式上，兩百多個移民宣誓效忠於他們選擇居住的國家，發誓捍衛美國憲法。如果被徵召，也願意加入軍隊並從事非戰鬥性的服務。宣誓效忠讓他有點糾結。他讀了兩遍憲法後，花了一些時間才搞清誓言的全部含義。他對誓詞裡那些具體的法律語言印象深刻，規定了美國人民爲國家和爲自己保留的條款和權利。姚天認爲這是公民與政府之間的契約。這種新的理解讓他陷入一種特殊的興奮，因爲這表明公民和國家是一項協議中平等的雙方。姚天得出結論，這種平等必須是民主的基礎。現在他明白爲什麼憲法對美國如此重要。這是國家的基礎。有這樣的認識，他開始願意捍衛美國憲法，即使被徵兵也願意拿起武器爲其而戰，僅僅是因爲他認同這份高尚的契約，哪怕爲其犧牲生命也心甘情願。

有了新的公民身分，他現在可以出國旅行了，所以開始接受國際邀請。國外的邀約也越來越多。許多文化協會都對他感興趣，因爲他的唱歌風格改變並且水平提高了——他的曲目更豐富了，包括中國和海外的各種流行歌。他也能唱英文歌，雖然唱英語歌詞時，舌頭仍覺得僵硬。中文單字常以元音結尾，可英文單字常以輔音結尾——比如「students」、「health」、「desks」。這樣的詞對中國人不太容易，尤其無法在歌曲裡放聲唱出來。邀請越來越多，他終於辭掉了賭場的工作，到外地演出更頻繁了。他覺得自己又像個職業歌手了。

然而他察覺自己正在變老，聲音不像以前那麼年輕和充滿活力了。事實上，他最近在舞臺表演時眞的遇到了麻煩：有時他突然感到氣短，不得不停下來深呼吸。目前他都設法掩飾、應付過去了，但事後會感到害怕。有時他的胸部甚至隱隱作痛。他對食物和飲料更加小心，不碰任何辣椒或烈酒，每天按時做語音練習，虔誠地服用枇杷膏。

每次他去看婷婷，女兒就會催他搬出福妮的公寓。他反駁說，這個地方現在也是他的——他們兩人都在去年夏天各自續了租約。

「爸爸，你還是另找地方吧。」婷婷說。

「我一個人在這個國家住了好多年，現在我每次回家，都希望有個乾淨舒服的地方等我，特別是長途旅行之後。」

「所以這個公寓對你來說就像家一樣。」

「當然。」

「那可能就是福妮想要的。你最好別和她玩過家家了。」

他笑了。「別擔心了。我和福妮之間什麼都不會發生。記住我愛你媽媽。」

雖然他說了這些話，他還是能感到他們婚姻的裂縫。他和舒娜之間的距離唯有變得更大了。雖然她也痛苦，但很明顯她永遠不會放棄清華大學的教職。他預感到她很快會有所行動。她不是那種能長期處於被動的人。

一天晚上，他出乎意料地接到了亞斌的電話，說他剛從魁北克回來了，現在在紐約。他興致勃勃地告訴姚天他又是個單身漢了。

姚天疑惑地問，「勞拉跟你回來了嗎？」

「沒有，她還在加拿大。」

「那你倆分開了？」

「離婚了。」

「你們什麼時候結婚的？」

「去年冬天。但我現在自由了。」

「怎麼回事？勞拉願意放你走？」

亞斌悶笑說，「放我走，她花了不少錢。」

「所以你現在很有錢？」

「可以這麼說吧。我在考慮我一直想做的事情。」

「比如什麼？」

「環遊世界。」

「那你不會再回波士頓了？」

「不回了，我愛紐約——這裡的機會還是更多。」

「當然，如果有錢，紐約是一個更好的地方。但你不是說想安定下來，養孩子嗎？你多大了，四十三歲？」

「差不多。」

「如果不快點成家，那就太晚了。」

「現在對我來說，找到合適的女人更難了。對了，」——亞斌停頓了一下，接著說——「你碰巧會不會有芙蕾達的聯繫方式？」

姚天吃一驚。「你想重新聯繫她？」

「不知怎麼的，我最近經常想起她。」他坦白說。

「但她可能已經有男人了。你應該找個更穩定的，不是嗎？」

「我可能會再給她一次機會，我對她感興趣主要是因爲生意。我聽說她在北京很成功，我一直想在那裡找一個代理人。中國經濟現在發展得很快，我也想把市場拓展到中國。芙蕾達在進出口貿易方面很有經驗，我可能需要她的幫助，因爲我還是不能回中國。」

「你還是回不去？」

「他們覺得我頑固不化。沒辦法，那些愚蠢的官員不相信我已經不關心政治了。一次爲敵，永遠爲敵。當然，如果他們需要你，可能表面上又把你當成個朋友一樣。」

姚天開玩笑說，「芙蕾達，那個神槍手？你不怕她嗎，如果你惹她不高興，她會把你炸成碎片。」

亞斌笑了。「她不是眞的暴力。她只是大學參加過射擊隊，你知道的。她性格挺野，但我喜歡——這種女人讓生活更刺激。我知道怎麼對付她，相信我。」

姚天說：「那我把她的電話號碼短信發給你。她在北京一家教育機構工作。」

他也把芙蕾達公司的名字告訴了亞斌，這樣他可以在社交媒體上搜到她。姚天沒有和芙蕾達直接聯繫過，但她似乎和婷婷成了好朋友，她倆經常聊天。他記得女兒說過芙蕾達有一個俄國男友，在中國北方，正在學廚師，算得上東北的一個名人——他經常背著一口鍋在街上到處走，給自己打廣告。他的肉炒飯頗受歡迎。

姚天告訴福妮亞斌回美國的事時，她搖搖頭，頗有意味地笑了，右臉頰上浮現出一個淺淺的酒窩。兩週前，她剛提升爲輪班主管，管理倉庫裡的一個七人小組。她和同事們相處得很好，很喜歡這份工作。

她和姚天坐在他們的方形餐桌旁，餐桌上的菜都吃完了。「亞斌是爲錢結婚的，我們都知道。」福妮說。

「這個說法有點過分，」姚天反對道。「他是我的朋友，我知道他討女人喜歡，但他也確實能幹，能靠自己掙乾淨的錢。」

福妮往後撥了撥她滑爽的頭髮，笑著說：「姚天，你太天眞。大家都知道亞斌在這裡找不到顧客。他總是說得天花亂墜，但別人不信任他。」

「是嗎？我以為他相當成功呢。」

「他只是看起來做得不錯。他可以和修理工一起工作，但談到買房時，沒多少人會請他當房產經紀人。他還經常請弗蘭克和薩米幫他找女朋友。」

「我不信。他怎麼會愁找不到女人。他那麼受女人歡迎。」

「他不單想要女人的陪伴。他告訴薩米，他的女朋友一定要又有錢又漂亮。」

「所以勞拉很有錢，但對他來說不夠漂亮？」

「肯定的。」

「難怪他們離婚了。」

「他一定從她那裡拿了幾百萬。」

姚天對勞拉也提不起許多同情——她為天安門鎮壓辯護，而且她的錢來路並不正當。亞斌拿走了一部分，對她來說也不是什麼大不幸。不過，姚天還是問福妮，「你覺得這件事是亞斌精心策劃的？」他被自己的問題驚到了。他不敢相信亞斌會這麼工於心計。

「一定是，但勞拉剩下的錢應該也夠她自己用的。」福妮把手放到姚天的手腕上，她的手掌溫暖而粗糙，有很多老繭。「你和他一點兒都不一樣。」

「我不像他那麼順利。我在女人方面沒他那麼運氣。」他又笑著加上一句，「我也想要一個又有錢又漂亮的女人。」

「你才不需要。姚天。我知道你，你是好人，你是眞正的藝術家。你可以找別的女人，但你對舒娜那麼忠實。她眞幸運。」

他想抽回手，但她的話觸動了他。她繼續撫摸他的手腕。他說：「你眞瞭解我。」

「你喜歡什麼樣的女人？」她直視他的臉，目光大膽，炯炯有神。

「我可以信任的人。」他脫口而出，想笑一下，但沒笑出來。

「你可以相信我，你知道的。」她低聲說，捏了捏他的手腕。

「我當然相信你。」

她移近了一些，撫摸他的肩膀，然後把腦袋湊過去靠在他的肩窩裡，好像這是她經常做的動作一樣。「姚天，你不知道我對你有多依戀。工作的時候，我都會想起你。」

他知道自己不該這麼做，但他還是摟住她，把她拉得更近了。他聞她的頭髮，有一股麝香的味道。他注意到她的脖子都紅了。她說：「我眞喜歡你，可我知道我醜，不配。你想和我做什麼都可以，我不會拖累你的。」

一種近乎強烈的痛苦揪住了他的心。他說：「我也喜歡你。我知道你可以信任，是個好女人。」他正在想今晚福妮是怎麼了，她突然吻了他的臉，繼而吻了他的嘴。她吻得很用力，舌頭很堅持。

她的執著喚起了他壓抑許久的激情。他回吻了她。他們彼此撫摸更多，他的慾望也更強烈了。他撫摸她胸部時，她呼吸急促，不斷發出呻吟聲。她喃喃道，「我早就在想這一天了。我全身都是你的。你想要什麼你就拿去。」

「我不想傷害你。」他說。
「我知道。你也要我，我太高興了。」
他們移到她的房間開始做愛。當晚，他們第一次睡在同一張床上。

四十二

和亞斌一樣，姚天也成了單身。春天的某一天，舒娜跟他提出離婚。可以說，他對此已有預感，所以沒有多少不安或憤怒。舒娜給姚天寫了一封長郵件，列出了她希望離婚的所有原因：他們的婚姻不再有激情，距離加劇了兩人之間的裂痕，最重要的是，她遇到了別人。他想知道那人是不是白教授，但他沒有追問。他不怪她——他已經六年不在她身邊了。這麼長的時間裡，任何事都會發生。要是他遇到一個眞正吸引他的女人，他可能也會移情別戀。又看了一遍舒娜的信件後，他安靜下來。舒娜提出支付女兒的大學學費和生活費，但她想保留他們在北京的公寓，因爲她沒有別的地方住。他也無意堅持分割財產，於是沒有考慮更多，他同意在離婚協議上簽字。

他讓她準備好協議寄給他，他一收到就簽字。回完信後，他去墓地那些陰涼的小路走了很長時間。兩名年輕的墨西哥工人在修剪花枝和常青樹籬。他們身後更遠處，狐尾草在微風中輕輕擺動。暖暖的陽光照亮斜坡上的草地，一直延伸到海邊。說也奇怪，離婚沒給他帶來太大的困擾。他內心寧靜，甚至平和。他幾乎不記得自己最後一次對舒娜感到柔情，更不用說爲她而痛苦。他們的愛消逝了，不見了；他們的婚姻之所以一直存在，很大程度上歸功於他們的女兒。多年來，女兒的存在決定了他們生活中的幸福和痛苦。

他在婷婷的宿舍裡提到了父母打算離婚的事情，女兒咬著嘴唇，細細的眼睛裡閃著光。她情緒激動地脫口而出，「我就知道你們這樣長久不了。我媽離不開男人，床上沒男人活不下去。」

姚天也生起氣來，想讓女兒住嘴，但忍住了。他知道舒娜不是這樣。他對婷婷說：「永遠不要這樣說你媽媽！你大學學費還是她付的。她對我們倆都夠大方了。」

「我不需要她的大方。」

「別像個不講理的孩子。」

「你也不是什麼好人。你和那個笨蛋福妮住在一起。也許你們也早就上床了。」

「別胡說了。」

沒等女兒回應，也不願意繼續這場只會讓他更加心煩意亂的爭論，他站起來，大步走出她的宿舍。他想讓她自己冷靜下來。他去紅線地鐵甘迺迪博物館/麻薩諸塞大學站，搭乘往南去的列車。

婷婷雖然氣還沒消，但週末還是會來看望姚天，有時還帶著賈維。姚天現在更喜歡這個年輕人了。他看得出來，賈維表面上像個書呆子，但他有自己的世界觀和個人經驗；他知道不少國際大事，還有那些全球事件怎麼影響到各地的政治和經濟活動。最讓姚天高興的是他對西方社會制度的態度：他熱愛自由，珍惜平等和正義。賈維會帶著厭惡的語氣評論一些中國高層領導人，「他們頂多夠格當個村長。」對他這種不敬的態度，姚天反而更欣賞他。他希望賈維一心一意地愛婷婷。

兩個孩子來的時候，姚天會做一頓豐盛的飯菜。福妮自然也會加入他們。賈維喜歡姚天做的菜，說做得比很多餐館都好。婷婷也曾問福妮，姚天是不是也經常給她這樣做飯。福妮搖搖頭說，「我哪有這麼福氣？倒經常是我做飯給他吃，他偶爾做過一兩次晚飯，一般也是因爲我買了海鮮，我不太會做。」

這時，姚天注意到女兒表情中掠過一道陰影。她眞沒必要管這麼多。

四月下旬的一個週六下午，婷婷一個人來了。那天特別熱，氣溫飆到了華氏七十幾度，所以她穿了一件碎花吊帶裙。晚飯是紅燒虹鱒魚和煮茉莉香米，大家都坐下準備吃飯前，婷婷走進姚天的房間，從他床底下拿了一瓶橘子汽水，因爲冰箱放不下，他把飲料放在那裡。她回來時手裡拿著一瓶汽水——她父親和福妮都暫時不喝。婷婷擰開瓶蓋的時候，姚天看到女兒板著一張臉，好像在生氣。她埋頭吃飯，一雙眼睛陰沉沉的抬也不抬，對福妮也一句話不說。他沒問爲什麼。三個人沉悶地吃了飯。儘管魚做得很好。

晚飯後，他出來送婷婷走到火車站，順便也打算在一家雜貨店買一罐咖喱醬。路上女兒一直給姚天白眼。他納悶極了，女兒今天像是吃了火藥。最後，她激動地問：「爸爸你是不是和福妮睡了？」

他嚇了一跳，但還是勉強回答說，「怎麼想起問這個。」

「我在你臥室裡看見了她的紅拖鞋。你的拖鞋和她的拖鞋一起放在你的床下！」

「好吧。我昨晚和她在一起。你知道這些年我一直是一個人。我生活中需要一個女人。」

「這個我不管。我想知道，媽媽在決定和你離婚前知道這事嗎？」

「她沒提到這個理由。」

「我不信。媽說你身邊總有很多女人。」

「但那並不意味著我會和她們怎樣。那些我不感興趣。」

「你讓媽媽一直擔心失去你。」

「你是說我離家後她沒有別的男人？」

「我不能這麼說——但你要爲你的離婚負責。去年夏天，媽媽和我都看到你和那個女人關係多近。」

「那時完全沒這事兒。」

「我反正再也不相信你了！」

說完她就轉身離開，在入口處刷了一下車票，然後跑下樓梯走向站臺。他站在入口外面，看著她和別人一起走遠。她個子高挑，穿著吊帶裙更苗條了。她右肩上有一隻巨大的瓢蟲，左肩上是一隻蜻蜓。他不喜歡她的紋身，給人的印象是她不甚在意自己的身體，儘管他從未告訴過她他的想法。剎那間，她不見了。

後來他打電話給她，但她三天不接電話。然後她給他發了一封郵件。郵件裡寫著：

我跟媽媽談了你和福妮的關係。她不在乎，因為你不再是她老公了。她讓我體諒你，說你需要一個能照顧你的女人，福妮可能合適。至少她看起來樸實可靠。但即使媽媽原諒你，我也不會。我還告訴了芙蕾達這件事。她大笑，說你本可以挑一個沒那麼土氣、受教育程度更高的女人，說你沒品味。我認識的女人裡，就沒有福妮這麼難看的。身材這麼差，一頓飯簡直能吃一整隻雞。要是你和一個又聰明又優雅的女人在一起，我可能不會反對，因為她配得上你。但是看看福妮——你不覺得丟臉嗎？要是你娶了她，有這樣一個醜後媽我覺得屈辱！

她的信讓姚天熱血上湧，但很快鎮靜下來，反而覺得好笑。她一個小孩子憑什麼評論他的生活中應該有什麼樣的女人？他信任福妮，這種信任讓他安心，和福妮在一起時，他感到內心平和。他需要一個永遠能陪伴在他身邊的人。婷婷還小，不明白這一點，但有一天她可能會明白。

最近幾個月，有三個代表中國政府的人分別聯繫了姚天。他們試圖說服他回到中國，在中國繼續他的唱歌事業。現在他在國際上旅行和表演，聲譽已經恢復並且有所改變了。在海外華人中，他被視爲能唱各種歌曲的頂級歌手，包括中國和臺港的各種熱門新歌和最佳歌曲。他將這一成功歸因於他遠離中國——移民經歷打開了他的心胸，拓展了他的能力。最近，他一直在學一些美國歌，特別是他喜歡的風格——有點像讚美詩，旋律簡單的。他把歌詞翻譯成中文，在舞臺上可以抱著吉他自彈自唱。他喜歡那些富有詩意和宗教感情的歌曲，喜悅、神祕，而又孤獨的——譬如說，蘭姆夫人的一些歌曲（當然，他得挑那些已經不再受版權保護的曲目）。這種實驗總的來說很受歡迎，讓他與眾不同。在他那代歌手中，他超越了那些仍在中國的人，儘管他沒有他們那些名譽和特權，生活也艱難得多。跟他們不同，他靠誠實的勞動謀生，成功地重塑了自己。所以他可以感到內心平和，除了這些驕傲和自信之外，他不想要更多。

一名政府官員找到他，像是某類經紀人。他有軍方背景。他對姚天說，嘴巴裡散發出不好聞的氣味，「要是你加入解放軍中央劇團，他們會讓你從一星上將軍銜開始。這個條件很不錯，不是嗎？」他嘎嘎笑起來。他的一顆臼齒裝了牙冠，比其他牙齒都白。

姚天搖搖頭說，「你看我是軍人的料嗎？軍隊裡那麼多限制，就等於把我一個野生動物關進了籠子。」

他有四五個熟人當上了「將軍藝術家」——有時即使去街邊小吃攤，都會帶著保鏢。他們中沒有一個人在藝術上取得眞正的進步，只是不斷重複自己的舊作。如果姚天沒離開中國，很可能會成爲他們當中的一員。

在與這些政府代表的談話中，他沒提到自己已經入籍，他們像是也不知道他已是美國公民。也可能他們對他的情況很清楚，只是假裝無知——他們的任務只是把他帶回國去。對他們在他眼前晃來晃去的那些誘餌，所謂的機會和特權，他只說：「不，我愛自由勝過一切，哪怕這個自由讓人膽怯或恐懼，哪怕我要花很長時間去習慣。」

然而這些人的執著讓姚天驚奇。不管姚天說什麼，他們都很鎮定，總是一團和氣。他們一定常年例行公事般地跟他這樣的人打交道，鍛鍊出了足夠的耐心。他們堅持說祖國需要他這樣的人才。但他知道的事實是：他在中國以外的舞臺上露面很可能損害中國政府的國際形象，所以當局想拉攏他。而一旦他回去，他們就很容易控制或摧毀他。目前他已成為一個象徵、一個表明中國藝術家在海外可以自由而有意義地生存的榜樣。那些來遊說的人總是會丟下他們的名片，說他如果改變主意，隨時可以聯繫，祖國歡迎他回去。甚至有人說，「祖國的懷抱會一直向你敞開。」還有人催促他說，「這個機會很寶貴。過了這個村可就沒有這個店了。」這些陳詞濫調激怒了姚天——他們想當然地以為所謂愛國是每個人應該遵守的。但事實是，許多政府以國家的名義執行邪惡，毀了無數的創造力和人才。姚天深受其害，連靠近都不想靠近。

他心裡盤旋著一句話，「我不是你們什麼回頭的浪子！」但他從來沒說出來。

四十三

那年夏天婷婷和賈維去了紐約。他們計劃在那裡賺些錢，然後順便旅行，多看看這個國家別的地方。他們住在法拉盛，在一家餐館工作，婷婷做服務生，賈維收拾桌子。亞斌幫他們找到的工作——上班時間挺長，從上午十點一直到晚上十一點。但他們很高興能打工。學生簽證不允許校外工作，但餐館還是雇了他們。亞斌給姚天打電話說，「你眞幸運，就比我大一歲，卻有一個這麼大的女兒。」

姚天說：「這就是早婚的好處。」

但亞斌不喜歡賈維，說他自以爲是、咄咄逼人。他納悶聰明可愛的婷婷怎麼會愛上這麼個吹牛大王。「鮮花插在牛糞上。」他告訴姚天。

亞斌對賈維的負面看法沒影響到姚天，在姚天眼裡，這個年輕人雖然說話不夠小心，但人還是體面正派。只要他和婷婷相愛，姚天就能接受和欣賞他。

九月中旬，他去了俄勒岡州的波特蘭，爲一場亞洲文化博覽會的音樂會演唱。在舞臺上，他覺得嗓子出了什麼問題，只能用平時一半的力氣唱歌。後來他開始不停地咳嗽。這是一種他從未有過的乾咳，胸口感到劇痛。回波士頓後無論他吃多少枇杷膏，這種疼痛都沒消失。他病了，所有的精力都耗盡了。福妮很擔心，用手摸摸他的額頭。「天哪，怎麼這麼涼——你的額頭好冷！你最好趕快去醫院。」

他已經兩年沒有醫療保險了，所以他不願意去。相反，他去了總統廣場的草藥店。店主是一位姓郭的女士，下牙有些往外撇，顯得下巴挺長。她在福州曾是眞正的醫生，但英語不好不能在這裡行醫。她在店裡總穿一件整潔的白大褂，好像還是一名大夫。她判斷姚天得了流感，給姚天開了一副中藥方，說他會好的，又說如果吃了這六包中藥不見效，再回來找她。

草藥不管用。他仍然每天不停地咳嗽，胸痛持續不去。他太虛弱了，不得不取消一些活動，因爲不能旅行。早上上班前，福妮會給他準備午餐，晚上爲他做飯。他幾乎什麼都不能做了，不管走到哪裡，都不得不拿著一個塞著紙巾的泡沫杯，好往裡面吐痰。結果他連商店都不能去了。在雜貨店裡，大家會轉頭注視他，對他的咳嗽感到疑惑，猜測這個人是不是個嚴重的菸鬼。獨自在家時，他試圖做聲樂練習，但他做不到，被咳嗽打斷了。福妮再次催他去看眞正的醫生，但他還是拖著不去。

一週後，他又去草藥店，看郭大夫能不能換一種治療方法。她看看他的舌頭，又摸摸他的脈搏，說他應該去醫院做一個常規檢查。她說：「姚先生，中藥基本是調理身體，急症幾乎不能治療。如果是急性病，還是西醫更有效。您應該馬上去醫院。」

「那肯定很貴，」他說。「我沒有醫療保險。」

「你沒有申請麻省醫療保健計畫嗎？」

「沒有。」

「你應該馬上申請。沒聽說過『羅姆尼健保計畫』嗎（Romneycare）？」

「那是什麼？」

「是麻省全民醫療健保計畫。」

「你是說誰都可以得到保險？」

「對。你一年掙多少錢？」她笑了，好像醫生常問這種問題似的。

「不到兩萬。」他說自己的正式收入比較低，有一半是現金支付，特別是一些當地的活動。

「那你更有資格享受低收入醫保了。你去漢考克街的社區健康中心填表格。一拿到保險就趕快去醫院檢查。」

他聽從了建議，去那家小醫療中心填表申請，當場就通過了。他們先給了他一張紙質的臨時醫療卡，馬上就可以使用，正式塑膠保險卡很快會郵寄給他。這麼簡單的申請程序讓他驚奇，他心裡想，「就像加拿大，這是一個好的國家為公民應該做的。」然後他意識到只有麻省才有這樣的全民保險。

第二天下午，他去昆西醫療中心，他們立刻送他去照了胸部X光。給他看病的是薩巴蒂諾醫生。這位醫生已經謝頂，光頭鋥亮。他看著影像皺著眉頭說，「這個看起來很糟糕。明天一早你應該去做個掃描。」

「很嚴重嗎？」姚天問，然後使勁咳嗽了一聲，往手裡的泡沫杯吐了一口。

「難說。片子上有兩個點看起來模糊不清。需要做CT掃描來確定。」

「我得了肺結核或者肺炎吧？」

「掃描一下才知道。」

看完病他心情很差，告訴了福妮診斷不好，雖然還沒確診。她安慰他說，病很快會好的，不要早早有心理負擔。她煮了雞絲湯麵，還特意給他加了芝麻油，他也只吃得下一小碗，吃飯時也不停咳嗽。後來，她勸他早點睡，把兩人的房門都打開一半，如果他需要什麼幫助，她能聽到動靜。因爲不停咳嗽，他不能完全躺下，只能靠在床頭，身後墊著兩條疊起來的毯子。維持著這麼彆扭的姿勢，他淺淺地打瞌睡。他感到胸口像被一塊沉重的鐵板緊緊地壓著。他回憶起在中國時的生活和家庭，有的悲傷，有的愉快。目前這個境遇讓他心酸：正當事業再次上升時，竟然病了。他希望自己能得到有效的治療，早日康復。

第二天早上他自己去做CT掃描。他是當天的第一個病人，所以沒有排隊，直接進了掃描室。一個瘦小的年輕女人讓他躺在一張藍色的窄床上，然後按下按鈕，把他送進一個管道狀掃描儀。當他的胸部到了管道中間時，床停下來，管子裡的攝像機開始拍攝他的肺部圖像。

整個過程只花了幾分鐘，不痛苦。護士讓他回家等醫生的消息。他慶幸自己住得離醫院不遠。他手裡拿著泡沫杯，沿著惠特韋爾街往回走。路上他在「美元樹」（Dollar Tree）商店裡買了一盒雞蛋、一聽午餐肉和一包二十個泡沫杯子。他會強迫自己多吃點，好盡快恢復健康。

下午三點左右，一位護士打來電話，讓姚天盡快到醫院來。她告訴他帶個人一起來。他想，也許護士以為他住得遠。碰巧福妮回來得早，所以他請她陪他。他們一起向西走到醫院。那天天氣好極了，天空萬里無雲，姚天饒有興致地看著一對噴氣式戰鬥機在遙遠的天際無聲地翱翔，畫出兩條環形的軌跡。

「姚先生，我們有壞消息要告訴你。」薩巴蒂諾醫生說。他旁邊坐著另一個男人，留著鬍鬚，眼睛黃黃的，介紹自己是馬克森醫生，一個腫瘤學家。

薩巴蒂諾醫生向姚天解釋說，他得了肺癌，至少已經到了第三期，當然還有第四期，所以興許還有救。姚天嚇呆了，只能盯著兩個醫生的臉，看看這個，又看看那個。

「你們能治他嗎？」福妮問。現在她可以說一些英文了，因為她在工作中得用到英文。

馬克森醫生補充說，「很遺憾，你的兩個腫瘤都很大——一個直徑五點七釐米，另一個二點四釐米。其實你的癌症挺晚期的。你應該去看外科醫生。我們已經和哈特利醫生談了，你應該馬上和他的助手預約手術。」

姚天渾身發抖，好一陣子說不出話來，他的思緒在瘋狂地湧動。他開始咳嗽，往泡沫杯子裡吐痰。薩巴蒂諾醫生用他毛茸茸的手拍拍姚天的膝蓋，說：「抱歉，姚先生。你早該來找我們了。腫瘤長這麼大一定花了幾年時間。」

福妮開始小聲抽泣。姚天掙扎著問，「你們預測，我治好的幾率有多大？」

兩位醫生互相看了看，薩巴蒂諾醫生稜角分明的寬臉上流露出同情，而腫瘤學家微微搖頭。然後馬克森醫生吞咽了一下，低垂著眼睛對姚天說，「晚期肺癌可能是致命的，但有治療方法，有一小部分病人能活下來。」

姚天知道自己的病情可能太嚴重，醫生已經無能爲力了。他叔叔二十年前也是死於肺癌。老人長的是一個直徑不到一吋的單一腫瘤，但他無法做完化療，最終免疫系統被破壞，在治療的最後階段去世了。姚天要嚴重得多，可能已經晚期了。他腦子裡一片空白，無法思考，問不出其他問題了。

福妮打電話給婷婷，告訴她姚天的情況。女兒馬上來了，開始照顧他，端茶倒水，洗衣做飯，晚飯是番茄肉醬義大利細麵。吃飯前，婷婷溜進浴室哭了起來。他聽到聲音就去敲門，然後走了進去。看見她捂著肚子蹲在地上，姚天拍拍女兒的頭，跟她保證他會沒事的。

「太不公平了，不公平！」女兒嗚咽著說。

「你總是不知道災禍什麼時候會來，」他輕聲說。「這就是生活。來，吃飯吧。」

「我洗下臉，馬上就來。」

那天晚上婷婷睡在沙發上沒走，因爲她想第二天一早陪爸爸去看外科醫生。整個晚上，他不停咳嗽，婷婷一次又一次起床，問爸爸需不需要什麼東西。

哈特利醫生大臉盤，身材粗壯，一雙突出的眼睛裡射出冷酷的光，讓姚天聯想到一個屠夫。他似乎不是醫院的全職員工。很可能他在不同的醫院做手術，按件計酬。他看著掃描片子驚嘆道，「天哪，你怎麼這麼晚才來？」他給他們看監視器上的圖像。「看吧，你的胸腔一團糟。你咳嗽這麼厲害，是因爲這個大腫瘤壓迫氣管。我們可以切除腫瘤，這樣你呼吸可以容易一些。」

「那樣他會好起來嗎？」婷婷問。

「一段時間內可以幫助正常呼吸，」哈特利醫生說。「但坦白說，癌症已經太晚期了。」

姚天直言道：「你看我還能活多久？」

醫生沒想到他會問這個問題，眼也不抬地回答說，「大概六、七個星期。」

婷婷倒吸一口氣。姚天把手放在她的胳膊上，用力捏了一下。然後他告訴外科醫生，他會考慮做手術，但還需要想一想。「我過一兩天再做決定。」姚天說。

其實前天晚上他和婷婷和福妮已經談過他的治療選擇。女兒和福妮都認爲他應該選擇「保守治療」，是一種結合草藥和臨終關懷的姑息療法。他們希望他在最後的日子裡盡量少受痛苦，但她們還沒有說服他。

四十四

婷婷和媽媽討論了爸爸的情況，舒娜也認爲姚天應該選擇保守治療。自他們離婚後，他就沒和舒娜說過話。除非她先主動聯繫他，他不會拿自己的問題去打擾她。婷婷告訴爸爸，媽媽很快會再婚，她沒說那個男人是誰，很可能是白教授。姚天知道白的妻子前年冬天剛去世。

婷婷不能每晚都來陪他——她早上得上課，還要準備考試。於是女兒不在的時候，福妮就照顧他。一天早上，他發現福妮睡在沙發上。然後他的咳嗽聲吵醒了她，她坐起來，揉揉眼睛，眼皮和臉上的皮膚都有些輕微的浮腫，顯得很疲倦。

她走進浴室刷牙。出來時，看見姚天已把早飯擺在桌子上，她說：「哎呀，我又要遲到了。早上三點才睡著。」她捏起一隻他剛剛微波爐加熱過的炸薯球，撕成兩半，蘸了番茄醬，放進嘴裡。

「你不該熬夜到那麼晚。」他說。

「我睡不著。每次你咳嗽，我都怕你喘不上氣來憋壞了。你要是不咳嗽了，我又怕你是不是昏迷、已經停止呼吸了。我太緊張了。」

她的話讓他觸動。他把手放在她結實的胳膊上，說：「讓你這麼辛苦，眞抱歉。」

「我現在好一點了，得趕緊去上班了。」

「來，吃點早飯。」

「來不及了，我可以在火車站買個貝果。」

她離開後，按照前天晚上的計畫，他開始給朋友們打電話，道別說再見。他跟譚麥和辛迪．王都說話了，告訴他們自己的生命所剩無幾，他感謝她們的友誼和曾經給過他的幫助。辛迪大哭起來，說：「我爸爸就是得胰腺癌死的。太可怕了，姚天！你是個好人，命運不該這樣對你。我會爲你祈禱。你千萬不要輕易放棄，奇蹟很可能會發生。」與辛迪不同，譚麥平靜地接受了這個消息。她也讓他不要不跟疾病做一下鬥爭就繳械投降。她姑姑患肺癌已經快十年了，但現在還好好兒活著。她是在休斯頓的一家醫院看病的。「其實她的許多癌症病友都依然活著，做各種活動。」譚麥告訴他。她的話讓他重新思考自己的處境。

然後他打電話給亞斌，和他有更多的話要說。他想讓他成爲遺囑執行人，他必須盡快處理好自己的事情。

「當然，姚天，你要我做什麼我都會做，」亞斌肯定地告訴姚天。「但我不同意保守治療。中醫只是讓你好受點，治不好病。世界上最好的醫院在波士頓。爲什麼不好好利用那裡的醫療資源呢？」

「我的癌症已經快到第四期了。」他說。

「那也不是放棄的理由。中國有些癌症患者都不遠萬里飛到波士頓治療，有的改善很多，有的徹底治好了。每個人都說這一趟值得、錢花得值。你想想，他們自掏腰包去波士頓看病！」

「他們一定都很有錢。」姚天說。

「肯定有些錢，但也不一定是超級富人。現在中國很多人負擔得起這樣的開銷。」

「你知道他們都去哪家醫院嗎？」

「麻省總醫院、達納—法伯醫院、布里格姆婦女醫院等等，我記得有個熟人在麻省總醫院工作過。我聯繫他，看看能不能找到一些關係。應該不難。你有健康保險，是吧？」

「我剛拿到，但我不確定我的保險他們接受不接受。我是麻省全民醫療保險。」

「法律規定，醫院在檢查保險狀況之前，必須先接收病人，尤其在麻省。等我給朋友打幾個電話——我很快會給你回音的。」

亞斌這麼積極又熱心地張羅著幫助他，姚天由衷地感動。他似乎什麼都知道，有無數的關係。誠然，他有缺點，但他就像他的守護天使——每當姚天面臨死胡同或者陷入泥潭時，他都會伸出援手把他拉出來。

福妮也咳嗽了，有時咳到臉通紅，但她還不需要像姚天那樣整天捧著杯子吐痰。姚天也催她趕快去看病。但她笑笑說：「無所謂。要是我也得了肺癌，我們一起死吧。我很高興和你一起死。我們可以一起吃一瓶安眠藥。」

他大吃一驚，無言以對，儘管他感動得都要掉淚了。他只能再次催她去看醫生。

第二天她去了社區診所。檢查一切正常，肺沒問題，X光也沒什麼異常。她只是得了重感冒。她告訴他這個消息時，不知怎的，一種奇怪的悲傷攫住了他的心。他從未經歷過這種情感，一時不知所措。他意識到他竟然希望她也得癌，這樣她就可以一直陪他去另一個世界。他為自己產生這樣的想法而困惑。他不知道這是不是愛情，給不出答案。他現在知道自己深深地依戀著福妮。他感恩生活中有這樣一個伴侶。相比之下，他的前妻還沒跟他聯繫。他猜測他們的關係、以前的激情和愛情，已完全消散了。「哦，愛情，永恆的愛，／我將跟隨你到世界的盡頭！」他腦中浮現出一句歌詞。他曾無數遍深信不疑、滿懷熱忱地唱這首曲子，現在聽起來又諷刺又噁心。其實是環境變了，愛就會跟著變。

他祝賀福妮檢查沒事。然後，他去梅里山公園散步，想消除內心此起彼伏的各種雜念紛亂的情緒。

亞斌給他打電話讓他馬上聯繫麻省總醫院的拉布醫生。打完電話後，亞斌又給姚天發了電子郵件，說他跟一個朋友提起姚天的情況，這位朋友在一個釣魚小組裡，其中碰巧有一位是醫生，他挨個詢問他認識的醫療界人士。他說姚天是一個著名歌手，問有沒有專家大夫願意接收他這個病例。拉布醫生就這樣捲進來了。他回答說，他會很高興認識姚天，並負責這次治療。

姚天查了拉布醫生，發現他也是哈佛醫學院的教授，一位胸科癌症專家。姚天週五早上給拉布醫生的護士薩曼莎打電話，約好星期一下午就診。屆時，薩曼莎也會把他的醫療檔案從昆西醫療中心調到麻省總醫院。姚天沒想到他們反應這麼迅速。他知道以前在北京，有些級別很高的官員，爲了家人能得到更好的治療，也不得不拿著裝滿現金的紅包在醫院走廊裡等著，好塞給相關醫生。這些官員雖然自己可以在指定的醫院接受較好的醫療服務，但他們的家屬沒有同等待遇。所以得靠這種類似賄賂的方式來確保病人得到最好的治療。福妮對姚天說，「你要是在中國，花幾萬元也不一定找到這麼一位專家醫生。」

週一下午婷婷陪父親去了麻省總醫院。有人把他們帶進一個檢查室，設施幾乎和昆西醫院的一模一樣。一個下巴尖尖的護士進來替他量常規生命體徵。除了血氧有點低，別的都正常。護士離開幾分鐘後，拉布醫生和薩曼莎走了進來，兩人身上的白大褂看起來都舊舊的。拉布醫生頎長纖瘦，眼睛深陷，舉止斯文。儘管他個頭兒很高，但他跟姚天握手的動作非常輕柔。他在椅子上坐下，一條腿搭上另一條腿。薩曼莎背靠牆站著，手裡拿一個寫字板和一支筆。拉布醫生笑著對姚天說，「我看了你的檔案，可以看得出你的情況挺糟糕。但不用害怕。未來幾年我們會常見面的。現在是開始。」

這些話讓姚天瞬間安了心。他意識到他可能還有幾年的生命，而不僅僅是哈特利醫生說的「六、七週」。他眼睛突然一陣發燙，濕潤起來。他把臉側向一邊，平靜了一會兒，然後說：「謝謝你，拉布醫生。你這些話對我很重要。」

醫生聽了他的背部和胸部，觸摸了他的腹部，對他說，「我們要做一個活檢來看你的肺癌是哪種類型，還要給你做一個正電子發射斷層掃描（PET）和一個核磁共振成像（MRI），檢查一下你身體別的地方或大腦中是不是也有癌變。一般肺癌會先擴散去大腦。薩曼莎會幫你安排實驗室和放射科的預約。你應該盡快做活檢和這些掃描。」

「現階段，您覺得我的癌症有多嚴重？」姚天問，意識到他的問題可能毫無意義。

「基本上有兩種類型的肺癌，大細胞癌和小細胞癌。如果是大細胞肺癌我們可以手術，治癒率比小細胞癌高很多。」

「您能看出我是什麼類型嗎？」

「你不吸菸，生活方式挺健康的。可能是大細胞癌，但最後還得靠活檢來確證。我們先別擔心這個。我們應該先去做活檢和掃描。」

這次會面讓他感覺好了很多。他不再絕望或者胡思亂想了。在醫院裡，他遇到了兩個肺癌患者，都是亞洲移民：一個是七十多歲的越南婦女，拉布醫生讓她存活了十三年，還有一個來自上海的中年男人，也已經看拉布醫生看了快十五年。他們都在家人的陪同下來進行例行檢查。遇到這些病人對姚天來說意義重大。他現在明白，如果控制得好，肺癌可能會成爲一種長期慢性病。跟他們相比，姚天更年輕、健康狀況更好，應該能再活幾年。他必須振作起來。

四十五

活檢過程並不複雜，但麻醉過後，他肋骨間的切口開始疼。這讓他的咳嗽變得更加痛苦難忍。正電子斷層掃描也不難，但核磁共振成像卻十分受罪。他必須仰面躺著，頭在掃描管的攝像頭下，保持十分鐘一動不動。但他不停地咳嗽，不知道怎麼才能辦到。

他把手錶和筆交給婷婷，被領進了核磁共振套間外的等候區。他在那裡等候的時候，一位乾癟的老護士對他說，「你這樣不行。你老是這麼咳嗽乾嘔，怎麼能保持不動呢，掃描會停止的。」

「我會盡全力。」他說。

「那祝你好運。」

他在床上躺好，一位方臉胖乎乎的年輕女性，幫助做核磁共振的技術人員，過來確保他的腦袋放進了床頭的凹槽裡。她給他蓋上一條毯子，又在他的胸口放了一個藍色的橡皮球。「盡量別動，」她說。「如果你實在忍不住了，就捏捏球讓我知道。」

「如果停下來，是否意味著我必須從頭開始？」

「是的，最好一次成功。我給你縮短一下時間，就五分鐘。盡量不要動。」

他點點頭，閉上眼睛，試圖在機器嗡嗡的轟鳴聲中放鬆下來。他的胸部一次又一次地收縮，把他推到咳嗽的邊緣，但他咬緊牙關，抑制住衝動。他越努力保持不動，這種衝動就變得越極度難忍。很快，他的食管裡全是痰液，但他別無選擇，只能咽下去。但是，他咳嗽的慾望每一秒都在變得更強烈！他開始頭暈氣短。他的腦子在飛快轉動：「你必須這樣做，必須成功！」他知道沒有別的方法能查出癌症是否已經轉移到大腦。最後當他集中全部力量來保持靜止的時候，他身上的每一個細胞似乎都在顫抖。痰液從他的嘴角溢了出來，甚至鼻孔都流出了粘液。

最後機器停了。「好極了！」技術員喊道。

他掙扎著坐起來，朝他的泡沫杯子示意。他一拿到杯子就瘋狂地咳起來，吐出一堆痰液。眞是如釋重負！她遞給他一張紙巾，他擦擦臉。

老護士看見他走出核磁共振室。她驚訝地微笑著，向他祝賀；她的兩頰，以前一定像蘋果一樣紅潤，現在則像一對乾土豆。

在接下來的日子裡，他咳嗽得越發劇烈了。有一次掃描顯示他的兩根肋骨出現了裂痕。他現在連呼吸都感到疼痛。然後，在一次新的預約檢查中，一位護士發現他的肺部氧氣水平很低。難怪他不停咳嗽——他的肺在努力掙扎著吸入氧氣，但結果是徒勞的，因爲那個較大的腫瘤壓迫到氣管，所以吸進身體的空氣不夠。薩曼莎給了他一個帶輪子的小氧氣瓶，又告訴他一家公司會給他提供一臺吸氧氣設備，可以幫助他更有效地呼吸。「今晚請在家等候氧氣機送到。」她說。

晚上七點左右，一輛黃色貨車停在他家公寓樓前，兩個人跳下車。他們帶進來一臺笨重的氧氣濃縮機和一對鋼罐，每個大約一呎半長，像一對小鼓。其中一個人給福妮展示了怎麼操作機器，將細塑料線連接到出口，還有怎麼往罐子裡充氧，這樣病人外出時也能帶著氧氣罐。在公寓裡，他不需要攜帶罐子，戴上鼻插管就可以輕鬆呼吸。氧氣製造器使用時會發出嗡嗡的噪音，所以福妮把它放在浴室裡，讓塑料線從門下通進他的房間。晚上開著機器，他可以正常呼吸了，但仍然很難入睡。婷婷不來的晚上，福妮還睡在沙發上。他叫福妮趕緊去睡自己床上，這樣才能休息好，第二天好去工作。但她不去，說噪音不要緊，她得確保在他需要的時候隨時照顧他。他看出她比以前瘦了，也顯得疲憊。

福妮請了一個下午的假，陪姚天到醫院去見一位外科醫生，叫摩爾克拉夫特。拉布醫生也在那裡，他對姚天說，他和摩爾克拉夫特醫生想盡快開始治療，所以他們要告訴姚天一些須知事項。摩爾克拉夫特醫生大約六十出頭，前額飽滿，鬢角的頭髮捲曲，眼睛炯炯有神。儘管活檢結果還沒出來，但拉布醫生猜測姚天可能得的是大細胞肺癌，所以手術治療最有效。摩爾克拉夫特醫生補充說，他做這樣的手術治癒了許多病患。姚天聽了很高興。他知道在中國，醫院不管病人是大細胞還是小細胞肺癌，都會開刀切除癌變。那裡的醫生會利用患者家屬絕望的心情，後者寧可傾家蕩產也會接受手術來延長病人的生命。而美國對小細胞肺癌不會動手術。

這場會面令姚天感到鼓舞，甚至愉快。一切安排得都很迅速，彷彿綠燈已一路爲他打開。他可以看到，他們對待每個病人的態度都是一樣的——所有醫務人員都對生命表現出深深的敬意。雖然未來的治療效果還不確定，姚天還是滿懷感激和希望地離開了。

第二天下午，拉布醫生打來電話，語氣很謹慎。他說有好消息也有壞消息。他告訴姚天，「核磁共振成像和正電子發射斷層掃描顯示你的癌症沒有擴散，我們沒有看見你的大腦或其他器官有什麼異常。但活檢結果出來了，你得的是小細胞肺癌。這個我們沒想到。」他停頓了一下，好像是爲了給他時間消化這個消息。然後他說：「對不起，我很抱歉。」

「所以沒有手術了？」姚天問。

「沒有了，但我們應該立即開始治療。越快越好。」

姚天感覺到醫生語氣的急迫，說：「我隨時都可以開始。」

「在這種情況下，我推薦你做化療和放療。」

「都聽您的。」

接著是長時間的停頓。醫生似乎對他迅速的回答感到驚訝。姚天見過了拉布醫生的一些其他病人，他確信自己得到了最好的醫生，完全沒必要猶豫。然後拉布醫生問，「你確定？」

「對，我確定。」

「那我要請薩曼莎和你約個時間，我們需要很快再次見面，好討論下一步細節。總之，我們不能耽擱，必須立刻開始治療。」

他終於收到了舒娜的來信。她在郵件裡說，她選擇寫信，是因爲擔心電話討論他的情況可能會讓兩個人都變得太情緒化。她建議他採取保守治療，好盡量減少痛苦。「姚天，聽說你得了肺癌，我很難過，」她寫道。「我一開始就不該讓你一個人去美國。我沒能成爲你的好妻子。」她說了一些安慰的話，但他看了很不舒服——她說得好像他馬上就要死了似的。

他回信說，他們——婷婷、福妮、賈維和他——已經決定跟疾病鬥一鬥。「奇蹟可能會發生，」他最後說，「如果可以的話，那就爲我祈禱吧。」

他想過爲自己的移民辯護，但又不知道怎麼措辭。他可能會無法抑制自己的憤怒。從舒娜的角度來看，她可能是對的：如果他當初留在中國，他的生活可能會有很大不同。但誰能預料到癌症會在何時何地發生呢？

他知道婷婷也和舒娜吵架了。婷婷堅持要舒娜來波士頓待一段時間，在他生命旅程的最後一段爲他送行。但她媽媽拒絕了，說還得教課。婷婷爆發了，喊叫起來：「我爸曾是你老公，難道你對他沒有任何感情了嗎？」

婷婷告訴他，媽媽沒有回答她的問題，而是掛斷了電話。

「她是個冷血動物！」她說。

「別這麼說你媽。」他也攔住了婷婷。

賈維時不時會打電話給姚天或者特地跑來看他。這個年輕人堅決反對保守治療，積極幫助他對抗癌症。他在網上做了很多研究，搜尋各種療法。他挺瞭解肺癌，因爲他有一個姨和表哥也死於肺癌，他認爲主要是空氣污染所致。賈維也支持拉布醫生推薦的治療方法，但賈維告訴姚天，化療的過程很不容易。他表哥就沒能扛過化療，在第三個療程因爲白細胞數量太低去世了。賈維建議姚天服用兩種草藥補充劑，這是他研究了幾個晚上得出的。一種是薑黃，這是一種廣泛應用於癌症治療的補充劑。他說：「休斯頓的一家頂級癌症醫院多年來一直在給病人服用這種藥。事實證明非常有效。」

另一種補充劑是肌醇六磷酸（IP-6），賈維說，「這是米糠做的，一點副作用都沒有。臨床統計數字顯示，化療期間服用它的患者最終白細胞的計數甚至高於他們開始治療前的水平。姚叔叔，從現在開始，你一定要每天服用IP-6。」

「好，」姚天說。「今晚我就去買薑黃和IP-6。」

賈維還告訴他，化療中使用的藥物半個世紀以來並沒有改變，但用藥方法改善了，特別在美國。也就是說，姚天的化療是常規的，但效果還是要取決於細節。賈維對癌症知識的瞭解讓姚天很佩服。小伙子說，如果他以後上生物化學方面的研究生，可能會選擇專門研究癌症。他上過兩門醫學預科課程，都非常喜歡。他覺得醫學比經濟學更有趣。姚天私下告訴女兒，他對賈維很滿意，希望兩人的關係能穩步發展。

四十六

福妮對做化療也有一個建議。她有個同事得了膀胱癌，也做了化療。她告訴姚天，「那個人說，他們往他的血管裡注射藥水，然後他一直發抖、打寒顫。你去化療前應該吃些薑粉。」

姚天也說會照辦。下一次去麻省總醫院看病福妮又陪他一起去了。有人得給他拿著氧氣罐，否則他不能四處走動。

他們會見了薩曼莎，討論了化療計畫。拉布醫生認爲這個星期就應該開始。輸液的時間表讓人恐懼。姚天翻看了一下治療的日期，時間跨度爲三個多月。一共四個療程，每個療程包括每天三次藥物注射。每次治療後，他的白細胞計數會有三週的間歇慢慢恢復。一旦恢復到一千五百以上，就再繼續化療。薩曼莎那雙淡褐色的大眼睛眨了眨，溫柔地對他說，「記住，第二次和第三次化療中間，我們會對你的胸部再進行放射治療。那可能最艱難的時期。等到那一步我們再好好計畫。」

她還給他開了兩種藥店就能買到的通便藥，因爲化療的一個直接副作用就是排便困難。還會掉頭髮，但他不用特別擔心，因爲以後頭髮會長回來。「你的頭髮甚至可能會長得更好。」薩曼莎說。她似乎努力地做出一個微笑，蒼白的臉上撒著一些雀斑。奇特的是，他在薩曼莎面前感到非常平靜，彷彿他開始意識到世界上眞的有善和美。薩曼莎身段苗條結實，假如沒有雀斑，他認爲她可以是一個非常美麗的愛爾蘭金髮女子。他告訴自己，不管多麼艱難或恐怖，他都必須熬過化療——生活是美好的，值得爲之拼搏。

見面結束前，薩曼莎還告訴他一個小經驗。「來輸液時，別吃任何你喜歡的食物，化療會毀了你的味蕾和食慾，以後你可能一看見那些你曾經愛吃的食物就噁心。」

在回昆西的火車上，福妮說，麻省總醫院癌症中心的醫務人員，特別是護士，都那麼友好，上班期間一直保持那麼鎭定、溫柔，一定不容易。他把頭靠在福妮的肩膀上，回答說：「她們和中國的醫生護士很不一樣，是不是？」

「別提了。那裡的一些醫生簡直像強盜。我在東莞時有一個同事，一次傷了腳去醫院。他們縫了她的大腳趾，收費三千多。她銀行卡裡沒那麼多錢，付不起。她說怎麼這麼貴，跟醫院吵起來。結果不付錢，醫院就不讓她走。然後，剛剛給她治療過的醫生過來，把她的縫線都給剪了，讓傷口敞開著。後來她不得不用棉線自己縫合傷口。最後，她一瘸一拐地走了幾個月。」

他嘆了口氣。「在那裡，普通人的命運彷彿螻蟻。」

「如果有下輩子，我眞希望當一個醫生。」她認眞地說。

福妮看上去雖然土裡土氣的，但她有洞察力，英文能力也不錯。主要是通過閱讀中英文報紙和雜誌自學的。她現在甚至可以用英語和美國人交談了。

姚天生病以來，福妮和婷婷開始相處得很好。她們輪流陪他去做化療，如果誰沒空，另一個人就頂上。他很高興女兒不再抱怨福妮。沒有福妮的幫助，他現在幾乎什麼都做不了。

與此同時，他忍受著癌症帶來的持續、劇烈的疼痛，比正常疼痛強烈一百倍。拉布醫生給他開了羥考酮片，但他還是盡量不多吃，怕上癮。反正止痛藥對他的情況也不是很有效。他盼望著化療過程盡快結束，認為自己要麼活下來，要麼因化療而死。他經常上網查閱跟肺癌有關的文獻。一篇關於肺癌死亡率的文章指出，三分之一的患者死於驚嚇，三分之一的患者死於猛烈的治療，只有最後三分之一的患者實際上死於疾病本身。他提醒自己不要害怕。他也做了一些自我反省。雖然他還不到四十五歲，但他並不怕死。他確信自己的歌聲會在很長一段時間內流傳下去。更重要的是，他已經脫離了壓迫人的政治制度，作為一個自由人生活了六年半。然而他還有一種強烈的感覺，他的藝術理想還沒完全實現。在他這個年齡，他前方應該還有一個漫長的職業生涯——他曾有志將自己的歌唱風格發展到完全成熟、獨特甚至莊嚴的水平。

下個星期二，在第一次化療開始之前，他沖了一大杯薑茶喝掉了。他和女兒一起乘地鐵去醫院。輸液室在八樓，環境布置怡人、陽光明媚，從窗戶可以俯瞰查爾斯河和城市的景色，到處點綴著葉子變成紅色和橙色的樹木。當混合了順鉑和滅必治的藥水注射進他前臂的血管時，他覺得自己沒有想像的那麼緊張。他吃的卓弗蘭藥片似乎有幫助。他覺得寒冷，時不時會冷到發抖，但有一些小小的發熱袋可以讓他身體的一些部分保持溫暖。那種一次性塑料包就像微型橡膠熱水袋，搖動就可以激活，冷卻時，可以再搖動袋子讓它們重新變熱。他身上蓋著一張預熱過的厚毯子，婷婷又把那些小的生熱袋放在他的腋下、胸口和肚子上。

在三個小時的輸液過程中，護士會過來檢查幾次病人。那天病房裡有八名患者在做化療，大家都坐在舒適的椅子上，也有些人像他一樣，戴著氧氣筒。他旁邊有個黑人，叫大衛，得的是前列腺癌。他兒子陪在他身邊，戴一副眼鏡，在塔夫茨大學念對外關係研究生。除了大衛，別人在輸液室裡都很安靜。大衛蓄著灰色的短鬍鬚，性格外向，只要有機會就會和別人閒聊。他稱護士為「甜心」，每次服務車過來的時候都要一杯軟飲料。姚天對他的樂觀感到驚訝，問他怎麼看起來一點都不緊張。大衛說：「如果你是個好人，你就不怕死。」姚天追問，「為什麼？能詳細說一下嗎？」大衛繼續解釋，「我是基督徒。如果上帝想要我回去，我就回到他身邊。如果他要我留在這裡，我就繼續活下去。一切都是上帝的安排。」

姚天想問他為什麼這麼肯定自己是好人，但他克制了自己。然而，大衛的話讓姚天沉思，他希望自己也是一個基督徒，然後相信自己即使死了，也會去一個更好的地方。他和大衛和婷婷聊聊天，時間很快過去了。走廊盡頭有一個小休息室，裡面有為病人和他們的陪護親屬免費提供的咖啡、茶、水果和小吃。那地方有一個小牌子，上面感謝了捐錢資助設立咖啡室的人，是一對十年前死於癌症的夫婦。

大約在午餐時間，一名穿著絳紅色圍裙的女服務員推著一輛滿載飲料、薯片、水果和各種三明治的餐車過來了。三明治的夾餡有奶酪、牛肉、雞肉、火雞和金槍魚。姚天一想到冷飲胃裡就有點抗拒，他要了一杯熱茶。他發現服務員是一名義工。她說她也是在這裡治好乳腺癌。現在女兒去了寄宿學校後，她決定來這裡貢獻自己的一點空閒時間，幫助別的病人。她說，大部分食物、飲料和水果也都是用前癌症患者捐贈的資金購買的。這種善行延續的方式讓姚天深深感動。他午餐吃了一個雞肉三明治，因爲他不喜歡奶酪和金槍魚，更不喜歡火雞的。婷婷也餓了，從餐車裡拿了一份蔬菜湯和一份牛肉三明治。

總體來說，輸液進行得很順利。他感激女兒一直陪著他。

接下來的兩次注射也沒有意外地完成了。於是第一期化療成功結束——到下一期化療，他有三週修整時間。幾天後，他的頭髮開始脫落。他早上醒來時，驚恐地發現枕頭上散落著一縷一縷的頭髮，床單上都是細碎的皮屑。甚至他的陰毛和一些眉毛也脫落了。兩天後，他就在鏡子裡看到了自己裸露的頭皮。上面有挺大的丘疹和瘡面，有的破了，還冒著膿。那些潰瘍點彷彿就是癌細胞被逼離他身體的出口。中醫叫這種過程「排毒」，看起來令人惡心，但是一個好現象。因此，他沒有過於苦惱頭上滴膿的瘡疹。

不可思議的是，第一期化療後不久，他的呼吸變得不那麼困難了。他可以在不插管的情況下到處走動，晚上也能睡個相對安穩的覺了。福妮也不在沙發上睡了。姚天不再像以前那樣咳嗽，泡沫杯也不用了。每個人都讚嘆效果怎麼這麼明顯——一次新的掃描顯示腫瘤已經縮小了百分之八十以上。連中藥店的郭大夫都說，得感謝西醫。他有時仍去那裡買一些中藥。「中醫治癌症不可能這麼快。」郭大夫說。

雖然他對結果也很滿意，但他讀了很多小細胞肺癌方面的書，仍不敢太樂觀。總體上說，化療對小細胞肺癌更有效，但長遠上看，這種疾病復發性很大，甚至產生耐藥性。他知道他的癌症是最惡性的，他還是要繼續小心謹慎，不能過於樂觀。

四十七

姚天的白細胞計數不高，但也到了可以繼續輸液的數值，於是第二期化療開始了。這一次也還順利，但這一療程結束時他已經全禿了，眉毛都沒了，身體虛弱到走路都有點晃。他在室內緩慢地移步時，會本能地伸手去扶著什麼來支撐自己。儘管化療的效果很好，但他現在胸部和背部的疼痛更加明顯。有時腰都感覺像要斷了似的，可能因爲腎臟的負擔太重，得排出輸入血液裡的那些藥物。那些藥物雖然是爲了殺死癌細胞，但也破壞了許多好細胞。他的器官一定受到了系統性的損傷。

由於他的白細胞計數太低，第三期化療推遲了一週。這次間歇快結束時，放療開始了。他將接受二十次胸部放射，每個工作日兩次。這是治療中最難捱的時刻，是化療加放療。爲此，他服用了幾種減輕食道疼痛的藥物，這樣結束後才能進食。射線的五個目標點畫在他的胸部。放療讓他精疲力竭，一次是上午七點，一次是下午三點。大家都擔心他可能無法按計畫完成早上九點半的輸液化療。這次化療和下一次放療之間有三小時，但他不可能回家去，再回來。醫院僅給住在三十五哩外的病人提供免費住宿，他住得太近，不符合條件。租用酒店房間有點不值得，因爲他只需要三個鐘頭。幸運的是，一名護士准許他躺在一個簾子隔開的地方，那裡病人們都躺在輪床上等著檢查或治療。護士們也都像天使一樣，穿著白大褂而不是淺藍色的手術服，他們都始終態度和藹、說著鼓勵人的話。其中一個叫貝芙莉，身材嬌小，兒子已經上大學了。她跟姚天說，她値的是長班，一次工作十二個小時，但一週只來三天，這樣她注意力比較集中。他能看出他們的工作有多嚴謹、多累人，但他們總是專心沉著。他們叫得出每個病人的名字。更讓人感動的是，貝芙莉鼓勵姚天要樂觀，雖然他的癌症比較晚期。她說：「雖然你是小細胞肺癌，但不像大多數病人，你基本上算健康。你所有的生命體徵都很正常，有些很完美。你應該可以完全恢復。」

他感謝她這些鼓勵的話語，對他來說意味著整個世界，給了他更多的信心。

然而，在第三療程化療的第二次針後，他不得不要求一次中斷。他本來安排週五接受輸液和兩次放療，但他確信如果眞按計畫進行，他可能就捱不過去了。所以他週五去醫院，告訴醫生想取消今天的治療。他想週一再來——癌症中心週末關閉，他需要這兩天時間緩一下。拉布醫生、薩曼莎和放射科的女負責人克蘇瑪醫生，都認爲他應該繼續按計畫執行，但他很堅決。他對他們說：「看，我一直很配合，從不喊疼叫累。但我現在有強烈的預感，如果我今天做了輸液和放療，我可能就沒命了。我的身體告訴我的。給我兩天休息時間吧。我保證週一回來，繼續進行。」

誰也勸不動他。女兒對他的固執很生氣，說他打亂了計畫，可能會毀掉治療。但她擰不過父親，只能屈服於他的決心。克蘇瑪醫生說：「你跟我爸眞像。我爸也是個老頑固，要是他決定做什麼事，沒人能讓他改主意。」她扮了個鬼臉，消瘦的臉上皮膚皺起來。她是第二代馬來西亞裔移民，在西海岸長大。

但結果是，他這個週末並未得到安寧。他在網上看到自己患肺癌的消息。《環球郵報》報導稱：姚天已處於肺癌第四期，正在醫院做垂死掙扎。文章暗示他的日子屈指可數，甚至用遺憾的語氣說他的歌唱事業「過早地結束了」。這篇文章讓姚天非常憤怒，他們想用他的情況來證明，如果一個人反對惡權，離開祖國，一心追求自由的生活，必將下場很慘。文章最後總結說，「姚天失去了舞臺、觀眾和名譽，現在即將失去生命。他的職業生涯結束了，他讓自己一無所獲。我們為姚天感到難過，這位歌手曾有過出色而輝煌的職業生涯，但現在已完全沉寂。」

這篇文章讓姚天感到精神壓力，但他還是設法平復心情，在接下來的一週裡繼續做完第三期化療和每日放療。當二十次放療終於完成時，他感到輕鬆了一點——從現在起，他可以專注於最後一期化療。二十天後，他終於完成了最後三次輸液。但從身體上來說，他已達到極限——他肯定哪怕再注射一次就一定會要了他的命。他覺得藥物的所有破壞力彷彿都集中在他的心臟，他痛得幾乎舉不起胳膊，連話也說不出。幸運的是，福妮會拔火罐，她在他胸部和背部到處拔火罐，多少減輕一點疼痛。

然後嚴重的副作用開始出現——他食慾不振、極度疲勞、嚴重便祕、漏尿、心悸、頭暈、腿抽筋、喉嚨痛。賈維告訴姚天，如果腿再抽筋，就吃一口鹹菜——體內的鈉鉀平衡可以減緩腿部的痙攣。他就吃了一點醃榨菜或鹹蘿蔔，小腿疼痛果然緩解了一點。偶爾咳嗽厲害時，褲子會尿濕，他覺得非常狼狽、難爲情。福妮給他換衣服，然後把他的睡衣、別的髒衣服和她自己的一起洗。她給他按摩、拔火罐。她爲他做了她能做的一切。自從他生病後，他們就沒有上過床，頂多彼此親吻一下。他感激她不逼迫他，總是體貼入微。只要有可能，他就會爲他倆做晚飯——她讓他別做，但他總覺得自己必須做點什麼來減輕她的負擔。這些天她從不出去吃飯，下班後總是匆忙趕回家。

一次新的掃描顯示，他的腫瘤已萎縮到幾乎只剩下疤痕。拉布醫生很激動。因爲治療效果極佳，他建議進行更多的放射治療。他跟姚天解釋說，「我們只對化療成功的病人進行腦部放療。肺癌如果擴散，一定會先去大腦。所以根據你的情況，大腦放療很有必要。我覺得你應該接受。」

「好的，聽您的。」

拉布醫生補充說，「大腦輻射可能會有副作用，比如一段時間內你的聽力和視力會受損。也可能導致老年痴呆。我會開一種藥來預防這種情況。」

「好。我要放療幾次？」

「十次。」

姚天聽了覺得還行，同意進行。這次治療相對容易，一天只需要一次，不需要在身上做記號。一名護士用一個布滿小孔的金屬面具蓋住他的臉，面具上給嘴和眼睛留了開口；這個工具是爲了防止他的頭在機器下面移動。過程很短，只有幾分鐘，姚天在治療過程中幾乎沒有任何感覺。

從各方面來說，他的癌症治療都算成功，醫生和護士對結果也都非常高興。但他自己還是不敢過於樂觀。他知道第三期小細胞肺癌患者的存活率——治療後仍能存活五年的——不到百分之四。如果他能活下去，一定是奇蹟。

幾個星期以來他一直精神渙散、萎靡不振。他覺得自己全身虛弱，哪裡都不對勁。有時，他一躺下，就覺得整張床在慢慢旋轉，彷彿躺在一個晃動不穩的巨型睡蓮上。他的視力也紊亂了。他發現自己正在閱讀的書頁一整張紙是空白的，或者只有一兩個字，也變得特別大——別的詞都消失了。他在室內走動，牆壁會像一面巨大的哈哈鏡一樣向他倒來，上面滿是突起或奇怪的圖案，門的形狀也變了，門框成了彎彎曲曲的。他大受驚嚇，趕緊給薩曼莎打電話彙報這些症狀，但她說這些症狀經常發生在腦部接受了放療的患者身上。她說這些症狀一定會逐漸消失，只要他千萬服用拉布醫生給他開的美金剛（Memantine），那種預防阿茲海默症的處方藥——六個月內每天一片。每當一些新症狀出現時，他就情緒崩潰，以爲自己將永遠這樣了。然而，在福妮和婷婷的幫助下，他還是咬緊牙關，克服了一個又一個可怕的症狀。

最近他常想起包先生，這人也曾在麻省總醫院治病，得的是肝癌。兩人在癌症中心等待各種預約時碰過兩次面，他們都需要見一些專業人士，比如營養學家、精神病學家、社會工作者。包先生說他從北京來，一切費用自理。雖然付了巨額醫療費，他還是情緒很高，跟姚天熱烈地聊天。他說自己能在這裡治病眞是幸運。中國醫生說他的肝癌已經沒救了。幸虧他兒子在麻省理工學院做博士後，所以包先生來了波士頓。他說自己現在感覺好多了，每天沿著查爾斯河慢跑兩、三哩。「我眞該早點來，」他說。「我兒子想讓我早點退休來波士頓，但我北京的單位離不開我，結果我太太還是逼我離了職，現在和兒子一家住一起。」

「你在北京不是可以享受更好的醫療嗎？」姚天問包先生。他懷疑包是個高官。

「不完全是，」他說。「那裡空氣不好，水也有污染。食物中各種不健康的添加劑。環境破壞得太厲害了，整個國家被弄得像個巨大的垃圾場。」

姚天覺得他的比喻可能有點誇張，但他喜歡包先生樂觀的態度。他六十多歲，但看起來仍然有精力和有活力，穿著牛仔褲和肘部帶補丁的格子西裝外套。姚天很喜歡跟他聊天，所以提出兩人互留電話。包先生也知道姚天的職業，在電視上看見過他幾次。他們都說以後再聊。

後來姚天跟亞斌提到這個人，名叫包鵬。亞斌立刻明白他是誰。「哎呀，是個大人物，級別很高，相當於部長，」亞斌說。「他主管中國的能源，工程師出身。」

姚天又瞭解了更多關於包先生的事情，他盼望著下次再跟他聊天。

四十八

包先生在電話裡聽起來很愉快，他請姚天過去一起吃個午飯。他給的地址顯示他家在劍橋，離中央廣場地鐵站只有幾步。姚天答應去看他——散步和一些輕微的運動對他有好處，他應該經常出門走走，免得陷入抑鬱。火車經過查爾斯河時，早晨的陽光下，水面波光粼粼。無數小船停泊在河中，一些窄窄的船帆在春風中鼓起來。一艘黃色的鴨子船正穿過船隻向西航行，船上一半是遊客。五六隻海鷗在半空上下滑翔，翅膀像鐮刀一樣。

包先生和他太太與他們的兒子和兒媳住在麻省理工學院的校園裡。研究生宿舍的公寓不寬敞，但乾淨明亮。包太太比姚天想像的要年輕很多，她顴骨高高的、身材修長，看起來五十多歲，前瀏海中夾雜著白髮。她說自己已經退休了，喜歡波士頓，如果能有自己的房子，她願意就在這裡養老，一直住下去。她給姚天倒了一杯更適合冬天喝的普洱茶，然後就坐到丈夫身邊，依偎著他。姚天吃了一驚。當著陌生人的面，這位太太毫不掩飾自己對丈夫的感情，時不時拍拍摸摸自己的先生——他們一定彼此深愛著對方。她說包先生最近經常提起他。顯然她也知道他是歌手。

他們聊天時，他注意到架子上放著幾張照片。都是包先生與各位達官貴人的合影。姚天指著那張他和歐巴馬總統的合照，兩人都穿著西裝，繫著領帶。「那是你嗎？」姚天問。

「是的，我代表中國參加能源會議和其他國家談判。」包先生說。笑的時候臉更寬了。還有一張照片是他與時任國務卿希拉蕊・柯林頓握手。姚天很想知道包先生對他自己目前的情況怎麼看——他在這裡完全是個普通人——但姚天忍住沒問。

按計畫，兩人去麻薩諸塞州大道上的一家餐館吃午餐。包先生戴了一頂氈帽，蓋住了他的白髮，使他顯得更年輕，有風度。寒冷的空氣中瀰漫著汽車尾氣和一些化學物質的味道。做了化療後，姚天的嗅覺變得特別敏銳，一到新的空間馬上能分辨出空氣的質量。他估計自己以後會很難適應在一個擁擠的大城市裡生活，他總能聞到明顯的污染、本能地憋氣，感到窒息。午餐他點了一份菠菜餡餅和一碗海鮮濃湯。包先生點了炸魚和薯條。包先生吃得津津有味，甚至還舔了舔沾到手指上的韃靼醬和番茄醬。他旺盛的食慾讓姚天驚奇。難怪他如此精力充沛，每天早上沿著查爾斯河慢跑幾哩。

姚天一邊吃著蛤蜊海鮮濃湯拌牡蠣小餅乾，一邊問了一個一直盤旋在他腦袋裡的問題。他說：「包先生，您曾經是個高官，一定有很多特權，像特別的醫療、公務艙、花園洋房、保姆、司機和祕書。現在您住在這裡的一個小公寓裡，和我一樣，作爲一個普通的癌症患者去醫院。你怎麼保持內心的平衡和寧靜的？你覺得生活對你公平嗎？或者，你不後悔來這裡嗎？」

包先生好像對自己笑了笑，說：「我以前的確有不少特權，但我並不多麼高興。作爲中國的官員，不收賄賂或回扣是不可能的，因爲所有的同事都這樣。如果你不想那樣，你就成爲他們的敵人，成爲他們致富路上的絆腳石。他們遲早會除掉你的。在狼群中，你就得跟狼一樣嚎叫，顧不上自己的感受和尊嚴。我最討厭開會，特別是有高層領導人的會議。有時我們只好穿尿不濕去開會，因爲會太長了，大家中間不敢離開座位。那些會議純屬折磨。有時我忘了穿尿不濕，只好拼命憋尿。」

姚天笑起來。他的菠菜餡餅上有一塊碎屑掉在了桌子上。

包先生繼續說，「你看見我的頭髮了嗎？花白了，這是我本來的樣子，在這裡我就不需要隱藏。以前因爲沒有像上級同事那樣把頭髮染成烏黑，經常惹麻煩。隱瞞眞相是那裡官場文化的精髓。老實說，我到這裡後，我覺得我終於可以做回自己，過一個乾淨體面的生活。所以我沒有遺憾。我終於可以像正常人一樣吃飯睡覺了。」

他濕潤的眼睛盯著姚天的臉，他似乎被自己的話感動了。姚天聽得出他說的是心裡話。但姚天接著說，「你的肝臟怎麼樣了？你覺得在這裡你得到更好的醫療了嗎？」

「肯定的。只要有機會，大多數高官都會寧肯來這裡治癌症。要是我還待在中國，我可能已經死了。」

「你來多久了？」

「一年零兩個月了。」

現在他明白爲什麼包先生每次談到他的癌症治療時，總是用「幸運」這個詞。所以，和他一樣，姚天也應該感到幸運。他也跟包先生說了實話，「我叔叔二十年前在瀋陽就是得肺癌死的。如果我在中國得了這種病，可能也只是接受保守治療，就等於對癌症投降了。」

「姚天，我明白你的意思。我跟你看法一樣。」包先生把他的手放在姚天的手腕上，搖了一下。「你還年輕，未來的日子還長。你現在不覺得好多了嗎？」

「是好多了。」

「看，這就是區別。在中國，我從沒見過一個晚期肺癌患者活多久。那裡的人得了這種內臟癌症，基本上就等死了。」

「是的，」姚天同意。「我一個朋友也這麼說：肺癌在中國等於死刑。他父親是旅順港北海艦隊的一名將軍，也得了肺癌。他把父親送上救護車去北京治病時，就知道父親應該回不來了。」

「所以我們都應該感到幸運。」包先生把一根長長的炸薯條送進嘴裡，嚼得津津有味。

與包先生的會面讓姚天大開眼界，也增加了希望，雖然他知道他們其實是在兩艘不同的船上。包先生不必擔憂在這裡的物質生活——他有足夠的保障，國內的養老金和津貼，以及在中國的龐大關係網。像大多數官員一樣，他一定在幾十年的受賄過程中積累了相當的財富。他不可能有姚天那樣的感覺——就像一條淡水魚必須生活在鹽水中，努力成爲一種能適應各種鹽度的生物，最終在河流和海洋中都能自由地游泳。此外，包先生隨時可以回中國的老家，他情感上也有保障。而姚天如果不是住在麻省，他不可能享受全民醫保、在最好的醫院接受治療。他和包先生都很幸運，在不同的方面。

他們的會面也大大安撫了姚天。他覺得好多了，成功解決了一直折磨他的一個問題：他的肺癌究竟是他在這裡的七年中，因爲挫折和悲傷引起的，還是遺傳因素、無論他去哪裡都難逃厄運。現在他明白這個問題沒有答案。爲了安撫自己，他又重複了一遍那句美國俚語：「爛事總會發生。（Shit happens）」他開始思考如何重建生活，不管這過程有多長。現在到來的每一天都是老天的饋贈。

然而，死亡一直縈繞在他的腦海中——他甚至花了八百五十美元在福妮常去的佛寺那邊買了一處墓地。他喜歡那個乾淨、寧靜的山坡，周圍有大楓樹、冷杉和橡樹遮陰。東邊流淌著一條清澈的小溪。福妮說她也想葬在那裡，也許和他一起。知道自己將在哪裡長眠大大放鬆了他的神經、幫助他接受死亡本是自然中的場景之一。的確，這是生活的一部分。

他缺席了這年的神韻巡演，一時謠言四起，說他已經死了。五月初，他震驚地在《環球郵報》上看到了自己的訃告。說他死於肺癌，只有五、六個人參加了葬禮。「姚天徹底默默無聞地去世了，這很不幸，儘管他在中國名聲很大。他是一個迷失的靈魂，偏離了大多數藝術家選擇的寬闊道路。他是任性和自大狂的反面典型。我們像他的許多前粉絲一樣，哀悼他的去世。」

他氣壞了，在心裡詛咒這個作者——王八蛋，去你媽的！他氣憤了好幾個星期，雖然他的朋友——亞斌、譚麥，還有一些別人——都寫信給《環球郵報》譴責這一錯誤信息。結果該報的一名編輯回應說：「作爲歌手，姚天已經死了，所以訃告具有象徵意義。我們把它刊印出來是爲了哀悼他溫暖美妙的歌喉的消失。我們都希望他得到慰藉和安寧。」

感覺像是被人從背後捅了一刀，但讓他更加堅定了重新開始演唱生涯的決心。他氣得發抖，想像自己帶著復仇的氣勢、暴風驟雨般地重返舞臺。但不管他多麼努力，還是無法完整唱完一首歌，他的記憶不連貫，歌詞經常搞混。更糟的是他的聲音已經失去了大部分的華美和光澤，他以前輕而易舉能夠達到的高音，現在唱破嗓子也不行了。他失去了用聲音表現自己的能力。他常常痛哭流涕，覺得自己再也不能像以前那樣唱歌了。也許強化訓練可以有用，但考慮到他的情況，幾乎是不可能的。

他已經七個月沒工作了，積蓄在逐漸減少。他現在必須賺些錢，但怎麼賺呢？他記得那個經常在火車站唱歌的愛爾蘭人。也許他也能那麼做？但他不再有體面表演所需要的記憶和聲音。他經常把吉他拿出來漫無目的地哼唱彈奏。要是忘了歌詞或曲調，他可以臨時編造一行把歌繼續唱下去。只要曲調連貫，他就能完整唱出一首歌。他這麼考慮，又做了一些練習，決定鼓起勇氣去表演，賺一點錢。現在你將成爲一名眞正的街頭藝術家了，他告訴自己。

他不能在戶外唱歌，因爲他的肺仍然虛弱，風稍微大一點都受不了。他選擇了有屋頂的火車站平臺，那裡空氣清新但沒有風。昆西中心，有完全遮蔽的月臺和熙熙攘攘的人群，似乎是最好的地方。但他到達車站時，看到那位愛爾蘭藝人正靠在水泥柱上快樂地唱歌，一輛嶄新的小手推車和一個樂譜架放在他旁邊。於是，姚天乘火車前往麻省大學，那裡也有很多乘客，站臺也有屋頂。他擔心婷婷會在那裡看到他，但他管不了那麼多了。月臺上，他坐在離樓梯不遠的地方，調整了一下吉他，開始唱歌。他閉上眼睛，讓他的聲音無詞地跟隨他彈奏的和弦。人們停下來傾聽，或者扭頭看他。不時有人過來往地上打開的吉他琴盒裡扔一兩塊錢。雖然他戴著藍色棒球帽和一副墨鏡來遮擋自己的面孔，但他覺得他的臉一定是路過的一些中國學生熟悉的；他們中的一個不時會停下來凝視。他們一定想知道這個人是不是歌手姚天。他怎麼會淪落爲一個在火車站賣唱的人？

第一天，兩個半小時，他賺了五十六美元，他很高興。從那以後，他繼續在各個火車站唱歌。最困難的是一些生理需要，比如大多數紅線地鐵站都沒有洗手間，如果他穿過旋轉關卡去外面的咖啡店或餐館用洗手間，回來就得再付兩塊五美元車票。因此，他進了車站就會盡量少喝水，還會長時間憋尿。他一次表演的時間也不能超過一個半小時。他的膀胱因爲化療已經出現問題，憋尿很困難。有一天，他從昆西中心站走回公寓的路上，尿急得都沒法走路，只好在人行道旁的一張熟鐵長凳上坐了一會兒，好平緩膀胱，最後好不容易堅持到家。然而到家的時候褲子已經尿濕了。看到自己這種慘況，他不禁悲從中來，流下了眼淚。幸虧福妮不在家，他可以自己悄悄換掉褲子。從那天起，當他出去唱歌時，他會穿著成人尿不濕，包裡帶個空塑料瓶。工作時他還是必須喝一些液體，得保持身體的水分。如果他要尿尿，就找個隱蔽的地方尿到瓶子裡。這件事困難重重，但他仍穩定地收穫了一些現金。不過，他還是很焦慮，不知道自己這樣能堅持多久。

一天傍晚，當他在昆西中心車站唱歌時，福妮穿著一雙雪地靴走下火車，正往自動扶梯走。她一眼看到他正在那裡高聲彈唱。她衝過去抱住他，淚流滿面。

「你不要這樣！」她說，呻吟著。「我不讓你這樣！你不要這樣委屈自己！」

人們轉過頭來看他們。他試圖微笑，但笑不出來。他努力對福妮說，「可以的。歌手就是唱歌掙錢的。我們這個職業從古至今就是這樣的，誠實地工作沒什麼丟臉的。」

「我不讓，我不讓！」

她把他拽到自動扶梯旁，這樣他們就可以一起回家了。她一路上不停地擦去流到臉頰上的淚水。

那天晚上，她和婷婷在電話裡激烈地交談。他不時聽見福妮說的一兩句話。他聽到她重複道：「我們一定不能讓這種事再發生！」

四十九

婷婷暑假待在波士頓。她和賈維都在校園裡找到了兼職工作，賈維在實驗室當助手，婷婷在學校的美術館實習。賈維經常來看望姚天，他們能聊不少話題，關於生活、政治、體育。這個孩子喜歡橄欖球，但姚天欣賞不來，不過他們都喜歡籃球和足球。他們也談到了賈維對未來的計畫。他喜歡生物技術，想考這方面的研究生，但不確定是在中國還是在美國學習。他更喜歡美國的社會環境和更透明的政治，但像婷婷一樣，他也依然對中國滿懷著感情。他希望自己能為祖國的發展做點什麼。姚天很高興知道他有一種超越職業的理想。他們這代年輕人大多是獨生子女，往往自我中心，只關心個人利益和自己的成長。賈維似乎是個例外。為了讓姚天安心，賈維保證，「婷婷去哪我就去哪。」

姚天很欣慰。他內心深處希望他們大學畢業後留在美國。婷婷和賈維年輕，應該可以在美國扎根，一起建設美好未來。此外，如果他們在這裡定居了，感覺也像是他自己移民生活的延續，也將向他的前妻證明他的決定是正確的。

八月中旬的一個晚上，他女兒來了，遞給他一張兩萬五千美元的支票。「這是我媽媽的。」她說。

「爲什麼？」

「她說給你的。她說你需要它。這是你的錢。」

「想不到她這麼大方，」他有些苦澀地說。

「收下吧，爸爸。她沒說這是禮物。她說這些錢屬於你，因爲你也擁有我們舊公寓的一部分。她還說，賣房子的錢她一直都花在我的學費上，不剩多少了。」

這話可能不是眞的。因爲婷婷一年前成爲了本州學生，因爲父親是美國公民，也是麻省居民——她的學費現在只有國際生的三分之一。但對此他隻字未提；他確信她母親現在應該有很多剩餘資金。

後來他和福妮談了如何處理舒娜的錢。福妮再次堅決反對他在火車站唱歌。她說：「你想，如果有人拍下你在火車站唱歌的照片，傳到網上。官方媒體一定會再次大肆炒作、幸災樂禍。我受不了你受這種侮辱。」

「我無所謂。」

「但我會心痛得要死。」

「好吧，那我就不做了。」

「姚天，你知道我最喜歡你什麼嗎？」

「什麼？」他誠心問。

「雖然你曾是名人，但你很正直。你說話直，走路也直。你總是要過誠實的生活。」

「這馬屁拍得好！」他笑了，她也笑了。

他們決定開辦一所小型唱歌學校。他確信他能教好，現在他不再去巡演了，可以當全職老師。只要他能掙足夠的錢活下去，他就會滿足。

他在一個購物中心的後面租了一個工作室；空間不大，天花板也低，但很清靜，學生可以不受打擾地練習唱歌。在一次教堂拍賣中，他買了一輛黑色的史坦威二手鋼琴，運到了教室。然後他雇了一個調音師來調整琴鍵琴弦。他總共花了一千一百八十美元。他很開心，從沒夢想過自己眞的能擁有一架小三角鋼琴。他在兩家社區報紙上登了廣告，不久他就開始招到學生。大部分學生都是家長認爲孩子的聲音很好，可能有培養前途。也有一些成人慕名前來報名。他們聽過他的專輯，在Youtube上看過他的視頻，想跟名師學習。雖然他身體還很脆弱，但這項工作不難，他能應付得來。他只希望中國官員放過他，不要再破壞他的生意。

此時，他的健康狀況也在改善。他的頭髮長回來了，比以前更黑，但更細一些。儘管化療和放療的副作用讓人痛苦，但他注意到他的一些老毛病，比如手上的水泡、肩膀和脖子疼，卻消失不見了。他想或許是化療偶然治癒了這些，但也損害了他的免疫系統。最近他每天下午開始走很長一段路。週末，福妮會和他一起去沃拉斯頓海灘漫步，看壯麗的日落，然後在海邊的蛤蜊小屋一起吃一籃子海鮮。他必須多吃，好增加體重——他需要身體重量來抵抗癌症。

秋天的一個晚上，福妮對他說：「你聽說全民醫保可能被取消了嗎？」

「誰說的？」他問。

「我聽到電臺裡有些當官的在談論這事。有個人說歐巴馬醫保很不好，是社會主義的騙局，必須換成更合理更實惠的。」

他警覺起來。如果全民醫保發生重大變化，像他這種情況，說不定就是第一批被遺棄的人。也許根據法律，他們不能公開這麼做，但正如新罕布夏州一位美國音樂家告訴他的那樣，他們可以增加他的保費，然後再寫信告訴他，「我們鼓勵您看看別家公司的醫保，有沒有更適合您的保險計畫。」這位音樂家說他多年來一直被迫從一家保險公司換到另一家。結果，他開始考慮要不要搬到北歐、丹麥或挪威，他女朋友就是北歐人。

福妮和姚天坐在餐桌旁，喝著綠茶。假如他沒有麻省全民醫療保險，他的醫療費很快就會讓他傾家蕩產。他已經看到了治療費用的驚人。一份包括核磁共振成像的帳單顯示，他在醫院僅僅一天，就要付兩萬三千多美元。那以後如果他沒了保險，復發了怎麼辦？而且他現在每三個月一次的定期體檢，就要花一大筆錢；光一次CT掃描就要兩千七百美元。他能做些什麼來保護自己？

福妮似乎覺察到了他的憂慮，她凝視著他，然後笑著說，「我有一個想法，但是如果你不喜歡，不要生我的氣，好嗎？」

「我當然不會。說來聽聽。」

「我們結婚怎麼樣？只要我工作，我的保險不錯，就可以覆蓋我的家庭。」

他吃一驚，一時無語。「我得了這麼嚴重的病，」他努力表達。「我隨時會死。你不該背上我這麼一個沉重的包袱。」

「如果你死了，我不介意一輩子做你的寡婦。你知道我有多喜歡你。我樂意爲你做任何我能做的事。如果你同意我們可以結婚來預防未來的保險問題，那就這樣做吧。」

「你想要孩子，我可能給不了你。我太虛弱了，也不年輕了。」

「當媽媽是我的夢想，但爲了你我也能放棄。而且，誰知道呢，也許你會長壽，我們說不定會有孩子的。不管怎樣，從現在起我想一直陪伴你到老。」

他被深深觸動了，努力抑制住喉嚨裡膨脹的熱乎乎的腫塊。過一會兒，他故意用一種像牧師一樣嚴肅的聲音說，「余福妮，你願意這個男人，姚天，做你的丈夫嗎？」

「是的，我願意！」她咯咯笑了起來。

他也笑了，眼睛模糊，湧上了淚水。

那天晚上，自他生病以來，他們第一次睡在了一張床上。他發現她的身體肌肉很結實，因爲她每天都要做體力勞動。她健壯的肌肉和光滑的皮膚散發出健康的氣息。他們做愛，之後一起沉沉睡去。

第二天他先醒來，她還在他身邊輕聲呼吸，他想到了他們即將到來的婚姻；他們打算那天早上就去市政廳登記結婚。他們想盡可能簡單，以免引起任何注意。他對自己渴望與福妮結成神聖的婚姻感到驚訝。某種程度上他可能已產生了情感障礙，害怕與任何人深入交往。

他內心封閉，不完全信任任何女人，總是怕被利用或欺負。這也許可以解釋爲什麼許久他沒有眞正愛過任何女人了。他的確曾深愛過舒娜，和她結婚，但後來他們的感情冷卻了，他們的個人追求讓他們進一步分離，最終完全分開。福妮和別人不一樣。他不能說自己多麼熱烈地愛她，但他無條件地信任她、珍惜她，把她視爲生命中的一部分，沒有福妮的生活他再也無法想像。

他們從市政廳拿到結婚證後，在「海洋花園」舉行了一個小型的婚禮晚宴，主要是爲了福妮的親戚：弗蘭克、薩米和他們的孩子。婷婷和賈維也來了。福妮的老闆漢克和他的妻子康妮也被邀請了。漢克是兩家超市的老闆，在華人社區很受尊敬，他很高興參加福妮的婚禮。康妮一直說她終於見到了姚天本人。她在電視上見過他，但沒想到他是個如此正常的人。他猜想她是想說他謙遜，但他對她坦率的話很滿意。晚宴結束時，福妮的老闆在他們的結婚證上簽了字。

他們沒有邀請他的任何一個朋友來參加他們的結婚晚宴——姚天在波士頓地區沒有很多朋友。但他寫信通知了一些朋友，也收到了譚麥和辛迪的祝福。正如他所期望的，亞斌說會來和他們待一兩天。

感恩節後的那個週末，他開了一輛深藍色的寶馬專程從紐約過來。姚天和福妮都很高興見到他。然而令他們驚訝的是，雖然亞斌還穿著明亮活潑的衣服，但他比兩年前姚天看見他的時候「中年」了不少。他甚至已經有了初期眼袋。姚天的腦海裡回響著一句俗語：「男人四十一枝花」，意思是很多男人四十歲時正處於身體巔峰。亞斌才四十四歲，卻似乎已經「枯萎」。「沒想到他變老了這麼多。」亞斌出去在車上掛停車許可時，姚天對福妮說。

她咯咯地笑著說，「花花公子也會老。這兩年他的生活節奏一定很快。」

「或者勞拉也從他身上榨取了很多。」

「那是他自找的。那些錢他不能白拿，總得付出點代價，我估計。」

亞斌喜歡姚天的廚藝，所以姚天做了一頓海鮮大餐。有微煎扇貝、紅燒比目魚、炒軟殼蟹。他們還開了一瓶夏多內紅酒。亞斌愛喝酒，但福妮和姚天都喝不了多少。這是兩人新婚以來頭一次在家裡宴請賓客，亞斌聽到這個很高興。

喝著烏龍茶，他談到了他在紐約的生活。聽到他現在單身一人，福妮和姚天都很吃驚。

「芙蕾達呢？」姚天問道。

「芙蕾達太狡猾了，」亞斌說。「她對我恨之入骨，卻是我的中方代表。」

「她很有能力，能在生意上幫你很多，」姚天說。

「的確有能力，現在是個精明的女生意人了。」

「她不會跟你在一起？」福妮問。

「她讓我牙痛。」

福妮和姚天尷尬地笑了。你的「女士殺手」魅力到哪兒去了？他們開玩笑地問他。

「我厭倦了女人。」他輕輕地嘆了口氣說。

「你不再喜歡女人了？」福妮困惑地問。

他搖搖頭，波浪卷的頭髮裡看到一些白髮。他說：「這就是人生之謎。我曾經相信，只要我有錢，我就會過一個悠閒的生活，無憂無慮。但現在我的錢足夠多了，卻比以前更焦慮了。」

「你擔心什麼呢？」福妮問。

「失去我的錢。」他自嘲地笑。「很多女人都想和我在一起，有些想和我結婚，但我一個也不相信。我看不出來她們是不是只想要我的錢。」

福妮和姚天都笑了。姚天對亞斌說，「沒准女人不都是這樣的，再找個新的吧？」

「我已經不年輕了。我想安定下來，成個家。但我喜歡的年輕女人心裡都沒有結婚的念頭。我好像被卡住啦。」

「這眞是個幸福的兩難。」姚天試圖安慰他。

「你當然可以這麼說——你已經有一個成年女兒了。再過五六年，我就五十歲了。我眞的不能再玩了。」

福妮說：「我相信你一定能找到一個合適的、願意和你建立家庭的女人。你就睜大眼睛找，耐心點。」

亞斌感激地點點頭。他現在做進出口生意，主要是葡萄酒和一些烈性酒。他有自己的倉庫和十一名員工。從專業角度來說，他成了成功的商人，但他承認他所做的一切只是一份工作。他沒有激情，並不知道自己眞正喜歡的是什麼，雖然他肯定知道不再是美女或名車。他開寶馬只是因爲他的大多數同事都開豪車。幾乎一切都讓他厭煩。

他想抽菸，所以姚天陪他出去了。他們一起朝北方的墓地散步。姚天穿著福妮給他買的一件綠色羽絨服，亞斌穿著一件上身帶有「加拿大鵝」牌子的連帽外套。空氣中飄蕩著一股微弱的臭鼬氣味。一簇簇的樹葉散落在人行道的街沿，亞斌的義大利拷花皮鞋輕鬆地踩在上面。這天是陰天，風有點冷。他吸了一口駱駝牌香菸，說：「姚天，你眞幸運，你知道嗎？」

「幸運什麼？」

「娶到一個你可以完全信任的年輕妻子。最近我開始理解爲什麼有人說他們更喜歡寵物而不是人類。在這個世界上，最難得的是找到一個你可以絕對信任的人。一定要珍惜福妮，就算她不像你前妻那麼漂亮。」

「我當然會，」姚天說。「我把她當成自己的一部分。」

「這是我最欣賞的眞正的婚姻，相互理解支持。當然還有愛情。」

姚天不確定他的朋友是否眞的理解他們的婚姻，但亞斌的話顯然是發自內心的，這對他這樣的人來說挺罕見。姚天重新提起亞斌吃飯時沒談下去的話題，問：「你現在和芙蕾達鬧矛盾了？她不是已經有了俄羅斯男友，四處旅遊的新廚師？」

「那是老新聞了，姚天。那個俄羅斯人回海參崴去了，他們就分手了。現在她是我在中國飲料行業的代理，那邊美國葡萄酒和啤酒賣得很好。芙蕾達從銷售中提成。我知道她心裡討厭我，我也希望我能不用她，但我的生意離不開她。」

「我眞想像不出你倆如果相處不好，怎麼在一起工作？」

「一開始我試著對她好，但很難，就像一個有裂縫的碗——不管鍋補得多好，裂縫總在那裡。到目前爲止，我們總之一直在一起工作，有錢賺嘛。」

「所以你們兩個不能像以前那樣有眞正的關係了？」

「嗯，就像我說的，她很難相處。但平心而論，她說你娶了福妮是正確的決定。」

「眞的嗎？女兒跟我說她說我對女人沒品味。」

「那是她一開始的想法。她漸漸看出你和福妮挺般配。她還說就算愛你，也不可能像福妮那麼投入，她會盡全力讓你回中國。她認爲你的前妻背叛了你、毀了你。」

這讓姚天想起了以前那個腦筋頑固的芙蕾達，永遠不會改變她的想法。他問亞斌，「她會回美國嗎？」

「我不覺得。她說她的根在中國，不會離開祖國。她跟以前一樣大言不慚，現在更牛皮哄哄了。還有一點小粉紅。」亞斌說。

姚天說：「只要她在那裡，就能對你更有用。」

「她現在也是第一等的女商人。但她現在也是老女人了，典型的『剩女』，好像討厭所有的男人。」

姚天覺得這些話可能有些言過其實，但並沒有反駁他的朋友。

在遙遠的海灘上，兩個年輕人，一個男孩和一個女孩，正在玩一個紅色的飛盤。他們身後，是一片寂靜的海灣，水上一艘船都沒有。厚厚的積雨雲浮在半空，有些在聚合有些在散開。

第二天早上亞斌走之前，給了福妮一個裝著二十張百元大鈔的小信封，作爲結婚禮物。他說：「我不知道你和姚天需要什麼，所以我就拿這個作禮物吧。照顧好姚天。他會是一個模範丈夫的，會讓你驕傲的。」

她點點頭，感謝了他。

五十

只要沒有遺憾，就不應該怕死。這是姚天在生與死的掙扎中領悟到的道理。然而他的確有遺憾、很深的遺憾。他仍想唱歌，但他的聲音已經不夠強了。他常在心裡琢磨該怎麼辦。

教年輕的學生聲樂，這種工作不一樣。沒有表演時那種神聖的感覺。在教室裡唱歌只是爲了向學生示範技巧。這是日常平凡的工作，雖然他很高興能以此獲得收入。他每小時每個人收費七十美元。學生的父母們對價格都滿意，特別是看到孩子取得了進步後。學生中有個叫沃爾特·盧塞洛的少年，母親是中國人，父親是多米尼加人。沃爾特低音洪亮，曾在教堂唱詩班唱歌，但他母親堅持讓他和姚天一起學習，希望他未來能成爲職業歌手。這也是這個男孩的抱負。姚天很喜歡沃爾特，教他特別用心，幫他擴大音域、培養他演唱各種風格的能力。沃爾特上課準時，來的時候也總是做了充分的準備。

有時，姚天渴望全音域唱歌，但他又不敢。拉布醫生建議他不要唱長音——如果他必須唱歌，就得適度，不能傷到肺。因爲他心裡癢癢地渴望表演，所以他開始寫歌詞，如果寫得不錯，或許能配上音樂。他對作曲不太瞭解，但他知道足夠多的曲目，知道什麼樣的歌好。

他在歌曲創作上是新手，但作爲有經驗的歌手，他也知道什麼樣的歌詞合適。有時他一天能寫兩首歌。他希望他的歌曲能有鋒芒，使用的詞語就像利齒，能在社會上引起共鳴和聯想。其中一首歌的標題就叫〈鋒芒〉。歌詞是：

我最後的鋒芒怎麼都消失了？
每天繫緊腰帶
可腰圍一直在擴展。
我的臉失去了年輕的光彩。
哦，天，怎會如此發福
所有稜角都被磨平？
從何時起我變得滾圓，
每個部分像球一樣光滑，
甚至我的舌頭也巧言善辯
只會說些謹慎和規矩的話？
從今天起，我將掌握飢餓的藝術
讓自己回到原來的尺寸。

我會滅掉所有多餘的重量
讓四肢輕鬆舒展。
我所有的鋒芒將重新顯露。

他把自己的一些歌詞發給了亞斌和譚麥。譚麥覺得很棒，提出可以把其中的一些譜上曲。姚天很高興——她是他認識的最好的作曲家之一。她喜歡他的一首短詩〈鴕鳥精神〉，不過他自己對怎麼唱這麼一首譏諷的曲子還不太清楚：

當麻煩來臨
我轉身把頭埋進沙裡。
黑暗中我的眼睛看不見，
耳朵聽到的只有寂靜。

讓別人去冒險
這樣我才能安全地活下來。

噢，別踢我的屁股！

別用刀砍我的脖子！
好人，我的肉太少，
還不夠你做一個漢堡。

他還針對當前的世界形勢寫了一些歌詞。近年來，中國經濟增長強勁，一些西方民主國家為了賺取更多利潤，甚至開始背離自己的基本原則。有個西方政要被請到中國的會議上發言，獲得了二十五萬美元的報酬。最後，個人利益擊敗了他們的道德操守。是時候提醒人們，民主社會不能再退讓了，否則中國政府的獨裁加上數字化掌控，惡果將波及全世界。

他引以為豪的另一首歌也有一些社會關懷。叫〈蝴蝶的翅膀〉，譚麥覺得很能喚起人們的情緒。歌詞是這樣的。

在權貴們眼中
我們只是一群蝴蝶，
虛弱得沒有聲音
也傷害不了任何人。

現在是我們一起振翅高飛的時候了。

從我們微小的運動中，風暴正在聚集
它會穿過海洋，
在另一個海岸掀起颶風。

哦，蝴蝶，繼續拍打你的翅膀。
你的小動作會撼動
很多遙遠的邪惡王國
把他們一個接一個推倒。

譚麥說她一定會盡最大努力給他的歌詞創作合適的音樂，她還鼓勵他努力練回自己的嗓音。她希望最終他能演唱自己的歌曲。但在他看來，他的表演不如歌曲本身重要。如果歌曲寫得夠好，它們會有自己的翅膀找到合適的歌手。

譚麥過來看他們了。她還沒見過福妮，她想來表達一下她對姚天的友誼和支持。她和姚天也有一些工作要談——她要爲他的歌詞作曲。在她的音樂中，她經常借鑑長江三角洲鄉村的傳統中國茶館形式；在那些小型的公共集會上，表演喜劇和說書的人，會討好經常來看表演的觀眾。譚麥想在她的音樂中傳達活潑的氣氛，讓音樂俏皮而不那麼嚴肅。她會放入一個小鑼，產生一個清脆、愉快的聲音節奏。她創作中的戲謔元素很適合他的諷刺性歌詞。聽到她哼著旋律，一邊敲著她自己帶來的小鑼，姚天知道，這個音樂會使他的歌詞生動起來，給它們注入更多的戲劇性。

當他和譚麥在客廳裡比較不同的音符時，福妮帶來了用保麗龍盒打包的午餐，裡面有各種餡料的薄餅：雞肉、魚、牛肉、蔬菜。這是她從金門超市裡的一家小吃鋪買的。福妮喜歡譚麥，譚麥也送給她一個五件套不鏽鋼鍋作新婚禮物。姚天看到這樣一位有成就的藝術家對炊具也這麼有眼光，覺得有趣。譚麥一定是一個好母親，一個盡責的妻子。他也因爲這些角色而更加尊重她。

「你們趁熱吃。」福妮對譚麥和姚天說。然後她從洗碗機裡拿出四個杯子，轉向冰箱拿橙汁和蘋果汁。

女兒也碰巧在他的房間裡，所以他叫她出來吃午飯。婷婷走過來，幫福妮把餐巾紙和盤子放在桌子上。他們吃餡餅時，譚麥似乎很享受每一口，但姚天還是不能吃雞，而是吃魚。在化療期間，他在輸液室午餐只吃了雞肉三明治，因此，他現在還受不了雞肉的味道。

譚麥和婷婷開始聊起美國的校園生活。譚麥，現在看起來像一個典型的阿姨，兩個兒子已經上了大學，大兒子在卡內基梅隆主修金融，小兒子在加州大學洛杉磯分校讀大一。姚天怕福妮被冷落，所以他不時故意邀請福妮加入談話，但他的努力也讓人感到一些笨拙。

「你多大了？」譚麥問婷婷。

「快二十一了。」婷婷笑著回答。

「我大兒子二十二歲，大四。做我兒子的女朋友怎麼樣？我希望有一天你能成為我的兒媳。」

婷婷臉紅了，垂下眼睛。「啊呀，譚老師，」福妮說，最後也加進來，「你這麼說眞是好心，但婷婷已經有男朋友了，一個很優秀的小伙子。」

「哦，我不是故意讓你難為情的，婷婷，」譚麥說。「我兒子其實有女朋友，但我肯定他們在一起不會太久。那個女孩太嬌縱了，像個公主。在我家裡她一個指頭都不願意幫我，我兒子對她言聽計從。最糟糕的是，她本來七歲才從上海來這裡，可現在只會說英語。我眞希望我兒子娶一個會說中文的人，這樣他也能學中文了。現在，他和他的姥姥姥爺都說不了話！」

「你不應該過多干涉你兒子的生活吧。」姚天小心翼翼地說。

「我是他媽，應該擔心他。婷婷，如果你來紐約，一定要來看我們。」

「我會的，阿姨。」女孩說。

譚麥晚上去她在牛頓的舅舅家住。她開的車也是借舅舅的。姚天下樓去送她，她說：「姚天，我眞替你高興。很顯然福妮愛你，會成為你的好妻子。你是不是覺得有了第二次生命？」

「是的，」他說。「也因為你，幫我作曲。」

「我們是一個團隊。我爲你的歌詞創作音樂，因爲我喜歡這些歌詞。」

「謝謝你！」他說不出更多的話，只能把手按在心臟部位，表示自己是眞心的。

「我喜歡你女兒。你身邊有兩個年輕女人。眞幸運。」

「的確幸運。」

譚麥鑽進她舅舅的林肯車，開走了。還好她不是坐火車而是開車過來的，因爲最近一場暴風雪讓火車的部分服務癱瘓了。之後將近一個星期的時間裡，從昆西中心到波士頓市區只有公共汽車，紅線地鐵不通。每條人行道上都堆滿積雪，有些地方堆到七呎高。尤其是一些老人，總在談論搬到南方去，好躲開新英格蘭的冬天和冰雪。

姚天經常回憶起他和譚麥的夥伴關係，覺得這可能是一種超神祕的力量決定的。這些年來，他遇到了許多有成就的音樂家和作曲家——爲什麼譚麥是唯一一個成爲他親密朋友和合作者的人？這對他是巨大的財富，就像一個奇蹟。無論如何，他必須珍惜和培養他們的友誼，這對他的藝術生存和發展至關重要。他希望在未來很長一段時間內他們倆能合作。

他每天都虔誠地服用薑黃、維生素和魚油。每當他感到身體疼痛時，福妮就會給他拔火罐來緩解。他們發現了一種新的方法，在Youtube上看到了一個廣州的中醫給人治病。她會刺穿病人痛處的皮膚，這樣杯子可以更有效地改善這些區域的血液循環。福妮也用類似的方法給姚天拔火罐，一點點地把溢出的血從他身體裡吸出來。他認爲，這也防止了他體內過多的液體積聚，這是內臟癌症患者的致命症狀。他告訴拉布醫生和薩曼莎他在拔火罐。他們說，了不起的游泳健將麥可・菲爾普斯，還有一些別的美國運動員，也用拔火罐來緩解肌肉疼痛和疲勞，所以他們不反對，只要能減輕姚天的症狀。

他最近的檢查表明他的癌症正在緩解。腫瘤已經死亡，只留下疤痕，沒有新的生長。拉布醫生告訴他，「從現在起，你每六個月要做一次檢查。你的情況穩定了，我必須說你的家人做了很好的工作。」

的確，沒有福妮、婷婷和賈維，他不可能在治療中活下來。他問拉布醫生，「這是不是意味著我現在沒有癌症了？」

「你正朝著那個目標前進。我們會密切關注你的。你最終會好的。」

姚天也經常和包先生交換信息。他的肝癌也完全控制了；現在只需每年做一次體檢。他在電話裡告訴姚天，「如果以後他們說只需要每年去做一次檢查，那就意味著你的癌症基本上治癒了。他們稱你爲『有癌症病史的人』。」

姚天問：「這意味著沒有癌症了嗎？」

「不完全是。只說明你現在不是癌症患者了。姚天，你一定要振作起來。我敢打賭，現在你已經面對過死亡，你比兩年前更聰明，你一定知道如何過上更好的生活。」

確實如此。生死經歷讓他清楚地明白了什麼才是眞正有價值的。他不再擔心一些不重要的得失，只想按自己的方式過有意義的生活。

尾聲

五十一

第二年春天，他和福妮在昆西中心買了一套新公寓。這是一個廢棄很久的養老院重新翻造的。他們喜歡這棟建築的磚砌外觀和堅固的結構，所以他們看到這裡有公寓出售的廣告就決定買下它。公寓不大，差不多七百平方英尺，但他倆住夠了。福妮和他一起湊了頭期款。他們現在在銀行有一個共同帳戶。福妮管錢，姚天把自己的所有收入都交給她——福妮確實比他更擅長計畫家庭收支，保持平衡。他倆在各方面都越來越像一對老夫婦一樣生活，一切平淡無奇。

這時，他的歌曲也開始受到歡迎——海外華人經常在一些場合演唱他的歌。兩人都被列爲作者，譚麥作曲，姚天作詞。目前他們主要賣樂譜。最近，一家唱片公司找到他們，提出要製作一張專輯，總共十二首歌。他同意只唱其中一首〈蝴蝶的翅膀〉。他將一直寫到生命的盡頭，希望能創作出幾首好歌。

更讓他欣慰的是，婷婷和賈維都不再提起回中國了——賈維的父親也建議兒子大學畢業後繼續留在美國深造。這位父親的智囊團已被政府取締，理由是研究所裡有人替外國非政府組織管理網站，「窩藏了許多崇洋媚外的研究員」。所以賈維將在美國讀研究生，專業是生物化學，未來可能獲得博士學位。姚天告訴兩個年輕人，他希望他倆移民。因爲他是美國公民，婷婷只要未婚就有資格申請綠卡。婷婷和賈維同意立刻開始申辦。等她拿到綠卡，他們就會結婚，這樣賈維也可以申請。

姚天繼續練習唱歌。他的記憶力正在恢復，現在他可以完整地唱出一首歌，不用再停下來想歌詞。但他也清楚，自己不可能再次成爲一名專業歌手了。這讓他更堅定了好好寫歌的決心。他把他的一些歌曲翻譯成了英語，希望能有更多的聽眾。他的教學進展順利。目前他有七個學生，來報名的人很多，但他希望保持現在的數目，不會再接受更多。沃爾特・盧塞洛和姚天學習已有一年半的時間了，他剛組建了自己的小樂隊——他們主要唱搖滾樂。除了唱歌，沃爾特還會彈吉他、吹笛子。姚天看得出這個男孩是個可以全面發展的音樂人才。有時沃爾特的樂隊會在當地的酒吧或社區聚會上表演。

初夏的一天，沃爾特邀請姚天去參加南端一家酒吧的開業慶祝會。他的樂隊將在當天表演，他說姚天的出現對他和他的樂隊成員意義重大。姚天同意過去，甚至爲他們唱歌。姚天通常晚上獨自或者和一兩個朋友出去——福妮不喜歡去酒吧或聚會、與陌生人社交。或許她想給他更多的自由。他曾開玩笑說，要是她不去，他可能會勾搭上另一個女人，但福妮只是說，「如果你有另一個女人，我不介意。只要她對你好，我沒問題。」

她的話讓他羞愧。他認眞地說：「我只是開玩笑。你是唯一一個能和我分擔痛苦的人，能爲我忍受痛苦的人。你可以相信我，我會永遠和你在一起。」

「從第一天起我就知道了。」

他不知道她說的「第一天」是什麼意思。是他們第一次上床的那晚嗎？還是他們申請結婚的那天？甚至是他們第一次見面的那天？他沒追問，但被她對他的絕對信任感動了。

沃爾特的樂隊即將表演的那個酒吧到處裝飾著五顏六色的聖誕彩燈，就像眞的在慶祝節日一樣，氣氛歡樂而熱烈。姚天到時，沃爾特和他的朋友們已經在如火如荼地演出了。姚天點了一杯姜汁汽水，在酒吧後面的座位上坐下，但沃爾特看到了他，揮了揮手。音樂結束後，他站起來宣布：「女士們，先生們，今晚我們很榮幸請來一位嘉賓。姚先生是了不起的歌手，也是我的老師。他不但教會了我如何專業地唱歌，還教會我做一個好人。今晚他會爲我們演唱一首他自己創作的歌。有請姚天先生。」

在劈里啪啦的掌聲中，他走過去轉向觀眾。現在有更多的人圍了過來。他說：「我唱一首我的新歌，〈我的心不會被馴服〉，譜曲是我的朋友譚麥，她是一位了不起的作曲家和琵琶演奏家。歌詞本來是用中文寫的，但爲了這個場合我翻譯成英文。我和樂隊今天剛排練了這首歌，希望各位喜歡。」

樂隊開始了，他吞咽了一下，然後唱道：

有人說我太固執，
固執於我的目標和夢想

但我不會改變，無論我面對什麼。

我有過昔日的榮光，
如今已不再耀眼
當下的環境，還沒有適應
但我仍夢想著在冬天開放——
冰雪也無法凍結我的心。

我的心不會被馴服。
它伴隨我的歌聲翱翔到天際，
像一隻鳥兒沒有羈絆
只在陽光和空氣中穿行。

他唱歌時，自己感動得都快要哭了，更多是因爲歌詞，而不是自己的聲音，他的聲音有時會顫抖。

他一唱完，沃爾特和樂隊成員就歡呼起來。姚天一邊不停說「謝謝」，一邊走下舞臺。他朝酒吧的後面走去，想冷靜一下。但人們不給他獨處的機會。一位挺著將軍肚的先生端著一杯紅酒走到他面前說，「這首歌太棒了，姚先生！這是我很久以來聽到的最好的一首歌。我能請您喝一杯嗎？」

沃爾特走過來，一個笑容讓他的臉型拉長了一點兒。他對那人說，「我老師肺不好，不能喝酒。」

「我可以來一杯不含酒精的啤酒。」姚天說。

那人給他叫了一個。瓶口冒著白沫的啤酒瓶跟紅酒杯碰了一下。

「乾杯！」姚天喊了一嗓子，然後喝了一大口。

大師名作坊⑲⓪

放歌

作　者—哈　金
譯　者—湯秋妍
編　輯—張瑋庭
美術設計—黃子欽
內頁排版—宸遠彩藝
總編輯—嘉世強
董事長—趙政岷
出版者—時報文化出版企業股份有限公司
108019台北市和平西路三段二四〇號三樓
發行專線—（〇二）二三〇六—六八四二
讀者服務專線—〇八〇〇—二三一—七〇五
（〇二）二三〇四—七一〇三
讀者服務傳真—（〇二）二三〇四—六八五八
郵撥—一九三四四七二四時報文化出版公司
信箱—（一〇八九九）臺北華江橋郵局第九九信箱
時報悅讀網—http://www.readingtimes.com.tw
電子郵件信箱—liter@readingtimes.com.tw
法律顧問—理律法律事務所　陳長文律師、李念祖律師
印　刷—勁達印刷有限公司
初版一刷—二〇二二年五月二十七日
定　價—新台幣四六〇元

時報文化出版公司成立於一九七五年，
並於一九九九年股票上櫃公開發行，於二〇〇八年脫離中時集團非屬旺中，
以「尊重智慧與創意的文化事業」為信念。

哈金著；湯秋妍譯．–初版．–臺北市：時報文化，2022.5
面；　公分．--（大師名作坊；190）
譯自：A Song Everlasting
ISBN 978-626-335-427-2（平裝）

874.57　　111006938

ISBN 978-626-335-427-2